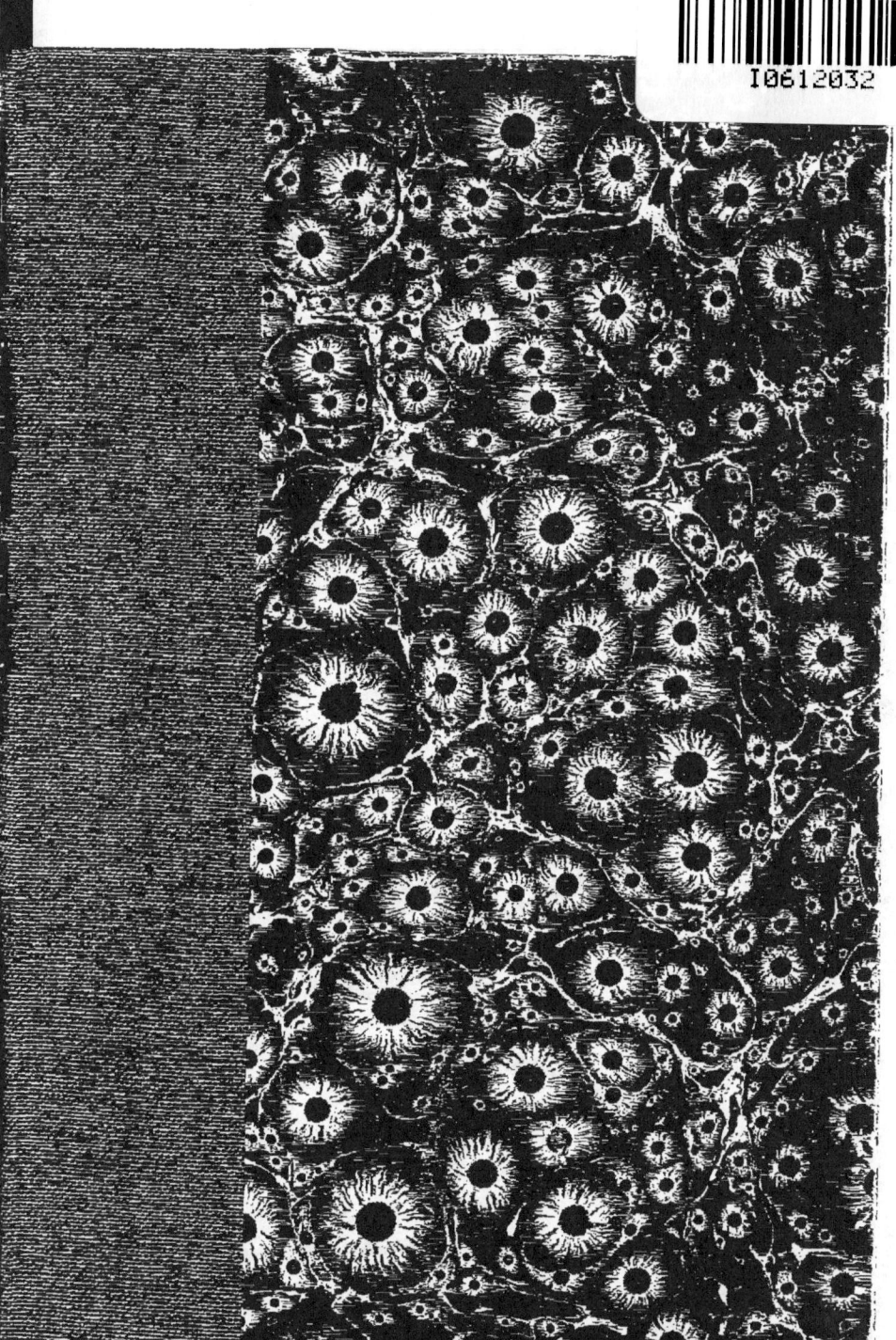

I0612032

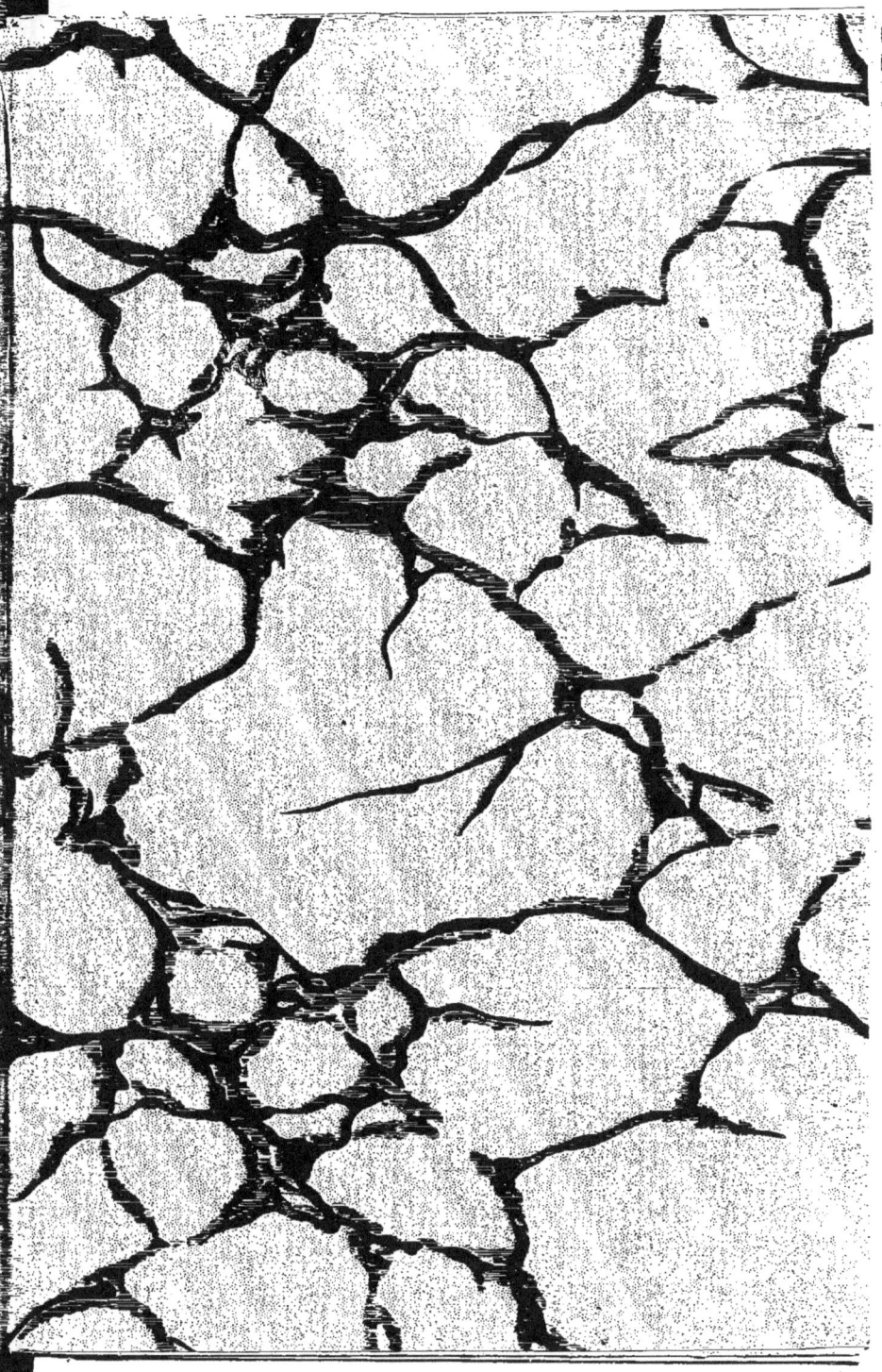

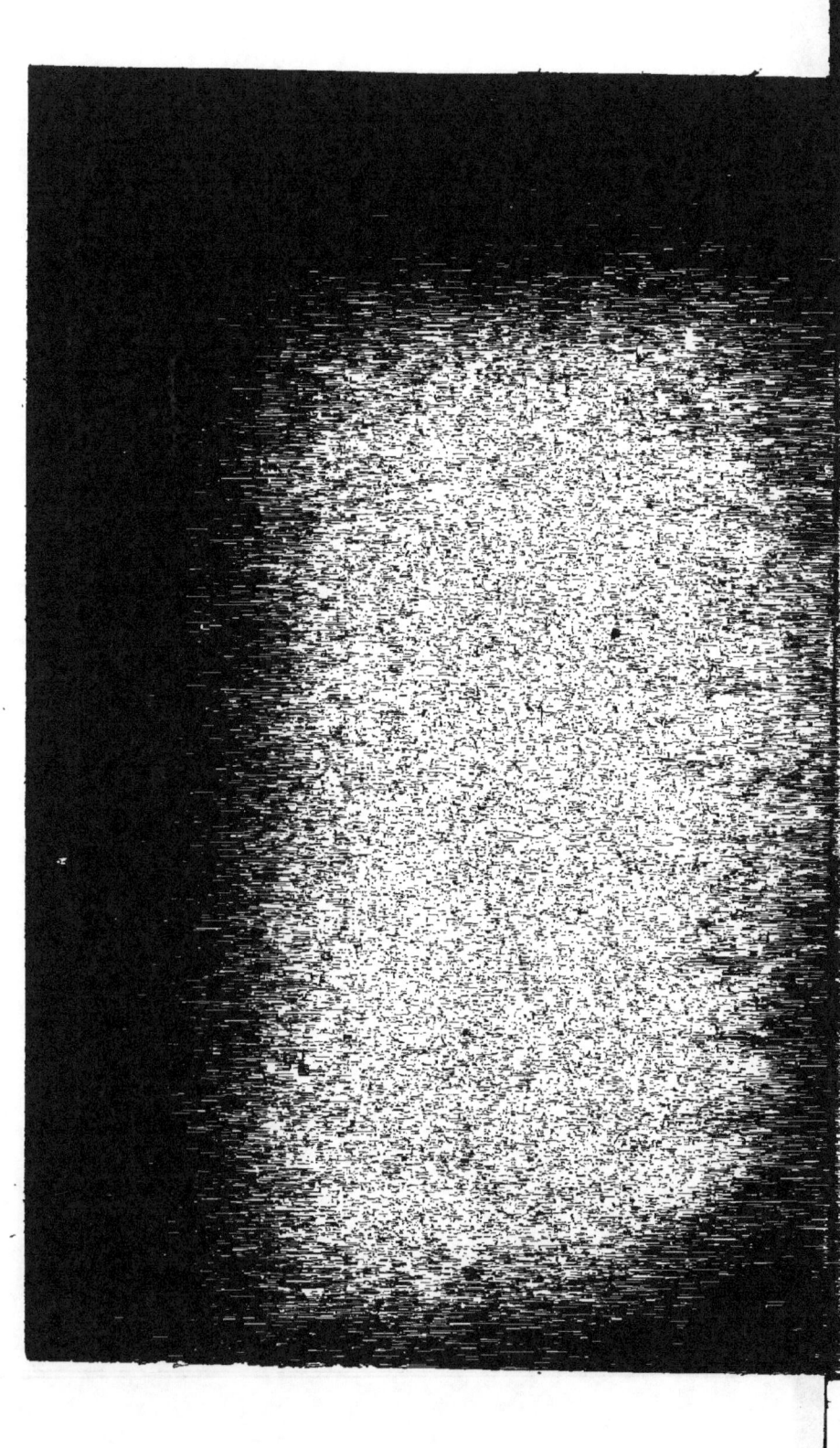

BIBLIOTHEQUE NATIONALE R.F.

MARIE-ROSE AU COUVENT

OUVRAGES DU MÊME AUTEUR

Drichette.

Le Roman d'Arlette.

Histoire d'un honnête garçon.

La Chaumière aux Ravenelles.

Ames vaillantes (*Couronné par l'Académie française*).

Les Droits de l'enfant (Étude sociale, *Couronnée par l'Académie des Sciences morales et politiques et par l'Académie de médecine*).

Le Rôle des mères dans l'éducation de leurs fils au point de vue de la morale (brochure).

ALBUMS

Chez les bêtes (Illustration de Rabier).

L'Enfant à travers les âges.

PARIS. TYP. PLON-NOURRIT ET Cⁱᵉ, 8, RUE GARANCIÈRE. — 12162.

J. LEROY-ALLAIS

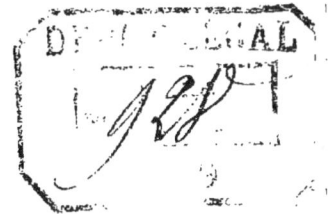

MARIE-ROSE
AU COUVENT

PARIS

LIBRAIRIE PLON

PLON-NOURRIT et Cⁱᵉ, IMPRIMEURS-ÉDITEURS

8, RUE GARANCIÈRE — 6ᵉ

Tous droits réservés

Tous droits de reproduction et de traduction
réservés pour tous pays.

Published 24 February 1909.
Privilege of copyright in the United States
reserved under the Act approved March 3ᵈ 1905
by Plon-Nourrit et Cⁱᵉ.

MARIE-ROSE

AU COUVENT

PREMIÈRES IMPRESSIONS

I

L'ENTRÉE

Après un cliquetis aussi discret que peut le fournir un très gros trousseau de clés, la porte s'ouvre, tirée par une main invisible; — c'est une lourde porte, massive jusqu'à mi-hauteur et dont le panneau supérieur est occupé par une grille épaisse que protège encore un rideau en damas grenat — une toute petite fille, un bébé presque, en franchit le seuil. La porte se referme aussi mystérieusement qu'elle s'était ouverte, le cliquetis se fait de nouveau entendre : Marie-Rose est au couvent.

Le « tour » est tellement obscur que l'enfant ne

peut discerner à qui appartient la main qui saisit
la sienne et la voix qui lui dit d'un ton encou-
rageant :

— Venez, ma petite fille, faire connaissance
avec vos nouvelles compagnes.

C'est seulement au sortir du « tour » que Marie-
Rose lève les yeux et reconnaît la religieuse qui
vient de causer longuement avec sa grand'mère.

On fait beaucoup de chemin à travers des jardins fleuris et de grandes cours solennelles, on
suit un long passage voûté très sombre, fermé aux
deux extrémités par une grosse porte et qui effraye
un peu l'enfant; finalement, on débouche sur un
large espace rempli de soleil et de chants d'oi--
seaux. Là, on s'arrête.

— C'est cela, le couvent? interroge la petite.

— Oui, c'est le Pensionnat; c'est là qu'habitent
nos chères filles, et que vous habiterez vous-même.

— Où sont donc mes cousines Louvière?

— Elles sont en classe, vous les verrez sortir
tout à l'heure, quand sonnera la collation.

— Qu'est-ce que c'est, la collation, madame?

— C'est ce que vous appelez probablement le
goûter.

— Ah! oui, le goûter..., je sais, alors.

Sur le pas d'une porte enguirlandée de vigne,
musarde une fillette de treize à quatorze ans, vêtue

d'un tablier de cotonnade bleue et qui, au bruit que fait le portail de la voûte en se refermant, disparaît dans les profondeurs de l'appartement.

— Coudert, dit la religieuse, sans trop de sévérité, ne vous cachez pas, c'est inutile ; j'ai très bien vu que vous perdiez votre temps. Allez au Noviciat dire à la mère Maîtresse qu'elle m'envoie la petite sœur d'Ailly.

La jeune Coudert, qui n'est autre que l'orpheline de semaine au Pensionnat, s'éloigne pour exécuter l'ordre qui lui est donné. Mais, avant de s'engouffrer dans le passage, elle se retourne deux ou trois fois pour bien examiner la « nouvelle » ; et le geste qui traduit son impression signifie clairement : « Qu'elle est petite !... oh ! mais qu'elle est petite !... »

Sœur d'Ailly arrive peu de temps après, sous la figure d'une postulante habillée de mérinos noir, avec un bonnet également noir qui lui emboîte étroitement la tête et les oreilles. Malgré son vilain costume, elle est très gentille, sœur d'Ailly. Elle paraît douce, un peu timide, mais remplie de bonne grâce.

— Ma petite sœur, dit la religieuse, voici notre nouvelle enfant, Marie-Rose Gourregeolles. Vous allez la promener dans les jardins et tâcher de la distraire jusqu'à la collation.

— Bien, mère Préfète.

Mais Marie-Rose, qui commence à s'habituer à son introductrice, prononce, d'une petite voix posée, point du tout pleurnicheuse :

— J'aimerais mieux rester avec vous, madame.

— C'est que je n'ai pas le temps de me promener aux jardins, moi. J'ai affaire dans mon cabinet.

— J'irai bien dans votre cabinet, si vous voulez, madame.

— Bon, Marie-Rose, il ne faut pas vous contrarier pour le premier jour. Ma petite sœur, tenez-vous dans la classe de couture, où mère Sainte-Rosalie trouvera bien à vous employer. Cette jeune personne changera peut-être d'avis.

Le cabinet de la mère Préfète est très clair et très gai. La religieuse campe Marie-Rose devant la fenêtre dont elle relève le store afin que la petite puisse juger de sa nouvelle habitation : d'abord, de chaque côté d'un escalier de pierre dont les marches se sont creusées sous les petits pas qui les martellent depuis si longtemps, deux terrasses en pente, toutes fleuries de boules-de-neige et de lilas ; au-dessus, un vaste berceau de chèvrefeuille ; puis deux autres terrasses plus petites pleines de corolles épanouies ; et, à l'infini, des jardins très verts d'où s'envolent les pétales blancs ou roses des arbres fruitiers.

L'impression que reçoit la petite fille est si charmante et si douce, que sa figure, demeurée un peu grave, s'éclaire d'un sourire. Sa voix prend une intonation câline pour dire :

— Il est très joli votre couvent, madame, et j'aimerais bien me promener dans les jardins avec ma petite sœur d'Ailly. Voudriez-vous envoyer Coudert la chercher, s'il vous plaît?

La religieuse s'arrête d'écrire, un peu stupéfaite que cette toute petite fille de trois ans et demi ait retenu d'emblée, non seulement les noms, mais les attributions de gens qu'elle vient de voir pour la première fois.

— Oh! dit-elle avec un sourire de satisfaction, je vois que nous sommes largement pourvue d'observation et de mémoire; c'est très bien, cela. Maintenant, écoutez-moi, Marie-Rose, il ne faut pas appeler les religieuses *madame*, il faut les appeler *ma mère*. Vous apprendrez bien vite à distinguer celles qu'il faut appeler *ma bonne sœur* ou *ma petite sœur*.

Souriante et entrant de la meilleure grâce du monde dans le rôle tout nouveau pour elle de pensionnaire, la fillette répond après une légère hésitation :

— Oui..., ma mère.

Les voilà donc parties toutes deux pour les

jardins, Marie-Rose et la jeune postulante; celle-
ci se dépensant en amabilités, celle-là tout
oreilles, écoutant les explications qui lui sont
faites sur la vie et les hôtes du couvent. De temps
à autre, elle réclame un supplément d'informa-
tion au sujet des choses et des mots qui la touchent pour la première fois.

— Qu'est-ce que c'est?... qu'est-ce que cela veut
dire?...

Sœur d'Ailly répond en termes clairs, précis, et
sans concession trop marquée à la toute petite
intelligence de son interlocutrice. C'est pour l'enfant la première initiation à ce langage qu'elle
doit entendre pendant treize ans, langage sérieux,
élevé, si simple pourtant dans sa noblesse,
qu'après un court entraînement, il est accessible
aux esprits les plus jeunes et les moins développés.

Soudain, une cloche qui sonne quinze coups,
vient troubler la paix des jardins fleuris.

— Voici la collation, Marie-Rose, descendons.

Elles sont au haut de l'escalier quand, d'une
large baie cintrée, sort en brouhaha un groupe de
fillettes en tablier noir où tranche une ceinture de
laine bleue, puis un second groupe en ceinture
jaune, puis un troisième en ceinture rouge, un
autre encore, celui-là beaucoup plus grave, où se
mêlent des ceintures blanches et des violettes;

puis un dernier groupe de toutes petites avec une ceinture verte.

Marie-Rose n'a pas encore eu le temps de se reconnaître dans ce joyeux tumulte que, déjà, des cordes tournent, des cerceaux roulent, des ballons rebondissent. Dans un angle de la cour, une queue s'organise et les enfants de toute ceinture défilent devant la table où l'on distribue des tartines.

— Ce sont les pensionnaires? interroge Marie-Rose.

— Oui, ma petite fille, ce sont les pensionnaires, nos enfants.

Et cette expression maternelle « nos enfants » est charmante dans la jeune bouche qui la prononce.

Marie-Rose semble un peu désillusionnée. Elle a assisté à la dernière distribution des prix, et elle a conservé le souvenir d'une élégance qu'elle ne retrouve plus.

— Pourquoi n'ont-elles pas leurs robes blanches et leurs beaux rubans? demande-t-elle.

— On met les robes blanches et les ceintures de soie seulement aux grandes fêtes. Aujourd'hui, c'est jour de classe, on est en sarrau.

— Ah!

D'un groupe jaune, cette exclamation retentit soudain :

— Marie-Rose!... Te voilà donc au couvent!...
A quoi l'interpellée répond :

— Camille!... ma cousine Camille Louvière!...
Laissez-moi aller avec elle, ma petite sœur d'Ailly.

La Jaune s'est déjà emparée de Marie-Rose et
l'entraîne vers la « distribution ».

— Dépêchons-nous, il n'y a presque plus personne à la queue. Si nous arrivions trop tard,
nous aurions du pain sec.

En route, on croise une Verte, déjà pourvue de
sa tartine.

— Françoise!... Crois-tu?... Marie-Rose que
voilà au couvent. Va chercher Denise pour qu'elle
la voie.

Mais, au lieu d'aller chercher Denise, suivant
l'ordre de son aînée, Françoise Louvière s'empare
de la main restée libre de la petite cousine. Denise,
avertie par la rumeur, vient bientôt se joindre au
trio. Comme Marie-Rose n'a pas trois mains, ainsi
que le fait remarquer judicieusement Camille, la
dernière venue s'empare d'un pan de sa robe, et,
triomphalement, on arrive à la « distribution ».

Une religieuse, debout devant une grande cor-
beille remplie de pain, donne à chaque enfant une
tartine sur laquelle elle a posé un petit tas de
confiture noire.

— C'est du cirage, déclare Marie-Rose.

Et les trois jeunes pensionnaires se mettent à

rire de ce que la petite nouvelle a, d'elle-même, trouvé le mot qui, au couvent, sert à désigner la compote de raisin.

La récréation bat son plein : des cordes tournent pour le « passe-passe », se balancent mollement pour le « bateau », cinglent au « vinaigre », se raidissent aux « doubles-tours ». Quelques petites enragées, afin de ne pas perdre une seconde de plaisir, ont confié à de plus jeunes qu'elles, très honorées de rendre service à une ceinture supérieure, leur tartine dans laquelle elles mordent une bouchée à la hâte, quand le jeu le leur permet.

Des Bleues jouent au ballon. L'une d'elles, perchée sur le bord de la terrasse, lance la sphère de caoutchouc qui rebondit et que l'on rattrape en bousculade.

A travers le tout, passe une partie de clignemusette que produit le désarroi et amène des protestations indignées. Mais le conflit ne dure pas; on est trop pressé de jouer.

Les plus paisibles se sont réfugiées dans une petite avenue à l'écart, où elles jonglent avec des balles de peau cousue.

Çà et là, des duos se forment : une grande et une petite. La grande rectifie un détail de toilette, passe l'inspection des mains et des ongles, rattache des cheveux en désordre, gronde quelquefois et plus souvent câline.

Au passage des quatre cousines, une Violette interpelle Denise qui se rend docilement à la convocation.

— Voyons ce bobo... Cela va mieux, mais il ne faut pas toucher à la terre jusqu'à ce que le petit doigt soit entièrement guéri. Vous ferez votre jardin plus tard.

— Oui, Colette, répond Denise avec une affectueuse soumission. Savez-vous, Colette, notre petite cousine Marie-Rose est au couvent; la voilà. Elle est toute jeune, mais on l'a prise quand même parce que sa maman est morte.

Camille tire la manche de l'indiscrète.

— Grand'mère a dit qu'il ne faut pas lui parler de sa maman parce qu'elle pleurerait.

La Violette répond, sur un ton de grande sœur raisonnable :

— Non, elle ne pleurera pas, parce qu'on l'aimera bien. Elle est mignonne au possible, et elle va être le chouchou de tout le monde.

On se sépare après une tournée de baisers sonores.

— C'est Colette Champbourg, c'est ma « petite mère », explique Denise.

— Non, déclare péremptoirement Marie-Rose, ta petite mère, c'est tante Renée.

— Voilà, j'ai une petite mère dans le monde et une autre au couvent.

— Allons boire, propose Françoise, j'ai soif, moi ; c'est bourrant, la confiture de cirage.

Sur le seuil de l'appartement où Coudert flânait lors de l'entrée de Marie-Rose, des fillettes en groupe attendent leur tour.

Coudert prend l'une des timbales qui baignent dans une grande terrine, la présente à la bonne sœur, qui la remplit d'eau, puis la tend à la main la plus proche. La timbale vidée est remise plus ou moins brusquement dans la terrine, d'où Coudert la tire de nouveau, et ainsi de suite jusqu'à ce que toutes les soifs se trouvent apaisées.

Des protestations s'élèvent de temps en temps :

— Coudert, vous ne rincez pas les timbales, c'est dégoûtant !

— Ma bonne sœur, dites à Coudert de changer l'eau de la terrine ; elle lave tout dans la même.

Pendant que la jeune orpheline renouvelle l'eau suspecte, une Rouge offre à la cruche un verre particulier. Mais sœur Saint-Placide relève comme il faut cette infraction au règlement.

— Mademoiselle Charost, vous savez bien que ces « gailleries-là (1) » sont défendues ; je ne peux

_____

(1) Délicatesses.

pas vous verser à boire dans ce verre. Servez-vous
des timbales comme vos compagnes.

— Coudert met ses doigts dedans.

Quelques enfants, pressées de retourner au jeu,
s'impatientent de ces retards.

— En voilà des histoires!... Coudert, passez-
moi bien vite une timbale, n'importe comment.

Coudert reçoit l'avalanche avec une placidité
qui témoigne d'un sérieux entraînement. Que l'on
proteste, que l'on supplie, que l'on s'indigne,
elle n'accélère pas ses mouvements d'un iota.

Marie-Rose commence à s'effarer un peu, à
trouver la vie du couvent très bousculante et ta-
pageuse, quand la cloche envoie trois coups
d'avertissement. Un calme relatif s'établit. Puis,
après une volée de quinze coups, le silence se fait,
les groupes se rangent par couleurs, et tout le
monde défile en ordre.

La mère Préfète est descendue dans la cour
pour assister à la rentrée. Au passage de la classe
blanche, elle touche le bras d'une grande fillette
blonde, fraîche, à l'air très éveillé.

— Anne de Thézy, restez en arrière, j'ai à vous
parler.

Quand la cour, tout à l'heure si joyeuse, est
redevenue calme et déserte, la mère Préfète dit à
la grande élève :

— Anne, vous m'avez souvent demandé une « fille » et j'ai refusé jusqu'ici parce que vous êtes loin d'être un modèle de docilité; mais comme, après tout, vous avez bon esprit et que vous aimez les enfants, je vais vous confier cette petite Marie-Rose qui a grand besoin de sollicitude et d'affection.

D'un coup d'œil, la Préfète désigne la robe noire de l'enfant.

— Oh! pauvre mignonne! dit Anne, la voix subitement émue.

Et, se baissant pour mettre sa tête au niveau de celle de la petite.

— Comprenez-vous, Marie-Rose, désormais je suis votre petite mère. Chaque fois que quelque chose vous ennuiera ou vous chagrinera, c'est à moi que vous viendrez le conter.

Marie-Rose demeure un instant songeuse, puis elle reprend :

— J'avais une autre petite mère, moi..., comme mes cousines...; mais elle est partie avec le bon Dieu.

— ... D'où elle continue à veiller sur sa petite fille. Et nous ferons en sorte, nous toutes qui aurons à nous occuper de Marie-Rose : Anne que voici, sœur d'Ailly et moi-même, que la chère maman n'ait aucun reproche à nous faire quand on se retrouvera toutes ensemble.

Marie-Rose ne comprend pas très bien; mais la voix qui lui parle est calme, doucement persuasive; la jolie Anne a pour elle un regard plein d'affection, ses cousines Louvière qu'elle aime beaucoup sont là tout près... Par une grande baie vitrée, elle aperçoit des Bleues qui écoutent attentivement une explication de leur maîtresse et semblent heureuses de leur sort... Des oiseaux innombrables, que le départ des fillettes a remis en possession de la cour fleurie, chantent, gazouillent, pépient... L'air est embaumé par les ravenelles qui poussent au pied des murs et les lilas qui balancent leurs grappes sous la brise fraîchissante... Tout : êtres et choses, paraît à l'enfant paisible, accueillant, protecteur.

La petite orpheline se sent adoptée par le couvent. A défaut du foyer, elle y trouvera un refuge, à défaut de *maman*, des *mères* et des *sœurs*.

II

MARIE-ROSE HORS CADRES

Il y avait longtemps déjà que la jeune existence de Marie-Rose était bouleversée. Sa maman, malade, ne pouvait plus s'occuper d'elle comme par le passé; et le coquet logis parisien où elle était née n'avait plus cet aspect soigné qui donne une impression si bienfaisante de sécurité et de paix. Au couvent, elle retrouva l'ordre, la quiétude, la ponctualité en tout, une vie sereine, sans à-coups, sans bruits, ni mouvements exagérés. Aussi se plut-elle tout de suite dans sa nouvelle demeure.

Non seulement elle aima les grandes pelouses ensoleillées, les allées ombreuses, les terrasses fleuries surplombant les cours et les jardins, les petites chapelles éparses dans la verdure, la cloche grave qui appelait aux offices et le gai carillon qui sonnait les heures, mais elle aima encore le langage élevé, correct, choisi qui était celui de toutes les maîtresses et de presque toutes les élèves; elle aima la franchise, la cordialité des manières et la générosité des sentiments qui étaient de règle au couvent.

Trop jeune pour regretter longtemps et profondément la mère qu'elle avait perdue, elle s'abandonna avec délices à la douceur qui l'entourait; et l'affection qu'elle prit alors pour les êtres et les choses de son couvent ne se démentit jamais.

Marie-Rose a trois ans et demi, et c'est à cinq ans seulement qu'on entre au couvent. Mais sa grand'mère paternelle, des tantes et de nombreuses cousines y ont été et y sont encore élevées, il est tout naturel qu'on l'ait admise par concession après la mort de sa mère. Toutefois, comme elle ne saurait encore suivre aucune classe, elle est considérée comme « hors cadres ».

Elle passe ses journées aux jardins, surveillée tantôt par l'une, tantôt par l'autre, au hasard des occupations de chacune. En attendant qu'elle travaille sous la direction de doctes maîtresses, elle vit dans la compagnie des bonnes sœurs.

Elle accompagne souvent la jardinière dans son domaine et s'intéresse à la culture. Il faut voir le petit air entendu qu'elle prend pour tâter la pomme des choux et le cœur des laitues. Elle cueille des petits pois et sarcle les jeunes plants. Il lui arrive bien quelquefois d'enlever une tige pour avoir une cosse, ou d'arracher les fanes de légumes croyant que ce sont de mauvaises herbes. Mais la bonne sœur Saint-Eloi ne se formalise pas pour si peu.

D'autres fois, c'est la sœur de la basse-cour, qui réclame Marie-Rose. La basse-cour est très plantureuse. Outre une multitude de poules, de coqs, de pintades, on y voit quelques beaux faisans et un paon. On y trouve encore un clapier rempli de lapins de toutes robes, deux chèvres, Gloriette et Marjolaine, et un cochon désigné sous le nom immuable de « le monsieur », Dieu sait ce qu'il en a défilé de cochons, depuis que le couvent existe, mais c'est toujours « le monsieur ».

Pendant que la sœur procède aux opérations nécessaires, la petite fille se roule dans la paille destinée à la litière, ou plonge ses bras dans les sacs de grain blond, ou balaye la cour avec un balai approprié à sa taille. Ces divers exercices ne vont pas sans amener dans la toilette un peu de désarroi que les bonnes sœurs réparent de leur mieux tout en s'inquiétant.

— Qu'est-ce que Mlle de Thézy va dire de voir sa fille en pareil état?

Mais le grand amour de Marie-Rose est Nazareth.

Au fond des jardins du Gros Poirier, sous les grands arbres, parmi les corolles blanches, toujours épanouies, se trouve une petite maison carrée, un bijou de chapelle rustique : c'est Nazareth.

Le fond de l'autel, peint à fresque, représente la Sainte Famille dans une scène de la vie journalière : saint Joseph, aidé de l'Enfant Jésus, travaille à son établi, pendant que la Sainte-Vierge met sécher du linge sur une corde tendue entre deux palmiers. L'ornementation de la chapelle est des plus simples : des flambeaux de cuivre naïvement ciselés, des vases de grosse faïence où s'épanouissent les fleurs les plus modestes, des corbeilles de jonc remplies de mousse et de fougères.

Mais ce qui, par-dessus tout, charme les enfants, c'est la crèche : une vraie crèche avec un toit de chaume, une mangeoire accrochée au mur et une litière de paille sur laquelle repose un petit Jésus à la mine rougeaude, bien serré dans ses langes.

Marie-Rose est dans les meilleurs termes avec les habitants de Nazareth. Elle leur parle et, grâce à son imagination très vive, elle est persuadée qu'ils la comprennent et lui répondent. Elle s'inquiète auprès de la Sainte Vierge de la santé du petit Jésus, s'informe s'il a bien dormi et, quand il fait froid, veut, à toute force, lui porter une couverture de tricot. Puis elle gourmande saint Joseph de ce qu'il ne soigne pas ses animaux auxquels elle-même porte des poignées d'herbes fraîches.

Elle en use tout autrement avec le saint Jean-Baptiste du Vieux Cloître. Il est très beau, ce cloître, mais un peu assombri par une épaisse retombée de houblon, et Marie-Rose ne s'y sent pas à l'aise. De plus, il s'y trouve une statue du Précurseur auquel sa grande barbe et la peau de mouton qui le recouvre donnent un aspect hirsute et rébarbatif. Aussi l'enfant déclare-t-elle volontiers qu'elle « aime bien les petits saints Jean, mais pas les vieux. »

Toutefois, elle est très polie envers ce vieux-là.

Quand elle passe devant lui pour chercher un ballon égaré sous le cloître, elle lui fait une belle révérence et dit avec un empressement timide :

— Bonjour, monsieur saint Jean; je viens chercher mon ballon, s'il vous plaît.

Le couvent renferme des coins où les enfants ne pénètrent jamais, que même elles ignorent de toute leur vie de pensionnaire, mais que Marie-Rose connaît bien, et où elle est traitée comme une petite reine, notamment la boulangerie et la suifferie.

La sœur boulangère lui fait, tous les jours de cuisson, une bonne galette au beurre. A la suifferie, on lui moule de jolis cierges à dessins qu'elle porte à son cher petit Jésus afin qu'il n'ait pas peur la nuit.

Quelquefois, la mère Préfète dit :

— Marie-Rose aura du mal à se plier au règlement; elle est trop gâtée ici.

Mais les bonnes sœurs qui sont en admiration permanente devant la fillette, devant ses façons de jeune Parisienne, son babil incessant et joyeux, même devant ses caprices et ses petites colères, s'exclament les mains jointes :

— Elle est si petite, notre Mère, si petite... si petite!... Et puis, elle n'a plus de maman.

Quand il fait trop mauvais temps et que les

jardins sont impraticables, Marie-Rose réside à
l' « appartement ». C'est là que se fait le ménage
classique du pensionnat; il en résulte un va-et-
vient permanent qui n'est pas toujours recueilli,
mais dont Marie-Rose est néanmoins très impres-
sionnée.

Après les leçons quotidiennes d'arithmétique,
une élève de chaque division vient avec la sébile
de bois et l'éponge blanchie de craie, faire le
nettoyage de son matériel. Marie-Rose est pleine
de respect pour cette manifestation de science; et,
confondant l'effet et la cause, elle prononce avec
un orgueilleux espoir :

— Quand je serai grande, moi aúsi, je blan-
chirai des éponges.

Si la bonne sœur doit quitter pour un moment
son service du pensionnat, elle dépose la petite
fille dans la classe blanche.

— Est-ce que Mlle de Thézy ne pourrait pas
garder sa fille un moment ?

On donne alors à Marie-Rose un crayon et du
papier pour qu'elle dessine des bonshommes; ou
bien, on lui prête des livres à images qui l'inté-
ressent toujours et qui parfois l'étonnent.

C'est ainsi qu'un jour, elle trouva dans une
histoire naturelle, la représentation d'un squelette.
Effarée d'abord, elle regarda longuement, atten-

tivement ; et, reconnaissant enfin la silhouette d'une vague personne, elle prononça à haute voix :

— Où donc que cela demeure, ces gens-là? On n'en voit jamais dans la rue.

Mais ces incartades sont rares. Tout au contraire, elle est pleine de recueillement dans ce temple du savoir; et, par sa sagesse, elle édifie les grandes pensionnaires et jusqu'à la religieuse.

Ce régime de grand air et de calme parfait fut extrêmement propice à Marie-Rose. La petite Parisienne nerveuse, à la chair délicate, à la peau transparente et veinée de bleu, prompte à l'émotion, à la joie excessive, à la colère, au chagrin, devint rapidement une solide petite bonne femme au teint bruni, aux muscles résistants, au sommeil profond, à l'humeur presque égale.

III

JOUR DE RENTRÉE

Anne de Thézy boutonne le tablier d'escot tout neuf ; puis elle le tire par le bas, y donne quelques tapes pour lui faire perdre un peu d'apprêt et dit :

— La ceinture, maintenant.

Marie-Rose, très fière, mais d'une fierté un peu

recueillie, tend une longue tresse de laine vert foncé terminée par deux glands.

— Faites bien attention, ma petite fille...; là, sur l'épaule gauche..., non pas remontée dans le cou..., ni glissant sur le bras, ce qui est tout aussi laid, mais bien d'aplomb..., le sautoir ni trop tendu ni trop lâche..., un tour de taille et le nœud à double rosette avec les deux pans sur le côté droit. Vous avez compris?

— Oui, Anne.

— A la façon dont elle porte sa ceinture, on juge tout de suite une pensionnaire. Vous voilà donc consacrée Verte... Je suis sûre que vous allez me faire honneur.

— Oui, Anne.

— Embrassez-moi; vous êtes une bonne fille quand vous le voulez... Qu'allez-vous faire, maintenant? votre classe doit être fermée, les petites « Croix de par Dieu » ne rentrent que demain matin.

— J'ai vu Stéphanie Boucheron.

— Mais Stéphanie doit être chez les Bleues avec sa sœur. On ne peut pas immobiliser une maîtresse exprès pour vous deux. Voulez-vous venir avec moi? Vous m'aiderez à ranger mon pupitre.

— Oh! je veux bien, Anne.

Anne introduit sa fille dans la classe violette.

— Je vous présente une nouvelle pensionnaire, dit-elle.

Après une minute d'examen, cette exclamation part de tous les coins :

— Marie-Rose!... non, ce n'est pas possible!...

On a si bien pris l'habitude de la considérer comme un bébé qu'on a du mal à se la représenter dans sa nouvelle incarnation.

— C'est maintenant une grande personne, explique Anne, elle aura bientôt cinq ans.

— Et elle a l'air joliment sage.

Le fait est que le tablier qui l'engonce un peu, la ceinture qui lui serre l'épaule, ce titre officiel de *Verte* qui lui appartient désormais : tout cela donne à Marie-Rose un petit air réfléchi qui la change entièrement.

On est très en l'air dans toutes les classes.

Après les congratulations mutuelles, les poignées de main et les embrassades; après le récit schématique des vacances, il faut songer aux affaires sérieuses, c'est-à-dire à l'installation et au rangement du matériel.

C'est une allée et venue continuelle des études à l' « armoire », de l' « armoire » aux études. Les nouvelles de chaque division reviennent avec des paquets de livres neufs; les anciennes se contentent de provisions de papeterie; mais tout le monde est pressé, tout le monde veut être servi en même temps, et il en résulte quelque désarroi.

Les religieuses n'en paraissent point très mécontentes. Pour un jour de rentrée, elles préfèrent un peu d'animation, voire même de bousculade, à une trop grande sagesse. La transition est ainsi moins pénible entre la liberté dont on vient de jouir et la discipline qu'il va falloir reprendre.

Le tohu-bohu a gagné jusqu'à la classe violette. On s'y agite beaucoup, on y parle très fort et la petite sœur Moutier, qui «garde» pendant que les maîtresses sont au parloir appelées par les parents de leurs élèves respectives, est un peu débordée.

— Bon! fait Anne de Thézy, j'ai deux « Pères de l'Eglise » et pas de grammaire générale. Marie-Rose, allez donc à l' « armoire » prier mère Saint-Boniface de me faire l'échange. Saurez-vous vous expliquer?

Marie-Rose a beaucoup de mémoire; elle parle très bien et s'exprime clairement. A l'admiration de toutes, elle répète, sans embarras, la difficile commission de sa petite mère.

— Attendez, Verte, ajoute Madeleine Charost, vous profiterez de l'occasion pour rendre ce « Pautex ». Un livre de Jaunes, je vous demande un peu, pourquoi pas un syllabaire?

Au bout d'un instant, Marie-Rose revient avec une grammaire générale; elle reçoit des remerciements et des éloges qui la rendent toute fière, et attend avec une impatience respectueuse que l'on réclame de nouveau ses bons offices.

— Heureusement que j'ai demandé avec insistance des « becs d'oiseau », prononce une voix fâchée. On m'a donné des « lances » que je ne peux pas souffrir, parce qu'elles sont trop dures. Petite Gourregeolles, faites-moi changer ces « lances » en « becs d'oiseau », à la rigueur en « têtes de mort ». Vous me connaissez bien... Geneviève Mourley.

La jeune pensionnaire commence tout de même à s'effarer sous le flot de connaissances nouvelles qu'on lui impose. Des lances!... des becs d'oiseau!... des têtes de mort!... tout cela dans le pupitre d'une Violette... Elle est bien étonnée quand on lui remet une simple boîte de plumes.

En descendant le grand escalier, hier encore silencieux et désert, aujourd'hui plein de mouvemen et de tapage, Marie-Rose rencontre Berthe Aubugeau, une Bleue très délurée, qui l'examine avec une curiosité indiscrète.

— Mais c'est Marie-Rose que voilà en uniforme!... Ah bien! c'est un événement, cela!... Venez donc que je vous « montre ».

La porte des Bleues est en face de l'escalier; il n'y a qu'un pas à faire pour la présentation.

— Devinez qui c'est, la Verte toute neuve que je vous amène?... Gourregeolles...

— Faites voir? crie-t-on à l'envi.

Marie-Rose se trouve un peu humiliée d'être accueillie en phénomène. Mais la situation se dénoue rapidement. La maîtresse intervient avec vivacité.

— Reconduisez cette enfant où vous l'avez prise. On est assez dissipé comme cela.

Cette fois, Marie-Rose se fâche tout rouge. Après l'avoir considérée en bête curieuse, voici qu'on la traite en colis encombrant.

D'une voix perçante qui domine la rumeur, elle prononce avec un dédaigneux orgueil :

— Je suis chez les Violettes, je fais leurs commissions.

Non, mais ces Bleues qui se croient quelque chose d'important.

Les pensionnaires sont maintenant dans la cour aux Terrasses, réunies en groupe serré autour de la mère Préfète qui passe en revue son jeune bataillon.

— Qui est-ce qui manque encore?... chez les Blanches?...

— Frédérique Berthaud.

— Chez les Rouges?...

— Germaine Aubry et Marguerite Toutain.

— Le monde de la culture à ce que je vois.

— Tant qu'il restera un gâteau en ville...

— Comment Gilberte, voilà que vous manquez de charité pour le premier jour... Allons, qu'on me raconte ce que l'on a fait pendant les vacances... Antoinette...

— De l'équitation, ma mère, tous les jours et par tous les temps.

— C'est très bien, cela... Anne aussi, je suppose?...

— Oui, mère Assomption, et très souvent avec Antoinette, dont le frère est à Saumur.

Mère Saint-Boniface, présente au rapport, lève les yeux au ciel avec indignation.

— Et Geneviève?

— Je suis allée dans le Berry chez ma nourrice et j'ai gardé les moutons avec ma sœur de lait.

— Bon! voilà encore des vacances bien employées.

Les comptes rendus se poursuivent sans que la mère Préfète soit obligée d'interroger. Il arrive même que l'on parle plusieurs à la fois.

L'une a passé six semaines à Brighton, chez Lizzie Acford, une ancienne compagne du couvent. L'autre a accompagné sa mère à La Bourboule. Une troisième a fait les vendanges en Bourgogne. Les petites Champbourg ont canoté avec leurs frères et leurs cousins.

La mère Saint-Boniface, que deux heures d'« armoire » ne poussent pas à la tolérance, prend sa mine la plus revêche, la plus exaspérée. Passe encore pour la vendange et les moutons,... mais l'équitation!... le canotage!... les cousins!... Oh! les cousins! si l'on pouvait les exterminer jusqu'au dernier....

La mère Préfète, qui devine ces pensées, dit, en manière de réfutation préventive :

— Mais voyez donc les bonnes mines qu'elles nous rapportent... Et vous, Isabelle, qui n'avez rien dit?...

— J'ai aidé ma cousine Trèves à broder une nappe d'autel.

— C'est pour cela que vous rentrez avec une figure de papier mâché. Et, dans quelque temps, ma cousine Trèves nous encombrera de médicaments variés pour « cette pauvre Isabelle bien pâle, bien délicate... » Si vous couriez au grand air, vous n'auriez pas besoin de pilules... Je suis sûre qu'il y a encore dans votre poche quelque dentelle en chantier...

Docilement, Isabelle exhibe un tout petit paquet blanc dont la vue cause une hilarité générale.

— C'est de la frivolité, explique-t-elle sur un ton d'excuse.

— Un nom bien choisi... Mais, ma petite Isabelle, c'est une maladie chez vous. Je vais vous faire surveiller, et si vous ne jouez pas conscienscieusement aux récréations, je vous enverrai pendant les heures de couture, travailler aux jardins avec la bonne sœur Saint-Eloi.

Et, se tournant vers la surveillante générale qui est manifestement d'un avis contraire :

— J'aime bien, moi, quand il y a dans les familles des garçons pour secouer un peu ces petites demoiselles.

La nuit commence à tomber, et la mère Assomption se méfie de ce premier crépuscule. Elle craint qu'il n'apporte la tristesse.

— Allons, mes petites filles, dit-elle d'un air engageant, assez causé. Que l'on organise quelques défilés de « rubans ».

L'entrain n'est pas considérable, mais on obéit.

> C'est nous qui sommes les rubans blancs.
> Nous demandons pour compagnons
> Les rubans bleus, les rubans bleus,

chante-t-on en rythmant la marche.

Tout d'abord, la course est un peu molle, les voix un peu sourdes. Mais, petit à petit, le pas devient plus ferme et le ton plus clair. Des rires éclatent pour un accroc au défilé, une chute sans conséquence, pour rien. Il n'y a pas de mélancolie

qui résiste à une partie de « rubans » bien orga-
nisée.

Le souper de rentrée manque de gaieté. Entre
la salle à manger familiale bien close, doucement
éclairée, et le grand réfectoire aux recoins sombres ; entre la nappe, douce au contact, la faïence
gaie, les cristaux étincelants, et le marbre dur, la
porcelaine d'un blanc cru, les timbales un peu
bossuées ; entre la causerie joyeuse des dernières
semaines et le silence monacal auquel il faut brusquement s'astreindre, la comparaison est trop désa-
vantageuse.

Le menu habituel ne subit aucune addition, aucun changement.

A huit heures, le dortoir froid où tremble une
veilleuse reçoit les petites filles, choyées depuis
six semaines.

Certes ! on aime bien le couvent, on est heureux
de se revoir et de revoir les bonnes mères ; mais il
y a un moment de défaillance. De beaucoup de
« coins » partent des bruits discrets de mouchoirs ;
bien des chevets sont mouillés de larmes.

Les parents s'insurgent quelquefois contre ce
passage brusque d'une liberté joyeuse à la discipline inflexible, et réclament une petite fête de
rentrée. Mais l'autorité ne veut rien entendre.

— La règle est la règle, dit-on ; elle ne supporte aucune atténuation. La vie n'est-elle pas elle-même implacable et sans souci de transitions? Il vaut mieux que nos filles s'accoutument au devoir, alors que le devoir est relativement doux et facile.

Les enfants ont l'habitude de ce ferme langage ; et si quelques-unes pleurent, aucune ne murmure.

LA VIE AU COUVENT

I

AU DORTOIR

Une grande pièce oblongue ayant vue, d'un côté sur la mer, de l'autre sur les terrasses, quinze lits blancs où, sous les rideaux de basin rayé, quinze petites dormeuses poursuivent leur rêve, sans souci du jour qui va poindre, ni de la veilleuse qui craque en achevant de brûler son huile : nous sommes dans le dortoir de l'Ange Gardien.

La porte s'ouvre doucement, et une religieuse entre à pas de loup. Elle jette d'abord un coup d'œil d'ensemble, puis visite chaque « coin ».

Rassurée par le calme qui l'entoure, elle détache le chapelet qui pend à sa ceinture et commence à prier. Au bout de quelques minutes, le grand silence est interrompu par les trois premiers « tints » de l'angélus ; trois « tints » encore, puis trois autres, et la « volée » annonce qu'il faut se remettre à vivre.

Mère Saint-Boniface prononce comme un appel :

— Jésus !

Quelques voix très endormies répondent :

— Maria !

— Jésus ! répète la maîtresse qui, sans doute, n'a pas trouvé l'écho suffisant.

— Maria ! fait un chœur, cette fois plus nourri.

— *Domine labia mea aperies.*

— *Et os meum annuntiabit laudem tuam.*

— Mon Dieu, je vous donne mon cœur...

— Prenez-le, s'il vous plaît, afin qu'aucune créature...

Le reste se perd dans un bafouillage indistinct. On dirait que les petites locataires des lits blancs retournent au sommeil.

La religieuse accentue :

— ... Afin qu'aucune créature ne puisse le posséder...

Et des voix, de plus en plus nombreuses, de plus en plus éveillées achèvent la prière.

Seule, Lucie Bradier n'a pas encore bougé de son lit. C'est son habitude d'être en retard ; mais vraiment, ce matin, il y a de l'excès.

Mère Saint-Boniface pénètre dans son « coin » :

— Jésus !

La règle veut, en effet, que les enfants soient éveillés au nom de Jésus. On en trouve la déclaration formelle dans saint Pierre Fourrier, fondateur de l'Ordre, et dans la vénérable mère Marie-Alix, première supérieure. Toutes les pensionnaires le savent, et Lucie Bradier mieux que personne. Il y a de la paresse dans son cas, mais il y a aussi beaucoup de taquinerie.

Ce matin donc, dans le dortoir de l'Ange Gardien, on s'amuse prodigieusement d'entendre la maîtresse répéter *Jésus* sur les tons les plus divers : impatientés, suppliants, désespérés, puis comminatoires, et renfermant la menace de châtiments exemplaires.

A la fin, Lucie Bradier se décide à répondre *Maria*, mais d'une voix dolente et lointaine qui redouble la joie de ses compagnes.

Libérée des obligations du règlement, mère Saint-Boniface se répand en reproches sur l'incurable mollesse de Lucie qui risque chaque jour de mettre tout le dortoir en retard.

Mais Lucie sait bien qu'elle sera prête en même temps que les autres, parce que les plus vives l'aideront à s'habiller et à mettre en ordre ses objets de toilette. La complaisance sous toutes ses formes est de règle au couvent, et notre paresseuse se dit que l'attrapade quotidienne est largement compensée par le plaisir d'avoir une demi-douzaine de femmes de chambre qui lui épargneront un peu d'effort et de mouvement.

Tout le monde est rangé autour de la longue table de toilette et procède aux ablutions... restreintes, en usage dans les pensionnats.

La mère Saint-Boniface se met à la coiffure, pendant que la petite sœur au voile blanc veille au bon ordre général, et donne un coup de main charitable aux maladroites et aux lambines.

La coiffure!... Ceux qui seraient tentés de croire à une opération de coquetterie incompatible avec l'éducation monastique peuvent être rassurés.

En voici le détail :

Quand les cheveux sont lissés, mais lissés comme on ne lisse nulle part ailleurs, on les divise par une raie qui va du front à la nuque et l'on en fait deux nattes serrées à bloc. On lie chaque extrémité avec un lacet de coton noir, puis on attache le bout de l'une à la racine de l'autre. Dans l'esthétique du couvent, cela constitue la coiffure en « berceau ». Si les nattes sont trop longues, on les reprend au milieu et on les fixe à la tête par deux épingles en fer noirci. On obtient ainsi un « double berceau ». Les nattes, au contraire, sont-elles trop courtes pour se rejoindre, on les laisse libres, mais le bout en est lié solidement. Les pensionnaires appellent cette troisième manière en « queue de rat » ou en « Cadet-Roussel ». Les cheveux sont-ils si courts qu'il est impossible de les tresser ?... ils n'échappent point pour cela au fameux cordon, on l'applique à la racine au lieu de l'appliquer à l'extrémité : voilà tout. Ce dernier mode porte le nom élégant de « petit balai ».

De ces quatre manières, on ne saurait dire laquelle est la plus vilaine ; mais les autorités compétentes affirment qu'elles sont parfaitement convenables pour des jeunes personnes. Que répondre à cela ?...

Chaque dortoir a son mode de cosmétique adopté par la maîtresse : pommade au bouquet, huile de noisettes, brillantine aux mille fleurs, etc. On n'a pas le choix. Les cheveux plats et les cheveux ondulés, les gras et les secs, les fins et les gros suivent le même traitement.

— Mes filles, déclare péremptoirement la mère Econome à celles qui réclament, vous nous empestez déjà assez comme cela ; on n'a pas besoin de faire un mélange de toutes vos horreurs. S'il ne tenait qu'à moi, l'eau de la pompe et un bon coup de brosse suffiraient à votre attifage.

Si la mère Saint-Boniface a choisi, pour son dortoir la « bandoline au géranium », c'est qu'elle

n'a rien trouvé de plus lissant, de plus aggluti-
nant, de plus infect; de même que, pour elle, les
peignes n'ont jamais de dents assez aiguës, ni
assez dures.

Celles dont le cuir chevelu n'a point fait connaissance avec le peigne fin de la mère Saint-Boniface, celles dont la tête n'a jamais été imprégnée
de « bandoline au géranium » ignorent un genre
de supplice.

Les patientes ont beau implorer un changement
de régime, leurs plaintes ne sont point écoutées.

Marie-Rose, alors qu'elle avait douze ans, leva
même hardiment le drapeau de la révolte, mais
sans plus de résultat.

Un matin, la bonne sœur Sainte-Claire entre
au dortoir avec une figure de « vent debout »,
comme on dit dans la marine. Elle s'avance jusqu'au milieu de la pièce et prend un temps pour
donner plus de poids à sa déclaration.

— A la lingerie, dit-elle, on se plaint que les
« chevets » de ces demoiselles sont trop salis.
Comme je réponds : « Ceux de l'Ange Gardien
sont les pires. » Et mère Saint-Boniface n'a qu'à
regarder pour se rendre compte que c'est vrai.

Il convient de remarquer que la classe bleue et
le dortoir de l'Ange Gardien sont, de fondation,
les boucs émissaires du pensionnat. Tous les mé-

faits anonymes leur sont attribués; et, à faute égale, on leur découvre une malignité plus grande.

Les boucs émissaires se défendent de leur mieux, mais n'ont pas toujours gain de cause. Cette année-là, Marie-Rose s'est constituée le champion de l'Ange Gardien, champion vigilant et hardi, mais qui manque parfois de mesure.

— Bien entendu! riposte-t-elle, hérissée comme un jeune coq, c'est grâce à cette horreur de « bandoline au géranium ». On n'a qu'à laisser nos têtes tranquilles, et nos chevets, comme dit la bonne sœur, ne seront pas plus salis que ceux des autres.

Cette apostrophe valut à Marie-Rose une bonne punition; et le cosmétique abhorré continua de sévir.

Au couvent, il y a des mots que l'on évite de prononcer; ce n'est pas qu'ils soient inconvenants, mais ils évoquent des idées qu'il est préférable d'écarter. Le mot *corset* est du nombre. On lui substitue des euphémismes dont s'accommode mieux l'extrême réserve des religieuses. On dit un *corselet* ou une *brassière*.

— C'est plus modeste, disent-elles.

Elles pourraient ajouter :

— C'est plus exact.

En effet, la pièce de costume dont il s'agit ne

ressemble que de très loin à un corset. C'est un morceau de coutil gris avec des plis piqués qui en augmentent la raideur, et un vague baleinage que l'on a peine à découvrir tant il est discret. La brassière est toute droite du haut en bas, si bien qu'il faut des épaulettes pour la maintenir, autrement elle glisserait jusqu'aux talons.

Voici comment s'opère le laçage. On se place à la queue leu-leu; la deuxième lace la première, la troisième lace la deuxième et ainsi de suite, la petite sœur laçant la dernière. Naturellement il y a une privilégiée qui se croise les bras. Mais, comme le règlement est établi avec une équité parfaite, c'est à chacune son tour d'être privilégiée.

Est-ce la jouissance de rester deux minutes à ne rien faire quand les autres s'occupent? Est-ce tout simplement la satisfaction que chacun éprouve dans l'exercice de son droit? toujours est-il que l'on revendique âprement son tour de privilège. On l'établit dès la veille au soir.

— Demain, c'est moi qui suis en tête pour le laçage.

Il se produit quelquefois des conflits de note aigre-douce.

— Béatrix, ne serrez pas tant, dit une fluette.

— Henriette, serrez davantage, réclame une forte, j'aurai l'air d'un sac.

— Que je serre ou que je ne serre pas, vous

aurez toujours l'air d'un sac, ma pauvre Renée.

— Merci bien, vous êtes polie.

Marie-Rose a un critérium de serrage. Il faut que ses effets puissent opérer autour d'elle un mouvement de semi-rotation sans qu'elle les sente. Pour cette épreuve, elle a une manière à elle de se secouer de droite à gauche, puis de gauche à droite qui lui attire de nombreuses observations.

— C'est de la mauvaise tenue, affirme la mère Saint-Boniface.

— Non, c'est de la précaution, riposte Marie-Rose, je n'ai pas envie d'étouffer, moi.

Et du moment où elle se trouve à son aise, peu lui importe que dans la famille on déclare qu'elle ressemble à une poupée de son.

Quand la toilette est terminée, on range les lits.

Les rideaux de basin blanc, suspendus à un gros anneau de cuivre, entourent le lit de trois côtés, formant ainsi le « coin » où chacune se sent chez soi — un « chez soi » bien réduit mais dont on se montre d'autant plus jaloux. Tous les matins, il faut ramener en plis réguliers les rideaux sur le pied du lit, afin que, pendant la journée, les fenêtres étant largement ouvertes, l'air puisse circuler librement, la lumière pénétrer jusqu'aux plus petits recoins.

Puis, pour donner au dortoir l'aspect rangé

qu'ont, à toute heure, les choses du couvent, on redresse la courtepointe et on la tire sur le traversin.

Les courtepointes sont taillées à l'ancienne mode, de telle manière qu'elles couvrent toute la literie sans nécessiter un pli. Les lambrequins en sont si longs qu'ils touchent presque terre.

Marie-Rose, qui aime la précision dans les termes, dit quelquefois :

— Des courtepointes, cela!... Ah! bien, je me demande comment seraient les pointes si elles n'étaient pas courtes.

Les courtepointes sont faites de ces étoffes antiques, inusables comme tissu et comme coloris; leur existence est encore prolongée par les soins méticuleux des bonnes sœurs qui éloignent tout danger d'avaries. On donne à ces étoffes, dont la fabrication est abandonnée depuis longtemps, le nom d' «indiennes» ou de «perses». Les gens d'humeur conciliante disent de l' « indienne-perse ».

Les dessins n'en sont pas *modern-style*, oh! non. Ils ne renferment ni allégorie, ni symbole, ni sens caché, et sont accessibles aux esprits les plus simples. Il y a dans un dortoir les *Horaces* et les *Curiaces*, marron clair, dans un autre, l'*Histoire de Joseph vendu par ses frères*, de couleur lie de vin, puis un *Haroun-al-Raschid*, abricot très

mûr, *les Quatre Fils Aymon*, d'un violet prune
de Monsieur, des oiseaux huppés et empennés
de la façon la plus effarante, sur des arbres plus
effarants encore, le tout d'un bleu de vieille porcelaine, des anges — ou des amours, la chose ne fut
jamais bien élucidée — d'un rose pâle sur fond
crème.

Ces antiquailles auraient constitué des pièces de
collection très intéressantes, mais les fillettes n'en
ont cure; elles traitent sans plus de façon le pa-
triarche, le calife, les guerriers romains, les preux,
l'oisellerie et les enfants joufflus.

Officiellement, chaque dortoir est désigné par
le nom de son patron. Il y a l'Ange Gardien, le
petit Jésus, Sainte-Anne, Sainte-Agnès, Sainte-
Marthe, etc., mais les élèves préfèrent le classe-
ment par courtepointes. On dit, par exemple :

— Les Fils Aymon sont toujours en retard.

Ou bien :

— Les Paradisiers ont cassé un carreau, ce
matin.

Ou encore :

— On a fait joliment du bruit, hier au Joseph.

Sept heures moins un quart. La cloche de sortie
va bientôt sonner.

La semainière accomplit son office de rangement sous la surveillance de la petite novice.

Quelques fillettes déjà prêtes s'occupent diversement. Les studieuses repassent une leçon; les raffinées polissent leurs ongles sur un coin de leur tablier; les coquettes examinent leurs dents où rectifient leur coiffure devant l'unique petit miroir où l'on a bien de la peine à voir sa figure tout entière; les babillardes ébauchent à voix basse une conversation où se mêlent des rires étouffés, des piques et même de petites disputes. Les lambines achèvent leur toilette, bousculées par la mère Saint-Boniface, gentiment aidées par la petite sœur au voile blanc dont la complaisance aplanit beaucoup de difficultés.

La porte s'ouvre sans bruit.

— Bonjour mes petites filles; on est sages et bien portantes, ce matin?

Toutes répondent à l'appel de cette voix douce et ferme qu'elles connaissent et qu'elles chérissent :

— Bonjour, mère Préfète.

— Sages,... fait la maîtresse, heu!... bien portantes... on n'a qu'à les regarder.

Le fait est que tous les minois sont frais et rosés, les mouvements prestes, l'œil vif.

— Alors, le vent n'a empêché personne de dormir?

Les fillettes se regardent avec un étonnement interrogateur. Il a donc fait du vent?...

— On a le sommeil robuste, à votre âge, fait la mère Assomption avec une maternelle indulgence; le vent, toute la nuit, a soufflé en tempête, la mer est démontée... Ce matin, on ajoutera à la prière un *Ave maris stella* pour les marins qui sont « dehors »

« Les marins qui sont dehors... » il y a des milieux où l'on ne saisirait pas bien; mais au couvent, tout le monde sait que « dehors », c'est le grand large. La mère Supérieure et la mère Préfète, qui sont les filles du célèbre amiral G., emploient tout naturellement les termes de la marine qui leur sont familiers, elles sont certaines d'être comprises.

Beaucoup de figures s'assombrissent; il y a des fillettes qui ont un père, des frères, des oncles « dehors ». Mais si l'on ne heurte pas inutilement la sensibilité des enfants, on ne la ménage pas trop non plus. L'éducation est franchement altruiste. Et, par ce matin de mauvais temps, la mère Assomption juge bon de dire à ses élèves :

— Cette journée qui commence, d'autres que vous la vivront; et parmi ceux-là, beaucoup sont moins bien partagés : il faut songer à eux.

Le soir.

Huit heures sonnent. Dans le grand vestibule, les pensionnaires sont déjà rangées, non plus par ceintures, mais par dortoir. Les deux gardiennes de la récréation veillent à ce que l'ordre et le silence soient rigoureusement respectés.

— Comment, on est encore en tumulte à l'Ange Gardien !

— Qui est-ce qui babille à Sainte-Agnès ?

Le défilé s'organise dans le bel escalier aux dalles blanches, à la rampe de fer ouvragé.

Parfois il se produit de petites altercations entre dortoirs.

— Montez donc, les Haroun, quels colimaçons !

Mais le silence étant officiellement établi, toute infraction est énergiquement réprimée par un : *chut !*

A la porte de chaque dortoir, la maîtresse attend son groupe. Avant de se séparer, on échange à voix basse quelques adieux :

— Bonsoir, Bénédicte !

— Bonsoir, Marie-Rose, Hélène, Charlotte.

On hasarde pour une maîtresse qu'on aime bien :

— Bonsoir, mère Saint-Jacques.

La religieuse qui, au fond, est sans doute flattée de l'attention, doit dire pour faire respecter le règlement :

— C'est du silence, cela, dites un peu !

Le dortoir est doucement éclairé par une lampe

à huile. Les rideaux blancs sont clos; tout est paisible et frais.

Sans qu'il soit besoin d'avertissements, rien que par l'influence du calme qui les entoure, les fillettes se recueillent, leur ton s'apaise, leurs gestes deviennent plus mesurés.

On se déshabille sans bruit avec cette chasteté qui s'ignore, tant elle est naturelle et coutumière; et, un peu lasse, de quinze heures de travail, d'exercices et de jeu, on se met au lit.

Il est loin d'être douillet, le lit des petites pensionnaires : un sommier fort peu élastique, un matelas très plat, un traversin très dur, des draps de toile rêche et la fameuse courtepointe à bonshommes; par terre, un gros paillasson qui pique les pieds quand il est trop neuf : c'est tout.

Encore, ce régime spartiate, certaines religieuses ont-elles le front de le trouver trop doux.

— Ah! mes enfants!... on s'amollit de plus en plus. Vos mères ont été élevées autrement que cela.

Pendant la récréation du soir, la mère Préfète a entendu le rapport des maîtresses et des surveillantes du pensionnat. Elle sait que Georgette Mauriat n'a pas mangé au souper, que Françoise Louvière s'est plainte de mal à la tête, que Geneviève de Rocquemont et Madeleine Chantrier ont eu ensemble une explication un peu vive, que Suzanne Barouy s'est montrée indocile à l'étude, que Marie-Rose Courregeolles a dissipé tout le réfectoire ; et, avant de prendre du repos, elle tient à s'assurer par elle-même de la santé et de l'humeur de ses enfants.

Elle va au « coin » de celles qui lui ont été signalées ou qu'elle a pu remarquer elle-même. De sa voix toujours grave, mais où se devine une affection profonde, une indulgence sans bornes, elle encourage, apaise, console... ou gronde. Mais sa gronderie même est bonne, et les petites méchantes la préfèrent de beaucoup au silence.

Demain, peut-être, la sévérité aura pris du « revif », suivant l'expression des pensionnaires dont beaucoup sont familiarisées avec les termes de la marine ; mais la mère Préfète ne veut pas que ses filles s'endorment sur une pensée d'amertume, de révolte ou de chagrin.

— *Asperges me Domine, hyssopo et mundabor.*
— *Lavabis me et super nivem dealbabor.*

La maîtresse va de lit en lit, portant l'eau bénite aux petites filles. Et, comme on s'est éveillées le matin, on s'endort le soir, la prière sur les lèvres.

Quand, à neuf heures, la religieuse quitte le dortoir pour la cellule où, par une grande vitre mobile elle voit tout ce qui se passe à côté, les quinze têtes blondes ou brunes reposent sur l'austère chevet; les respirations se rythment par le sommeil. Dans ce refuge clos et frais, aucun danger ne menace les petites dormeuses. Leurs âmes sont si pures que le mal ne saurait les effleurer même en rêve...

Sur la pointe des pieds, avec un geste de bénédiction, la maîtresse se retire.

II

LE RÉFECTOIRE

Les gens qui parlent avec des airs entendus du régime alimentaire des couvents, et qui sourient d'aise à la pensée des bons petits plats qui s'y préparent et s'y dégustent, n'ont sans doute jamais franchi la grille d'un cloître de Notre-Dame.

Voici, très exactement, quel était le menu quotidien d'une petite pensionnaire au temps de Marie-Rose. Et si celui des religieuses différait quelque peu, c'était pour être plus frugal, plus austère.

Au déjeuner, un bol de lait chaud... sans sucre, avec un morceau de pain... sans beurre. Au dîner, la soupe et le bœuf, du rôti, des légumes ou de la salade; pas de dessert. A la collation, une tartine de compote ou bien un morceau de pain avec des fruits de la saison. Au souper, un potage, un ragoût aux légumes, un dessert très modeste. Le vendredi et le samedi sont vraiment jours d'abstinence. On a pour dîner un plat d'œufs ou de poisson, des légumes, une salade. Pour souper, un potage au lait, deux légumes, un dessert.

Les entremets, les plats sucrés, la pâtisserie, sont rigoureusement prohibés. Le cidre étant la boisson du pays, on sert du cidre; mais la moitié des enfants boivent de l'eau. Il faut un certificat du médecin pour que l'on permette aux parents de fournir du vin.

Le pain est du gros pain, un peu bis, que l'on cuit au couvent toutes les semaines. On le mange plutôt rassis que frais. Malgré cela, les fillettes le préfèrent au pain blanc du boulanger.

Les semaines où se trouvent plusieurs jours de maigre, en carême, par exemple, ou les jours des Quatre-Temps, il y a « galette de sarrazin ». Les palais fins et les estomacs délicats crieraient d'horreur devant ce mets qui fait la joie des pensionnaires. C'est une sorte de crêpe massive et lourde que l'on mange saupoudrée de sel.

— Il y aurait de quoi donner des indigestions au diable, déclare une vieille dame pensionnaire qui passe pour être friande.

4

Mais les petites filles ne sont pas le diable; et elles jouent de si bon cœur à la récréation qui suit la galette de sarrazin, que l'indigestion ne saurait les atteindre.

Ce régime ne subit d'atténuation que quatre fois par an : à la fête de la mère Supérieure et à la Sainte-Catherine, où l'on sert ce que la bonne sœur Sainte-Philomène, la cuisinière en chef, appelle des « dariolettes (1) », à Noël, où l'on mange une dinde aux marrons, et le jour des Rois, où l'on partage la galette traditionnelle.

Tel est donc le menu de la rentrée aux vacances. Les enfants les plus choyées au logis s'y soumettent très volontiers, et leur santé s'en trouve à merveille.

On bougonne bien quelquefois, mais seulement pour des questions de détail. Mère Saint-Jacques, l'Econome du pensionnat, fait la récréation des grandes; et comme les récréations succèdent immédiatement aux repas, c'est-à-dire au moment où l'impression mauvaise est dans son plein, on en profite pour lui exposer ses griefs.

— Mère Saint-Jacques, voyons, cela ne ruinerait pas la Communauté, de nous donner un peu

(1) Des mets recherchés.

de beurre..., et vous savez, le lait sans sucre, c'est très mauvais.

— Mère Saint-Jacques, ce sont des pommes à lapin qu'on nous a données à la collation : elles étaient toutes véreuses.

La brave religieuse reçoit l'avalanche sans broncher. On l'aime beaucoup au couvent. Elle est un peu brusque, mais très indulgente et toujours de bonne humeur. Elle ne s'étonne ni ne s'indigne des doléances auxquelles elle répond invariablement :

— Bon !... bon !... c'est cela qui vous donne le teint frais.

On se plaint aussi au réfectoire, mais on est moins joyeusement reçu.

— Ma bonne sœur, je ne peux pas souffrir les poires blettes, donnez-m'en plutôt une trop dure.

— Je ne peux pas, mademoiselle, l'ordre est de distribuer comme ça vient.

— *Comme ça vient !...* Voilà un système qui ne me réussit guère ! *Ça vient* toujours des horreurs à mon tour.

— Qui est-ce qui cause encore du désordre ? Mlle Gourregeolles, naturellement.

— Parce que *naturellement* on me sert des choses épouvantables.

— Si le dessert ne vous plaît pas, il faut vous contenter de pain sec.

Marie-Rose accepte la punition sans murmurer. Elle aime beaucoup mieux le pain sec que les poires blettes.

A une époque qu'il serait impossible à déterminer, une élève a, paraît-il, trouvé une tige de mouron dans la salade. Depuis lors, toute feuille autre que la laitue, la mâche ou la chicorée, est baptisée mouron.

— Ma bonne sœur, qu'est-ce que cette verdure, je vous prie ?

— Ça, mademoiselle, c'est des appétits.

— Non, ma bonne sœur, c'est du mouron.

— Faites excuse, mademoiselle, c'est de la pimprenelle et des cives qu'on met dans la salade pour qu'elle soit meilleure ; elles sont mal hachées, voilà tout, mais cela ne ressemble pas à du mouron, bien sûr.

Régine Tassel, dont les connaissances botaniques sont universellement reconnues, bien que cette réputation ne repose sur aucune base, prononce gravement :

— Ce sont des herbes à tisane.

Et tout le monde regarde son assiette avec méfiance.

Il existe encore cette vieille croyance que la soupe à l'oseille est faite avec des feuilles de mûrier blanc. Comme s'il n'était pas plus facile de se procurer de l'oseille que du mûrier à vers à soie.

Afin que certaines religieuses ne soient pas continuellement privées des repas pris en commun, le réfectoire est fait alternativement par quatre maîtresses.

Quand c'est le tour de la mère Saint-Boniface, les enfants sont désolées. Avec les mêmes éléments que ses collègues, elle trouve moyen de mécontenter tout le monde. Et elle n'admet aucune réclamation. Son unique réponse est celle-ci :

— Tout est pour le mieux si vous faites pénitence.

A cause de son goût pour la mortification, les enfants la nomment au réfectoire « la mère Quatre-Temps ».

La lectrice de semaine, servie la première, commence son office aussitôt après la soupe et le bœuf. Elle s'installe pour cela sur un de ces tabourets à marchepied, fort en usage au couvent et que l'on appelle pompeusement un « trône ».

La lecture au réfectoire a un double objet. D'abord les autorités compétentes sont persuadées, et avec justice, qu'on ne lit jamais en vain : à cause de cela, les lectures sont instructives. Mais on veut aussi obtenir le calme et le silence, et, pour se conformer à ce vieil adage : « On n'attrape pas les mouches avec du vinaigre, » la lecture est attrayante.

Il y a pourtant des circonstances où elle est austère et grave. La veille des grandes solennités, on lit *le Tableau poétique des fêtes chrétiennes*. Pour le Carême et pour l'Avent, on sort un très vieux bouquin dont l'orthographe antique donne de la tablature aux pauvres Violettes, seules chargées de l'interpréter. Les f et les s se ressemblent, et on y lit : « Dans les tems où ils étoyent... » Ce vieux bouquin renferme des considérations sur la pénitence qui sont fort peu goûtées du jeune public. Ces jours-là, le réfectoire est particulièrement houleux ; et, quand la lectrice, en compensation du mal qu'elle s'est donné, ajoute au *Tu autem...* réglementaire : *Et tu, auditor, ora pro me*, il ne manque pas de voix pour répondre en sourdine : « Ah ! non, par exemple, vous êtes trop ennuyeuse. »

Le soir, au souper, on lit, racontée très brièvement, la vie du saint dont la fête se trouve le lendemain.

Après la lecture qui dure à peine un quart d'heure, la mère Surveillante arrive avec un papier pour faire les annonces.

« Les n°s 17, 24, 32, 58 sont priés de se rendre à la confiscation. »

Ce qui revient à dire que lesdits numéros iront

à la grande armoire où l'on confisque les objets laissés « à la traîne », et ne rentreront dans leur propriété qu'après avoir versé un sou pour les pauvres.

« Pas de Capucins aujourd'hui ; le temps est incertain. La récréation se fera dans la cour des Terrasses et sous le Gros Poirier. »

Cette annonce est généralement mal accueillie. Ce que, au couvent, on appelle les « Capucins », du nom des anciens propriétaires, est un ensemble superbe de cours et de jardins où les enfants se plaisent beaucoup.

« L'accordeur étant ici, personne ne bougera, pour les études et les leçons de piano, sans être appelé nominativement dans les classes. »

Etc., etc.

L'ordre du jour épuisé, on récite les Grâces, *Agimus tibi gratias*, puis l'Angélus en latin.

On sort, bien rangées, après une belle révérence à la Sainte Vierge qui préside aux agapes frugales des pensionnaires. On se tient encore pour traverser en biais la grande cour solennelle de la Communauté ; l'ordre et le silence commencent à recevoir de sérieux accrocs pendant que l'on monte le large escalier de granit. Puis la dislocation est immédiate et complète.

Comme une volée de moineaux, les petites filles s'égaillent pour la récréation.

III

L'UNIFORME

Le règlement du trousseau et de la garde-robe est bien fait pour plonger dans une surprise voisine de l'ahurissement les familles n'ayant encore jamais eu maille à partir avec une communauté religieuse.

Ce règlement doit dater de la révérende mère Marie-Alix, première supérieure de l'Ordre et qui vivait au dix-septième siècle. Sans doute on y a bien apporté quelques modifications de détail, mais si discrètes et si rares que cela ne vaut pas dire. Le fait est que Marie-Rose et ses compagnes sont habillées, à peu de chose près, comme étaient leurs grand'mères.

... Chemises en toile blanchie sur le pré, de forme très montante, avec des manches à gousset tombant plus bas que le coude.

Fichu de mousseline blanche pour le jour; pointes en jaconas fond blanc pour la nuit.

Bonnet de nuit en indienne claire de forme dite « calipette », etc.

Quand les mères se sont demandé avec inquiétude dans quels magasins elles trouveront le jaconas, l'organdi, la levantine, la bisonne et autres étoffes inconnues du grand public, et quelles ouvrières seront assez habiles pour confectionner des calipettes, des pointes de cou et des manches à gousset conformes aux indications, elles apprennent, à leur grand soulagement, dans le dernier article, qu'on peut trouver le tout à l'ouvroir de l'orphelinat.

L'uniforme est dit *noir et rose*. Mais combien de noir pour si peu de rose !

La robe d'été en orléans (on prononce *orléanse*), à jupe paysanne et corsage à la Vierge avec une guimpe de nansouk ornée d'une petite dentelle encadrant bien le cou, est certes passée de mode, mais tout de même pas trop ridicule. On n'en saurait dire autant de la robe d'hiver : jupe *plate* devant, à plis *plats* derrière, corsage *plat*, manches *plates* dépassant le poignet : tout est l'aplatissement. Et la mère Saint-Boniface à qui, en sa qualité de Surveillante générale, incombe la responsabilité de la tenue, veille à ce que le règlement, sous ce chef, soit strictement observé.

La mère Saint-Boniface a une esthétique qui lui est propre et dont la ligne droite forme l'élément principal : ligne droite de l'épaule à la hanche, ligne droite de la nuque aux talons, ligne droite partout.

Il faut l'entendre, quand elle assiste aux

essayages, répéter du ton aigrement suppliant qui lui est ordinaire :

— Montez les pinces, ma sœur Saint-Félix, montez les pinces...

Ou encore :

— Du large à la ceinture, beaucoup de large.

La première de ces recommandations a pour but de tasser la poitrine, la seconde de dissimuler l'amincissement naturel de la taille. La mère Surveillante n'a cure de l'anatomie pourvu que la bonne tenue soit sauvegardée.

Mais il y a des natures indociles qui s'épanouissent où et comme il leur plaît; et la mère Saint-Félix, qui a du bon sens, accepte ce qui lui semble inévitable. Aussi, est-ce avec une imperturbable philosophie qu'elle répond aux objurgations de la mère Saint-Boniface :

— C'est comme ça..., c'est comme ça, ma pauvre sœur, quand on dirait...

Il y a encore ceci que, en sa qualité de maîtresse de l'ouvroir, elle ne tient pas à ce que la mauvaise façon de ses robes lui attire le blâme des familles.

Le vêtement d'hiver est un *talma*. Dans le monde, il y a longtemps que ce genre de confection porte le nom de pèlerine; mais, au couvent, on demeure fidèle aux vieilles appellations; et l'on continue à dire *talma* sans se douter que ce

mot évoque tout ce qu'il y a de moins édifiant :
un comédien !... les planches !...

On ne se doute pas non plus que le nom de
pardessus d'été donne lieu, dans le profane, à
des interprétations plaisantes. C'est une sorte de
jaquette très peu serrée à la ceinture, assez néanmoins pour mériter d'être appelée « pince-taille ».
Les religieuses, pas plus que les enfants, ne
songent à s'étonner de ce mot auquel elles sont
habituées ; mais les non initiés s'en amusent fort.
Marie-Rose en fit l'expérience.

Comme elle oubliait aisément les commissions
dont on la chargeait pour sa grand'mère, elle les
faisait dès que cela lui passait par la tête, peu
importait le moment.

Un jour donc, au déjeuner de famille où assistaient ses frères, ses cousins et quelques amis
d'iceux, elle dit à brûle-pourpoint :

— Bonne maman, la mère Sainte-Clotilde dit
que les manches de mon pince-taille sont un peu
courtes et usées du bout. Elle demande dans
quelle mesure tu autorises la réparation.

Il y eut autour de la table des exclamations de
surprise amusée.

— Ton quoi ?... répète un peu, Marie-Rose.

— Mon pince-taille, reprit l'enfant avec une
ingénuité parfaite.

Cette déclaration fut accueillie par un rire gé-

néral auquel la grand'mère coupa court en disant
avec son calme un peu sévère :

— Eh oui! son pince-taille... C'est le nom de
leur vêtement d'été, que trouvez-vous d'extraordinaire à cela?

Les garçons virent qu'il était séant de clore le
débat et ils se turent. Mais, une fois seuls, ils
s'égayèrent beaucoup de cette idée d'appeler
« pince-taille », un vêtement de petite pensionnaire.

— Il n'y a vraiment que des religieuses igno-
rant tout de la vie pour avoir de pareilles inventions...

Quant à Marie-Rose, ce ne fut que bien des
années plus tard, en relisant son journal de fillette,
qu'elle saisit le jeu de mots.

La pièce d'uniforme la plus extraordinaire est
certainement le chapeau.

A cette époque, il y avait dans le monde, trois
catégories principales de chapeaux : le chapeau
rond, le chapeau fermé, la capote.

Au couvent, on a décrété que le chapeau rond
est tout juste bon à garantir les enfants du soleil
pendant la récréation, qu'il n'est pas digne de
figurer à la chapelle : il donne une allure trop
évaporée. La capote est tout de même un peu
« bonne femme ». On a beau avoir renoncé aux

pompes de Satan pour soi et pour autrui, cela ne
va pas jusqu'à déguiser les petites filles en
grand'mères. On prend donc le moyen terme qui,
dans l'espèce est le chapeau fermé.

Ce chapeau que l'on désigne encore, avec plus
d'exactitude que de révérence, sous le nom de
cabriolet, emboîte complètement la tête et les
oreilles, se termine derrière par un bavolet de
soie et s'attache sous le menton par de larges
brides de ruban. Le creux de la passe est comblé
par une ruche de blonde où se nichent des roses-
pompon.

Les brides du chapeau, le bavolet, les fleurs,
plus un tour de cou pour les dimanches, consti-
tuent la partie *rose* de l'uniforme. Tout le reste
est *noir*, sauf pourtant les bas qui sont blancs en
toute saison.

Le chapeau d'été est en paille d'Italie; celui
d'hiver est en peluche. Mais, par peluche, il ne
faut pas entendre cette étoffe soyeuse et lisse
que tout le monde connaît; non, c'est une étoffe
bizarre, à poils ternes, rudes, hérissés, une étoffe
hirsute, pourrait-on dire, et qui semble fabriquée
tout exprès pour le couvent. Chaque année, à la
Toussaint, lorsqu'on reprend l'uniforme d'hiver,
le bruit renaît que l'on utilise ainsi les vieux bonnets à poil des grenadiers de l'Empire dont le

couvent a acheté un stock consédérable au moment de la Restauration.

A tout prendre, ce n'est pas plus laid qu'autre chose, ce petit minois que l'on aperçoit au fin fond du chapeau *cabriolet* nimbé de blonde légère avec la note gaie des roses-pompon. Mais cette coiffure donne la dernière touche à l'uniforme rococo, désuet, suranné qui fait appeler nos pensionnaires « les petites 1830 » quand elles sont en troupe, et « Madame Adélaïde » quand elles sont isolées.

IV

LE MAITRE A DANSER

Au couvent, on tient à honneur de n'employer aucun professeur du dehors, les religieuses suffisent à tout, même à l'enseignement des langues qui est donné par des Irlandaises et par des Allemandes catholiques. Il est cependant une chose qui sort de leurs attributions : la danse.

Le « maître à danser », comme disent la mère Supérieure et la mère Préfète qui sont pour les traditions, a donné des leçons aux mamans des pensionnaires actuelles; il est, pour ainsi dire, de fondation. Pourtant, quelle affaire, chaque année, quand les cours recommencent. Il y a des conciliabules sans fin entre la Surveillante générale et la mère Saint-Vincent qui, depuis vingt-cinq ans, « garde » la danse.

On renouvelle les instructions d'ordre général et les recommandations particulières à quelques élèves dont l'humeur paraît menaçante.

« Les leçons de danse — ou, plus proprement, les leçons de maintien, car la danse n'est que l'accessoire et les pas que l'on exécute sont simplement destinés à donner aux manières plus d'aisance, de discrétion et peut-être aussi... plus de grâce — les leçons de maintien, dis-je, sont une concession... excessive au goût du siècle. Il convient donc d'y apporter une réserve, une décence extrêmes. La modestie, plus encore que la grâce, est la vraie parure des jeunes filles, etc., etc. »

De tout temps, les pensionnaires ont entendu ce discours ou d'autres semblables : autant en emporte le vent.

A l'époque où «ce bon M. Loudel» avait débuté comme professeur de danse, il était escorté de sa femme qui tenait le violon d'accompagnement, et cette circonstance avait sans doute contribué à le faire admettre au couvent.

Quand « la respectable Mme Loudel » résolut

de prendre sa retraite, elle proposa son fils pour la remplacer. La substitution ne se fit pas sans beaucoup de paroles et de cérémonies. Les Loudel durent plaider longtemps leur cause.

— Notre fils, madame la Supérieure, notre fils Jean-Baptiste est un homme sérieux... Il a trente et un ans..., il est marié..., père de famille...

Comment, en fin de compte, n'avoir point confiance dans un homme de trente et un ans..., sérieux..., marié..., père de famille... et qui, par surcroît, s'appelait Jean-Baptiste!...

Et puis, le moyen de se tirer d'affaire autrement?... On ne pouvait supprimer le violon; et, que le maître à danser fût accompagné d'une femme autre que « la respectable Mme Loudel », voilà une hypothèse que l'on n'envisageait même pas.

Jean-Baptiste fut donc admis à l'honneur de faire sauter les petites pensionnaires, et jamais on n'eut à s'en repentir.

Jean-Baptiste arrive avec son père; et, pendant que celui-ci se dépense en amabilités, lui, d'un salut profond et rapide qui le casse en deux, s'incline devant la mère Saint-Vincent d'abord, puis devant ces demoiselles. Ensuite, il déballe son alto un peu enroué que les enfants ont baptisé « viole d'amour »; et, après quelques accords, il demeure immobile, les yeux fixés sur son père, l'archet en suspens, attendant le signal.

— Jean-Baptiste..., partez...

Un déclenchement, et Jean-Baptiste part.

— Stop !

Jean-Baptiste s'arrête avec la même précision pour repartir au premier ordre.

Les fillettes disent quelquefois :

— Est-on bien sûr que Jean-Baptiste est vivant?

Au couvent circule cette légende que le prétendu fils Loudel n'est autre qu'un vieil automate conservé soigneusement depuis Vaucanson. Chaque année on l'épousète, on le brosse, on l'astique pour la reprise des cours de danse; et, la saison terminée, il réintègre l'armoire du grenier où, pendant tout l'été, il dort son sommeil de marionnette.

Les chaussures de danse seraient dignes d'un poème. Cela tient du soulier découvert et de la pantoufle. C'est fait d'un velours marron pointillé de jaune clair, et cela s'attache à la cheville par un lacet en manière de cothurne.

Nulle part on ne voit de ces choses bizarres et surannées : ni dans les magasins, ni aux pieds des gens, nulle part, si ce n'est à la classe de danse de M. Loudel.

Dans quelle mystérieuse fabrique cela prend-il

5

naissance? ou bien, où existe-t-il un stock de cette extraordinaire chaussure qui semble du même âge que les escoffions et les vertugadins? Mais quel stock pour fournir aux pieds des petites-filles après avoir fourni aux pieds des grand'mères!

Les commentaires des fillettes à ce sujet sont intarissables.

Presque toutes les pensionnaires aiment les leçons de danse. Mais quelques-unes les déclarent aussi ennuyeuses que l'arithmétique et la géographie. D'autres, au contraire, s'y complaisent trop. C'est à celles-là que la mère Saint-Boniface réserve ses anathèmes et ses citations édifiantes.

— Saint Ambroise appelle la danse « l'écueil de l'innocence et le tombeau de la pudeur ». Le concile de Laodicée l'interdit même aux noces. Le concile de Tours la traite « d'artifices et d'attraits du démon ». Saint François de Sales, lui-même, qu'on ne put jamais accuser d'être sévère, dit qu' « au bal, l'âme se trouve en de graves dangers ».

A quoi Marie-Rose, qui accepte volontiers la discussion et ne craint point de compulser les textes, répond victorieusement :

— Mais l'Ecriture sainte dit : « Louez le Seigneur avec des trompettes, louez-le en harpe et psaltérion. Louez-le par des chœurs et *des danses.* »

Quand les Israélites sortirent d'Egypte, Marie, sœur de Moïse, improvisa *des danses* pour célébrer ce grand événement. Au retour de Jephté, ce fut par *des danses* que sa fille Zeïla fêta sa victoire.

— Pauvre Zeïla! interrompt Hélène Dubosc avec un grand calme, pour ce que la victoire de son père lui rapporta d'agrément, il n'y avait vraiment pas de quoi danser.

— On célébra le triomphe de David sur le géant philistin, poursuit Marie-Rose, par *des danses* exécutées au son des cithares, des flûtes et des tambourins de liesse. Plus tard, David lui-même, devenu roi, *dansa* devant l'Arche d'alliance.

Mère Saint-Boniface fait taire la jeune discoureuse.

— Mademoiselle Gourregeolles, vous êtes très coupable d'abuser de votre facilité d'élocution pour induire vos compagnes en erreur. Vous savez parfaitement qu'il s'agissait là de danses sacrées, n'ayant rien de commun avec ces assemblées de perdition qui s'appellent un bal.

— Qu'à cela ne tienne, ma mère, on peut nous soumettre au régime des pas sacrés. Pour ma part, je serais ravie de danser au son des flûtes et des tambourins de liesse.

Cette fois, mère Saint-Boniface semble en proie aux appréhensions les plus douloureuses.

— Fasse le Ciel, ma pauvre enfant, que l'on n'ait pas plus tard à se reprocher la direction imprimée à votre jeune esprit par ces soi-disant leçons de maintien !

Oh ! les leçons de maintien ! quelle tablature elles donnent à la mère Saint-Boniface ! Comme elle ne peut rien contre le professeur, elle se rattrape sur les élèves. Elle guette leur sortie, et si l'animation causée par l'exercice est trop marquée et trop joyeuse, allez donc ! les remontrances pleuvent dru comme grêle.

Il n'y a cependant pas matière à tant d'ana-thèmes.

On apprend surtout aux fillettes à bien poser leurs pieds en marchant, à circuler dans les endroits encombrés sans heurter les gens ni bousculer les choses, à entrer avec aisance dans une pièce où il y a du monde, à garder une attitude modeste et gracieuse quand on est au repos.

La révérence est un des points principaux des cours. Au couvent, on ne rend les honneurs qu'avec la révérence, et Dieu sait la variété de nuances que cette cérémonie comporte. Il y a d'abord les trois révérences classiques : en avant, en arrière, en passant ; puis, une révérence pour la chapelle, une pour l'entrée et la sortie des classes, une pour les parents, une pour les personnes à qui on doit

le respect, une pour le reste du genre humain. Si
même quelque élève de M. Loudel se mariait dans
la diplomatie, elle ne serait pas empruntée pour se
présenter à la cour, car elle aurait appris la révérence qui convient aux monarques.

Les leçons de maintien et l'enseignement de la
révérence n'absorbent pas tout le temps dévolu
aux cours. Aux accords de la « viole d'amour »,
on exécute des mouvements d'ensemble; on fait
des défilés, des marches, des dédoublements, des
conversions, des démarrages et des arrêts, puis
des flexions cadencées des bras, des jambes, du
buste. Ce sont, à proprement parler, les *musical-
drills*, si fort en vogue dans les Iles-Britanniques
et que l'on essaye, sans y réussir, de vulgariser
chez nous. Les petites pensionnaires de la génération de Marie-Rose les pratiquaient couramment
au fond de leur vieux couvent de province.

On enseigne encore les pas si jolis du dix-septième siècle : le menuet, la gavotte, la pavane. A
ce sujet, M. Loudel ne déteste pas faire, sous
couleur d'observations, un peu d'érudition et
d'éloquence.

— Mesdemoiselles, le menuet — pas menu —
a pour origine un ancien branle du Poitou. C'était
un pas essentiellement naïf et gai, il faudrait,

autant que possible, ne point trop l'éloigner de son allure primitive. Or, Mlle Charost le danse comme si elle avait des bottes de sept lieues...

... La gavotte, mesdemoiselles, la gavotte, de style délicat, un tantinet précieux..., mais vous ne le comprenez pas du tout. Vos mouvements sont saccadés, nerveux... Vous ressemblez à une troupe de marionnettes... Faut-il tout dire?... on se croirait chez Corvi...

... Mademoiselle Gourregeolles, je vous prie..., la pavane est un pas grave, sérieux, solennel..., un pas de reine... Autrefois, les dames l'exécuen robes à traîne, lourdement brodées et chargées de pierreries, les seigneurs en manteau, les gentilshommes avec la cape et l'épée... Vous, si je puis m'exprimer ainsi, vous sautillez comme une bergeronnette.

On tolère encore quelques « contredanses » modernes — le mot quadrille est proscrit comme trop *évaporé*. Il fallut beaucoup de réclamations de la part des familles pour que l'on autorisât les « danses à deux » : polka, scottish, mazurka, varsovienne. Encore, fût-ce à la condition expresse qu'on ne se prendrait point la taille. On se tient donc par les mains sous prétexte que c'est plus gracieux.

— Pourvu que ces demoiselles s'habituent au

rythme!... dit le père Loudel, que la peur de voir restreindre ses attributions rend conciliant.

Quant à la valse, c'est une chose dont il ne faut même pas parler au couvent.

Les lamentations intarissables de la mère Saint-Vincent et de M. Loudel sur le « siècle » sont tout ce qu'il y a de plus comique.

La mère Saint-Vincent est maîtresse d'écriture; elle a non seulement la conscience, mais l'amour de sa tâche. Elle ne se contente pas de la correction en classe, elle emporte les cahiers de ses élèves pour étudier les défauts de chacune et chercher les remèdes.

Tout en surveillant la danse, la bonne religieuse examine, réfléchit, se lamente. Et pendant les dix minutes de halte qui coupent la leçon, le maître à danser s'approche d'elle; alors tous deux unissent leurs doléances.

— Ah! madame Saint-Vincent! vous souvenez-vous des mamans de ces demoiselles?... Comme elles étaient plaisantes dans leur jeune gravité!... comme elles se pliaient docilement aux exercices préliminaires!... Aussi savaient-elles décomposer les pas et les mouvements. Mais la jeunesse d'aujourd'hui ne connaît plus l'application; elle veut tout savoir et ne veut rien apprendre... Encore, ici, l'enseignement classique a-t-il conservé ses bases essentielles, mais partout ailleurs!... On ne prend plus garde à la pose des pieds, ni aux flexions des genoux, ni à la tenue des bras, ni à l'attitude, ni aux gestes, ni à rien... On saute, madame Saint-Vincent, on ne danse plus...

— Hélas! monsieur Loudel, c'est comme l'écriture; voici encore une chose qui s'en va... Je ne dis pas qu'il n'y a plus de *bonnes mains*, mais les méthodes auront bientôt disparu. Dans notre jeunesse, on ne connaissait que l'écriture française, si nette, si franche, si loyale... Il y a belle lurette qu'elle a disparu, du moins, dans la pratique courante. Il a fallu d'abord lui substituer l'*anglaise;* cela encore restait classique jusqu'à un certain point. Mais, que dire de l'*expédiée!*... cette écriture sans gêne, pleine d'irrespect pour celui à qui elle s'adresse... C'est pourtant devenu réglementaire... Et ces petits cahiers tout préparés qui ont la prétention de remplacer nos modèles d'autrefois..., nos modèles qui, tous, renfermaient une connaissance utile, une maxime, un conseil..., nos modèles qu'on pouvait adapter non seulement à la main, mais au caractère de l'enfant, et qui contribuaient ainsi à la formation des jeunes âmes... Oh! ces cahiers! quel mal ils font par le bien qu'ils empêchent de faire!... On griffonne, monsieur Loudel, on n'écrit plus.

— C'est vrai, madame Saint-Vincent, et tout

cela a une fâcheuse répercussion sur nos mœurs. Les traditions s'en vont l'une après l'autre, c'est grand dommage. Tenez, un détail, la révérence est passée de mode; même à l'église, on ne fait plus la révérence..., pas plus que la génuflexion...; un petit hochement de tête, c'est bien assez pour le bon Dieu. Dans certains milieux, qualifiés d'ailleurs de *rococo*, on pratique bien encore la révérence, mais quoi de commun, je vous prie, entre la flexion brusque du genou, le petit coup sec du pied tiré en arrière et le joli mouvement à la fois souple et grave en usage dans notre jeune temps..., rien du tout. Et le baise-main, ce tendre et respectueux hommage de nos pères envers les dames, savez-vous par quoi il est remplacé?... par ce qu'on appelle un *shake hand*..., autrement dit une poignée de main, et donnée de quelle façon..., *toc*, un geste comme pour enfoncer des clous. Et voilà ce que l'on remarque tous les jours dans le monde.

La mère Saint-Vincent lève les yeux et les bras vers le ciel attestant ainsi qu'elle n'a que faire d'aller dans le monde pour y voir de pareilles choses.

ÉDUCATION ET INSTRUCTION

I

L'ÉDUCATION AU COUVENT

Le corps et l'âme de l'enfant. — Les congrégations religieuses n'ont pas attendu que de sa-
vants docteurs vinssent proclamer l'influence du
corps sur l'âme et réciproquement ; leurs systèmes
d'éducation sont basés sur la connaissance et le
respect de cette vérité vieille comme le monde ; et
les maîtres en physiolo-psychologie n'ont eu qu'à
s'y référer pour leurs grandes découvertes.

La Préfète du temps de Marie-Rose fut une
éducatrice hors ligne qui en aurait remontré aux
pédologues *modern-style* les plus fameux.

Pour elle, tradition ne signifiait pas routine ;
mais tout en se pliant aux idées et aux exigences
de l'époque, elle demeurait fidèle aux anciennes

méthodes, à celles qui ont fait leurs preuves —
méthodes que leur fermeté n'empêchait pas d'être
très souples et très maniables.

En face d'une crise d'apathie ou d'irritation
dont l'enfant n'était pas toujours responsable, on
n'usait pas d'emblée de châtiments qui, en l'occur-
rence, n'auraient fait qu'irriter ou déprimer, suivant les natures; on écartait, au contraire, tout ce
qui aurait été susceptible d'aggraver la situation,
de la prolonger, de la transformer en état.

Tout en maintenant avec fermeté le principe de
la sagesse et de l'application, on s'arrangeait pour
y soustraire momentanément celles qui pouvaient
en souffrir.

Les moyens usités à cet effet étaient multiples,
divers, et d'une admirable simplicité. Le plus
souvent ils étaient inspirés par les circonstances.

Pour les enfants habituellement dociles —
qu'elles soient sous le coup d'un accès de noncha-
lance ou qu'elles aient un impérieux besoin de
remuer — on se sert de la missive envoyée d'une
classe à l'autre. La destinataire sait parfaitement
de quoi il retourne. Le petit papier, généralement
blanc, signifie : « Ma chère sœur, je vous envoie
une petite fille qui s'endort, ou bien qui a des
impatiences dans les jambes. A charge de revanche. »

La commissionnaire revient au bout d'un instant avec un livre, un cahier ou tout simplement
un autre papier blanc, sans se douter qu'elle vient
d'être l'objet d'une cure d'exercice corporel.

Quelquefois, on prétexte une petite réparation à
faire pour envoyer le jeune sujet jusqu'à l'ouvroir
de l'orphelinat. L'air vif des jardins, la marche,
un rien de distraction suffisent pour sortir les unes
de leur torpeur et pour apaiser chez les autres la
légère irritation nerveuse dont elles souffraient
sans s'en douter.

Une pauvre petite qui, l'hiver venu, s'engour-
dissait et se refroidissait dès qu'elle était en repos, et que, pour cette raison, les malicieuses appelaient « la tardigrade » était envoyée, à chaque
changement d'exercice, à l'appartement. Là, les
pieds sur une chaufferette, les mains dans l'eau
chaude, elle restait cinq minutes avec la bonne
sœur qui avait ordre de la faire babiller tout le
temps.

On fait faire aux trop sensibles, à celles dont
les larmes coulent pour tout et pour rien, de
longues stations dans l'atmosphère lumineuse et
vivifiante du Berceau Fleuri, ou de bonnes marches dans les allées des Capucins toujours pleines
de soleil. Tandis qu'on envoie les irascibles et
les révoltées réciter quelques dizaines de chapelet
dans le tranquille parterre de Nazareth. La mère

Préfète avait coutume d'affirmer que « le grand air et le soleil du bon Dieu sont des remèdes qui ne coûtent rien et qui ne font pas mal à l'estomac. »

Les enfants qui ne sont pas très bien portantes ont les voyages réguliers à la petite infirmerie où l'on absorbe pilules, sirops, huiles, etc. Pour d'autres, dont la santé ne semble pas compromise, mais qui supportent mal une immobilité prolongée, la mère Saint-Paul qui est une infirmière pleine de bon sens et d'observation, a institué un jeu de tisanes s'adaptant au tempérament de chacune et dont l'absorption est un prétexte à sorties.

Bien entendu on ne dit pas aux élèves : « Mes enfants, vous n'êtes pas dans votre assiette, il vous faut une petite promenade pour vous remettre d'aplomb », parce qu'aucune n'aurait jamais été dans son assiette; on s'arrange tout simplement pour concilier le respect des règlements avec la santé des fillettes.

Mais il ne venait à l'idée de personne que ces moyens si excellents qu'ils fussent étaient suffisants pour corriger les mauvaises dispositions d'une enfant. Et, en même temps que le corps, l'âme était soignée avec sollicitude, persévérance, énergie.

Les heures de silence. — Il y a une coutume que

l'on tient de la vie monastique et qui paraîtrait à beaucoup de gens surannée et barbare : celle des heures de silence. Au couvent, on y attachait un grand prix.

L'enfant est-elle maussade, grognon, ou bien acerbe, ou encore trop susceptible, et tout cela avec persistance?... La devine-t-on dans cette disposition mauvaise où nous croyons que tout est contre nous : les personnes, les choses et jusqu'aux événements?... L'autorité, au lieu de sévir, guette une manifestation tangible de cette mauvaise humeur pour appliquer les « heures de silence ».

Voici en quoi consiste la peine, ou plutôt le remède.

Mise à part pendant la récréation avec une petite novice comme gardienne, la délinquante ne doit point prononcer une parole. Il y a, au début, une courte lecture à haute voix, généralement un passage de l'Evangile ou de l'Imitation scrupuleusement choisi. La méditation qui suit est forcément dominée par cette lecture.

Mais avec quelle sollicitude la sentence est appliquée! Cette jeune âme dont le malaise se traduit par un peu d'amertume et de méchanceté, n'en est pas moins une âme qui souffre. Il faut qu'elle reconnaisse ses torts, mais il faut aussi qu'elle se rassure et qu'elle reprenne courage. On compte sur la bonne nature pour aider à la guérison.

Aussi les «heures de silence» ne se font-elles jamais dans un endroit sombre, triste ou seulement clos, mais au grand air : l'hiver dans la Bonne Allée pleine de soleil, l'été dans les frais jardins de Nazareth, au milieu des fleurs qui embaument, des oiseaux qui chantent, des insectes qui bruissent, de ce tumulte léger mais continu de la terre, d'autant mieux perçu que l'on se tait soi-même.

L'enfant ne doit point se mêler à la vie, mais elle n'est pas soustraite au spectacle de la vie. Or, la petite novice occupée à quelque travail de couture, les sœurs converses qui vont et viennent pour l'accomplissement de leur service, les vieilles dames pensionnaires qui passent avec un livre ou leur sac à ouvrage : toutes ont cet air paisible des gens à qui la tâche quotidienne ne pèse point. A ce spectacle apaisant, la douceur, peu à peu, pénètre la jeune âme aigrie, la fait plus confiante et meilleure.

Après un remerciement à sa gardienne, et aussi des excuses — car la petite novice aurait mieux aimé être en récréation avec ses sœurs que de garder une méchante fille — la jeune pensionnaire se rend d'elle-même auprès de celle de ses maîtresses ou de ses compagnes qu'elle a plus particulièrement offensée, et elle la prie de bien vouloir faire la paix.

Il arrive parfois que l'on est obligé de doubler,

de tripler la dose, mais c'est rare. Dans la majorité des cas, une séance unique suffit.

Marie-Rose fut une habituée des « heures de silence. » Quand elle se sentait en mauvaises dispositions, elle les réclamait de son propre chef, tant elle y trouvait d'apaisement et de bien-être.

Les Billets. — Afin que les enfants soient bien convaincues de l'importance qu'offre leur travail et leur conduite, on entoure de pompe la communication des notes hebdomadaires. La cérémonie, bizarrement appelée *Billets* se passe Sous la Chapelle, une belle salle très austère qui, pour la circonstance, prend son air des grands jours. Les enfants sont rangées par classe, le tablier enlevé, la ceinture de soie tranchant sur la robe d'uniforme.

Tous les dimanches, quand dix heures sonnent au carillon de la Communauté, la Préfète et les religieuses, mères ou sœurs qui, pour si peu que ce soit, ont affaire au Pensionnat, font leur entrée. Alors, d'un mouvement précis, les enfants sont debout, en ligne parfaite, la tête droite, comme des troupiers bien exercés.

C'est très solennel dans sa grande simplicité, au point que l'on s'étonne presque de ne pas entendre une annonce telle que : « Le tribunal!... » ou bien : « La cour!... »

Après les places et les notes de conduite, on
passe aux observations générales par groupements; classes, dortoirs, récréations, puis aux
observations personnelles. Ces dernières sont ordinairement synonymes de reproches. Pour un fait
particulièrement grave, l'inculpée est debout,
isolée, bien en vue, face à l'Aréopage tant que
dure la remontrance.

Les nouveaux principes d'éducation s'oppose-
raient à ces manifestations de blâme, sous prétexte qu' « il faut épargner aux enfants toute
blessure d'amour-propre ». Au couvent, on
n'avait point de ces scrupules. On y mettait en
pratique ce vieil adage : « Qui aime bien, châtie
bien. » Et l'on n'avait garde de négliger ce précieux élément de formation qu'est l'exemple. Les
enfants avaient été témoins de la faute de leur
compagne; il fallait qu'elles sussent exactement
en quoi consistait cette faute et comment on pouvait l'éviter et la réparer.

Il convient d'ajouter que l'éducation reçue venait atténuer, ou tout au moins modifier, la nature
du froissement. On était, en général, humilié de
la faute plus que du blâme. Et il n'était pas rare
que pour un méfait anonyme dont la mère Préfète
donnait connaissance, la coupable se levât et dît
courageusement : « C'est moi! »

Les Billets ne comportent pas que des répri-

mandes; on y fait une distribution de croix dites
de « science » et de « bonne conduite ». Pour un
travail remarquable ou une sagesse exemplaire, on
est félicitée. Pour le moindre effort, on reçoit des
encouragements, même si l'effort n'a pas été couronné de succès. Le mérite de chacune est apprécié
comme il convient. Il faut une semaine bien insignifiante, bien terne, pour n'être pas citée nominativement.

Bien que la séance des Billets soit sévère et que
beaucoup d'enfants l'appréhendent, aucune n'en
sort avec le cœur ulcéré. Toutes, au contraire, s'en
trouvent mieux disposées à l'obéissance et à l'application, parce que derrière les admonestations
les plus rudes, elles devinent l'affection de leurs
maîtresses.

La discipline. — Quoi qu'en pensent les modernes pédologues dont la sollicitude pour l'enfant s'est transformée en « culte », ainsi qu'ils le
professent eux-mêmes, une discipline bien entendue n'a point pour résultat d'abolir les caractères, mais de les tremper.

C'est grâce à la discipline que l'enfant s'accoutume non seulement à faire, mais à *vouloir* ce
qu'il faut, et non ce qui lui plaît; c'est-à-dire à
substituer l'esprit de devoir à sa fantaisie. C'est
la discipline qui lui apprend à dominer un ca-

price ou un accès de paresse, et à résister au mauvais exemple. Il n'y a pas de meilleure école pour la volonté.

Au couvent, la discipline n'est ni maussade, ni tatillonne, mais elle est appliquée avec une fermeté, une persévérance que rien ne fléchit.

L'empreinte. — Pour ce qui est de la direction des jeunes esprits, l'*empreinte* congréganiste n'est pas telle que certains le prétendent. Sans doute, on cherche à canaliser l'énergie toujours flottante de l'enfant pour la guider vers le bien; mais on évite de la déformer, à plus forte raison de la détruire. Et si l'on s'efforce de créer une personnalité aux fillettes qui en sont dépourvues, c'est toujours dans le sens de leur nature et de leurs capacités.

Il y a certains points d'éducation sur lesquels on insiste avec le plus grand soin, avec acharnement, presque.

On habitue, notamment, les pensionnaires à tout faire en ordre, sans hâte ni bousculade, dans le temps, de la manière qu'il convient et avec toute la perfection possible. On n'admet point d'ouvrage bâclé, si minime que soit l'ouvrage.

On les accoutume à prendre la responsabilité de leurs actes, à reconnaître leurs torts publiquement, à ne pas craindre la vérité sous quelque forme qu'elle se présente, à respecter leur conscience plus que les jugements du monde.

On les habitue à avoir le souci constant des autres, à ne les molester, à ne les gêner en rien. De là, cette discrétion, parfois extrême, dans les mouvements, les gestes, la démarche, particulière aux élèves des congrégations. Certains qualifient cette réserve de sournoiserie; elle est tout simplement une marque du respect que l'on doit au repos et aux aises d'autrui.

On leur enseigne la modestie, non point cette humilité rampante et servile qui, la moitié du temps, est la doublure de l'orgueil, mais l'humilité fière et digne qui provient de la connaissance de soi-même, de sa propre faiblesse, de la médiocrité des moyens dont on dispose, de la toute petite place qu'on occupe dans le monde. Il convient d'ajouter qu'on n'est point modeste uniquement pour son propre compte mais pour une bonne partie de l'humanité. « Très peu auraient le droit de s'enorgueillir, répète-t-on aux enfants, et ceux-là n'y songent point. »

On cherche encore à leur inculquer le sentiment de l'égalité. Cela ne veut point dire qu'on leur prône l'anarchie. Le principe de l'autorité est, au contraire, fermement établi et scrupuleusement respecté; mais l'obéissance qu'on exige d'elles n'entraîne aucune servilité. On ne montre pas la supériorité humaine dans la richesse ou dans un pouvoir arbitrairement départi, mais dans la science et surtout dans la vertu.

Au reste, la vie religieuse est un modèle constant d'égalité. Les premières places, celles de supérieure, d'intendante, de préfète, obtenues seulement par l'élection y comptent moins d'honneurs que de responsabilités; et, une fois leur mandat terminé, les dignitaires rentrent dans le rang où rien ne les distingue plus de leurs compagnes. Les enfants sont à même de l'observer pendant toute la durée de leurs études.

Mais ce que l'on enseigne par-dessus tout, c'est l'oubli de soi-même, l'abnégation habituelle, inconsciente. Cet enseignement-là est donné, non dans de petits traités appris mot à mot, mais par l'exemple et par un entraînement si facile et si doux qu'on ne le sent même pas.

Maintenant, était-ce là une éducation qui faisait des personnes *pratiques*, autrement dit des unités de combat? Non, certes. Et s'il est strictement vrai que le but de l'éducation est de former l'enfant pour le milieu qui sera le sien et l'existence qu'il devra mener, les méthodes congréganistes du temps de Marie-Rose étaient défectueuses.

On n'élevait pas les jeunes filles pour la vie telle qu'elle est; on les élevait pour la vie telle qu'il faudrait qu'elle fût, non pour être parfaite, mais seulement normale et juste.

L'enseignement moral qu'elles recevaient pouvait se résumer ainsi : « Il y a au soleil de la place pour tout le monde; prenez la vôtre, mais rien que la vôtre; et aidez les faibles à réclamer la leur. » Et elles tombaient dans une société où cette doctrine est en honneur : « Plus vous tiendrez de place au soleil, plus vous verrez clair et plus vous aurez chaud. Passez sur le dos des imbéciles qui ne savent pas se défendre. » Beaucoup, dès lors, étaient vaincues d'avance.

La vie moderne, cette vie dont l'égoisme, l'ambition, le besoin de jouir et surtout la folie de paraître font un champ de bataille, cette vie où, à moins de capacités ou de chances exceptionnelles, il faut pour réussir courber l'échine devant les grands et piétiner les petits, cette vie-là, les maîtresses de Marie-Rose ne la soupçonnaient même pas. Et si elles l'avaient connue, elles n'auraient pu qu'en inspirer l'horreur à leurs élèves.

II

PETITS FAITS, GRANDES LEÇONS

La mère Assomption se sert pour parler aux enfants, d'un langage à la fois très élevé et très simple que toutes comprennent, même les plus petites et les plus bornées. Elle possède, au suprême degré, le don de persuader. Elle ne prêche pas à tort et à travers, elle guette avec une patience attentive l'instant où le jeune esprit est — pour employer une expression médicale courante — en état de réceptivité, c'est-à-dire, dans les conditions voulues pour accepter l'enseignement qu'on lui offre et en tirer le meilleur parti. Il est telles mercuriales que Marie-Rose n'oublia jamais et qui, pour toute la vie, dominèrent ses sentiments et dictèrent sa conduite.

C'est une remontrance qui lui fit comprendre que chacun est responsable de soi-même. C'est une remontrance qui lui enseigna qu'il faut prévoir et mesurer les conséquences de ses actes, même les plus futiles. C'est une remontrance qui lui fit voir la taquinerie sous son véritable jour et lui en inspira à tout jamais l'horreur.

Un jour, au temps qu'elle était encore sous la

tutelle de la petite sœur d'Ailly, Marie-Rose
avise, près de Nazareth, un marteau oublié. L'idée
lui vient de donner de grands coups dans un
banc qui est à sa portée. Mais l'un de ses doigts se
trouve entre le marteau et le banc et c'est le petit
doigt qui reçoit le coup.

Marie-Rose ne se plaint jamais, et, pour rien
au monde, elle ne pleurerait devant témoins. Mais
comme elle sent très vivement au physique et au
moral, il faut toujours un dérivatif à ses souffrances et à ses petites colères. Elle va droit à
sœur d'Ailly et, la voix tremblante, car le doigt
blessé lui fait grand mal, elle dit, sans le moindre
préambule :

— Je ne l'aime pas, moi, le père saint Joseph.

— Et pourquoi, s'il vous plaît, n'aimez-vous
pas saint Joseph? interroge la petite sœur légèrement scandalisée.

— Il forçait le petit Jésus à travailler à son
établi, et cela fait beaucoup de mal, les coups
de marteau.

— Mais le petit Jésus, qui était très appliqué,
ne se donnait peut-être pas de coups de marteau.

— Oui, il s'en donnait, affirme péremptoirement Marie-Rose, et son ongle devenait tout
rouge.

Cette précision de détails éclaire la sœur
d'Ailly qui attire l'enfant vers elle.

— Montrez-moi donc ces menottes... Ah!...
voici un coup de marteau, en tout cas, dont saint
Joseph ne saurait être rendu responsable. Allons
bien vite panser cette grave blessure, et désormais
ne mêlons point les innocents à des avanies où
ils ne sont pour rien.

Ce fut tout pour le moment. Marie-Rose, le
doigt emmailloté du chiffon traditionnel, fut envoyée chez la mère Préfète où elle se plaisait
plus que partout ailleurs, et où sa petite âme
tumultueuse retrouvait toujours le calme et la
paix.

Mettant à profit l'émoi récent qui aiguisait l'esprit de la fillette et le rendait plus apte à comprendre, la mère Assomption reprit l'observation
de la petite sœur d'Ailly; elle la développa, la
précisa; et, de son ton doucement autoritaire, persuada la petite fille que ce n'était ni brave ni
loyal de ne pas *prendre la responsabilité de ses
actes.* De quelles expressions se servit-elle pour
donner un si grand enseignement à une si petite
intelligence? Marie-Rose était trop jeune pour les
avoir retenues; peut-être même y en eut-il un certain nombre dont le sens exact lui échappa, mais
l'ensemble de la leçon, elle le comprit et ne l'oublia jamais.

Marie-Rose qui, au demeurant, n'est pas une

mauvaise petite fille, a parfois des idées très mal-
faisantes. Elle avait neuf ans et faisait partie de
la classe bleue — la terrible classe bleue — quand
elle eut la belle invention qui suit :

Elle est semainière au dortoir et fait la distribution des « paquets de nuit ». La mère Saint-
Boniface est occupée à arranger une veilleuse qui
ne va pas; la moitié du dortoir l'entoure, s'intéressant à l'opération.

Marie-Rose pense que le moment est propice
aux aventures; on n'a pas tellement l'occasion de
faire des sottises. Elle prend une ficelle que le
hasard met à sa portée et elle l'attache à l'anse
du premier pot à eau; puis elle la passe successivement dans les anses voisines et la noue à la dernière anse.

Une fois dans son lit, la petite fille est prise de
remords. Le résultat de son opération reste pour
elle imprécis, mais elle est bien certaine qu'il sera
désastreux. Et son imagination se met à battre la
campagne.

Elle ne peut pas défaire ce qu'elle a fait... du
moins sans se vendre... Ce serait peut-être encore
le mieux..., tout avouer à la maîtresse... Elle en est
bien persuadée..., pourtant elle ne bouge point.
Toute son énergie est accaparée par la réflexion et
les regrets préventifs, il n'en reste plus pour l'action.

Le lendemain, Antoinette Saint-Clair, qui était très ambitieuse d'être « la première à coiffer », se précipite vers le placard, et, sans voir la ficelle, enlève son pot à eau qui entraîne les autres, puis les cuvettes, puis une partie des boîtes à savon et des verres à dents.

Il en résulte un fracas épouvantable, Antoinette crie comme une brûlée. Tout le monde veut se précipiter sur le lieu du sinistre, la mère Saint-Boniface ordonne que personne ne bouge; le dortoir est dans une agitation extrême.

— C'est moi, fait piteusement Marie-Rose, sans attendre l'enquête.

— C'est vous qui?... quoi?...

— ... Qui ai attaché toutes les anses des pots avec une ficelle.

Constatation faite, on rit plus fort qu'on n'avait crié, sauf pourtant Marie-Rose qui reste penaude devant le formidable amas de tessons dont elle est l'auteur.

Il fallut appeler la bonne sœur pour réparer le désastre, emprunter du matériel de toilette aux autres dortoirs qui s'exécutèrent avec une absolue mauvaise grâce. On eut beaucoup de mal à rétablir l'ordre et le silence, la division de l'Ange Gardien arriva au réfectoire avec un retard sérieux et il y eut une distribution générale de pensums.

Toute la journée Marie-Rose sentit peser sur elle le fardeau de son méfait. Elle fut d'une sagesse exemplaire et on ne l'entendit pas plus qu'une petite souris. « Mais, comme disait la mère Econome, cela ne raccommode pas les cuvettes. »

Evidemment non, cela ne raccommodait pas les cuvettes, mais ce recueillement prolongé disposait Marie-Rose à comprendre la leçon qui allait lui être donnée.

A l'heure de la collation, la mère Préfète fit venir la coupable dans son cabinet; et, posant sur elle ce regard qui pénétrait jusqu'à l'âme, elle dit :

— Ma fille, vous êtes très coupable; vous vous êtes exposée à blesser grièvement Antoinette ou telle autre de vos compagnes qui se rendait la première au placard. Ecoutez-moi attentivement. Vous connaissez Marie Souchon, cette pauvre petite orpheline dont le visage couturé fait pitié à tout le monde... Eh bien, savez-vous de quelle manière elle a été blessée autrefois?... En tombant sur un siphon... pas plus. A recevoir toute cette faïence, Antoinette pouvait être défigurée comme elle.

Marie-Rose sentit un frisson douloureux lui parcourir tout le corps. Elle se trouvait aussi coupable que si Antoinette eût été réellement défigurée par sa faute.

— La Providence vous a épargné un grand re-

mords, poursuivit la mère Assomption. Certes!
je n'incrimine pas vos intentions. Je sais que,
loin d'être méchante, vous feriez tout au monde
pour éviter aux autres le plus léger ennui. Mais
vous voyez vous-même que cela ne suffit pas. Il
faut vous accoutumer à prévoir, à mesurer les conséquences possibles de vos actes.

Cette leçon qui avait fort impressionné Marie-
Rose, fut complétée, soutenue par une autre
qu'elle reçut un peu plus tard et qui la guérit à
tout jamais de la manie malfaisante — et le plus
souvent stupide — de faire des niches.

Les lanternes dont les religieuses professeurs se
servent pour rentrer à la communauté les soirs
d'hiver, sont déposées Sous la Barrière — endroit qui serait mieux désigné Sous l'Escalier,
mais qui tire son nom de la barrière qui le clôt. Or,
Sous la Barrière se trouve également une belle
fontaine de cuivre rouge où les pensionnaires se
lavent les mains. De tout temps, les lanternes ont
été l'objet de perpétuelles avanies de la part des
pensionnaires. On les perche tout en haut du casier à chaussures ou bien on les accroche à un
gros piton vissé au plafond. On fiche les chandelles la tête en bas, on coupe la mèche aussi ras
que possible, on la mouille au moment où il faut
l'allumer, etc. On se livre aussi à des permutations

nombreuses : telle qui était venue avec une grande chandelle s'en retourne avec une petite, et *vice versa*. Tout cela entraîne, du côté des religieuses, à des explications sans fin, à des rétablissements laborieux et chagrins dont se gaudissent les coupables; du côté des élèves, à un temps d'arrêt au pied du grand escalier, à des plaintes parce qu'on gèle, à des récriminations parce qu'on arrivera en retard au souper, finalement à du désordre qu'il faut punir.

Un jour, au moment de la collation, Marie-Rose avait mis hors de service la chandelle de la mère Saint-Boniface. Puis, prise de remords, ainsi qu'il lui arrivait souvent, et désirant réparer sa malice par un acte de complaisance, elle se mit en devoir de transporter la chaufferette de la religieuse de Sous la Barrière où elle était en dépôt pour être renouvelée à la « guette » où la surveillante générale se tenait pendant les classes. Comme Marie-Rose était extraordinairement maladroite et brouillon, elle culbuta la chaufferette qui s'éteignit.

La « guette » était très mal abritée : chaude en été, glaciale en hiver. De toute l'après-midi, Marie-Rose ne put détacher sa pensée de la pauvre religieuse qui grelottait par sa faute. Et son chagrin était encore augmenté par la perspective de l'ennui qui attendait sa victime au départ pour la Communauté.

La petite fut un peu distraite en classe, mais très sage; et elle accepta sans murmurer la punition qui lui fut octroyée pour son méfait.

Le lendemain, la mère Saint-Boniface était enrhumée. A chaque éternuement, à chaque son de sa voix cassée, Marie-Rose la regardait avec des yeux pleins de repentir et de désolation.

La mère Préfète, à qui rien n'échappait, trouva l'occasion bonne pour frapper l'esprit très impressionnable de l'enfant.

Elle la laissa toute la matinée ruminer son regret; et, à la récréation, elle l'appela dans son cabinet avec trois autres Rouges un peu plus âgées.

Suivant son habitude de partir d'un fait précis pour arriver à la leçon de morale, elle s'adressa à l'une des fillettes.

— Berthe, l'autre jour, en venant à l'appartement porter l'éponge du tableau noir, vous avez profité d'un moment où la bonne sœur Sainte-Claire avait le dos tourné pour vider le fond d'une bouteille d'encre dans la terrine où les éponges des autres classes trempaient déjà. Pour ce haut fait, la mère Surveillante vous a donné cinquante lignes que vous aviez, certes! bien méritées, et vous vous êtes dit que tout était terminé ainsi, que, suivant l'expression consacrée, vous aviez payé votre dette à la société. Eh bien, écoutez : le jour même où, sans trop de malice, vous infligiez à la pauvre bonne sœur un surcroît de travail, elle avait reçu la nouvelle de la mort d'une nièce qu'elle aimait beaucoup et qui laisse trois jeunes enfants sans ressources et sans protection. Croyez-vous vraiment que, au lieu de nettoyer les éponges que vous aviez salies, elle n'aurait point préféré se rendre au Chœur, avec la permission de sa maîtresse, pour pleurer aux pieds du bon Dieu, le prier de recevoir la défunte et lui recommander les pauvres petits orphelins?... Et, en dehors de cette considération pieuse, pouvait-elle être d'humeur à supporter la plaisanterie?... Parce que vos maîtresses dissimulent leurs ennuis, leurs chagrins et, jusqu'à un certain point, leurs souffrances, les jugez-vous donc insensibles?...

Berthe courbait la tête avec un repentir profond et sincère.

— Savez-vous ce qui est arrivé encore? poursuivit la mère Assomption; la pauvre sœur que vous ne savez toutes comment faire enrager et qui, sous son apparence un peu grognon est la bonté même, a demandé votre grâce quand elle a su que vous étiez punie à cause d'elle. On a eu bien du mal à lui faire entendre que tout manquement à la règle doit être réprimé.

Berthe, maintenant, pleurait très fort en priant la mère Préfète d'accepter tout son argent de poche pour les petits neveux de la bonne sœur.

La mère Assomption continua :

— Vous, Léa, c'est sur une de vos compagnes que votre taquinerie s'est exercée. Marthe Expilly qui, j'en conviens, est un peu molle et frileuse, était, ce jour-là, plus recroquevillée que de coutume. Pour vous moquer d'elle, vous lui avez apporté tout ce qu'il y avait de vêtements disponibles Sous l'Allée : un cache-nez, deux fichus, une capeline et jusqu'au tablier de la petite sœur Berthet qui se trouvait là, je ne sais par quel hasard. Marthe vous suppliait de la laisser tranquille; elle vous disait en pleurant : « Léa, je vous assure que je suis malade; » vous ne l'écoutiez pas; vous l'appeliez : *trembleuse, marchande de trembleries*. Or, cette tremblerie, comme vous disiez, était le premier frisson d'une otite fort grave dont elle a beaucoup souffert et dont elle n'est pas encore guérie.

— Je sais, ma mère, protesta la coupable très désolée; chaque jour, j'ai dit le chapelet à son intention, et j'ajoutais trois *Salus infirmorum*.

— Bien, Léa, j'espère qu'avec la contrition, vous avez le ferme propos; car vous êtes extraordinairement taquine. Je vous répète ce que je viens de dire à Berthe afin que cette idée pénètre bien votre esprit à toutes. Quand vous taquinez une personne, vous ne savez pas dans quelle disposition physique et morale elle se trouve. Vous

R.F. BIBLIOTHÈQUE NATIONALE

7

ignorez si elle n'est pas sous le coup d'un ennui, d'une inquiétude, d'un chagrin, ou d'un malaise, qui lui rend très pénible ce que, une autre fois, elle supporterait aisément. La pensée de frapper quelqu'un sur une plaie vous ferait horreur, et vous n'éprouvez aucun scrupule à blesser une âme déjà souffrante. Vous ne pouvez pas deviner ce que l'on ne dit point, objecterez-vous; et bien, c'est pour cela précisément qu'il faut toujours vous abstenir. Est-ce compris?

— Oui, ma mère, firent, à l'unisson, les voix repentantes de Berthe et de Léa.

— A vous, Marie-Rose, puisque, aussi bien, c'est votre équipée d'hier soir qui motive cette remontrance. Vous n'êtes pas taquiné au sens strict du mot, parce que vos méfaits s'adressent rarement à une personne déterminée — encore n'est-ce pas pour faire plaisir à la mère Saint-Boniface que vous bouleversez son matériel — mais ces méfaits amènent un désarroi général, des querelles, des ennuis de toute nature. Pour nous en tenir à votre dernière lubie, ne pouvez-vous laisser tranquilles les chandelles de nos sœurs? Va-t-il falloir mettre les lanternes sous clé? Vos maîtresses sont fatiguées par une journée de travail, elles ont hâte de prendre du repos; certaines de vos compagnes, malingres ou simplement frileuses, souffrent de cette station dans le courant

d'air que leur imposent vos belles inventions.
D'autres ont bon appétit et s'impatientent du
retard apporté au souper. Avez-vous jamais cal-
culé la somme de petites misères, de petites con-
trariétés, de petites douleurs que vous créez pour
un plaisir qui, vraiment, n'a rien de délicat? Nul
n'a le droit de chercher son agrément en faisant
souffrir les autres.

Les fillettes étaient attentives à la voix sérieuse
et ferme qu'elles entendaient. Jamais elles ne
s'étaient représenté, sous cet aspect malfaisant,
des plaisanteries qu'elles jugeaient inoffensives.

— Maintenant, poursuivit la mère Assomption,
passons aux grincheuses. La taquinerie est un mouvement détestable, mais ce n'est pas une raison
pour lui opposer un mouvement au moins aussi
détestable. Renée, c'est à vous que je m'adresse.
L'autre jour, Bénard, la petite orpheline de semaine, avait enduit vos chaussures d'une épaisse
couche de cirage et ne les avait pas fait reluire.
A ce mauvais procédé qui, du reste, a été puni,
et plus sévèrement que vous ne le pensez, parce
que, pour ces enfants destinés à servir, il faut
une éducation spéciale, vous avez répondu par des
paroles si dures, si mortifiantes que je ne veux pas
les répéter. Est-ce brave, dites-moi, et généreux,
de traiter ainsi une pauvre petite qui ne peut se
défendre, qui n'a d'autres amis, d'autre protec-

tion, d'autre gîte que ceux qu'elle trouve dans cette maison?

Les trois fillettes qui n'étaient plus en cause regardaient leur compagne avec sévérité. Qu'avait-elle bien pu dire à Bénard pour qu'on ne voulût point le répéter? Ce devait être bien méchant ou bien lâche.

La mère Préfète les trouvant au point où elle voulait les voir, dit pour conclure :

— Je sais bien que vous n'êtes pas cruelles et que vous êtes désolées quand on vous fait toucher du doigt le côté douloureux de vos taquineries. Mais il faut y penser de vous-mêmes, *afin de vous épargner des remords.*

Marie-Rose était dans un de ces moments d'extraordinaire lucidité où l'esprit comprend, accepte et retient tout ce qui lui est offert. Cette scène ne devait point s'effacer de sa mémoire.

C'était par une de ces splendides journées de fin d'hiver où l'air est pur et comme trempé de soleil. Sur le ciel bleu pâle, des mouettes passaient en volées nombreuses; les oiseaux commençaient à piailler aux Terrasses et au Berceau Fleuri. La leçon de mansuétude et de bonté qu'elle venait de recevoir, appuyée en quelque sorte par la clémence de la nature à laquelle elle était très sensible, se fixa dans son esprit pour toujours.

Elle put causer à autrui du tort ou de la peine,

mais ce ne fut jamais volontairement. On lui dit parfois des choses très dures, imméritées auxquelles elle aurait pu répondre sans être injuste; elle prit sur elle de ne point le faire, même avec ceux qu'elle n'aimait pas, même avec ceux à qui elle aurait eu le droit d'en vouloir. Elle eut parfois des discussions très vives, — si elle n'attaquait point les idées des autres, elle défendait âprement les siennes, — mais elle se garda toujours d'allusions blessantes ou simplement ennuyeuses. Non qu'elle fût meilleure que beaucoup, ni plus miséricordieuse, mais, suivant le conseil de sa maîtresse vénérée, *elle voulait se prémunir contre les remords.*

Il y a, au couvent, un excellent système pour régler les conflits, c'est l'enquête immédiate et publique. Car si la discipline est ponctuelle, elle n'est ni tatillonne ni tyrannique. Les religieuses préfèrent une réclamation franche et même un peu vive aux petites menées sournoises trop souvent en usage dans les groupements de fillettes. Les enfants le savent et elles ne craignent point de prendre la parole pour s'expliquer ou pour se plaindre.

Cette liberté donna pourtant lieu à un scandale (!) dont Marie-Rose fut la promotrice.

Elle avait, dès son enfance, la mauvaise habitude de flairer tout ce qui devait la toucher immédiatement : les mets qu'on lui servait, le manteau ou la robe qu'elle allait revêtir, un livre, un cahier neuf, un paquet avant de l'ouvrir. Si discrètement qu'elle agît, elle était souvent prise en flagrant délit et tancée vertement.

— Outre que ce sont là de mauvaises manières, disait la mère Assomption, je vois dans cette habitude, une sorte de manie, de tare mentale dont il faut, à tout prix, vous corriger.

Un soir donc, au souper, Marie-Rose flaira la pomme cuite qu'on lui servait comme dessert, puis prononça à haute et intelligible voix :

— Ma pomme sent le chat.

Grand émoi autour de la table, émoi qui s'accentue quand une seconde voix répond comme un écho :

— Il y a des poils de chat sur ma pomme.

La mère Saint-Michel, qui surveillait cette semaine-là, intervint immédiatement et avec fermeté.

— Qu'est-ce que cette histoire ridicule? Elisabeth et Marie-Rose ont chacune cinq mauvais points.

Mais un vent de mutinerie se met à souffler. Une pomme cuite, lancée d'une main alerte, vient s'écraser au plafond avec un *flac* qui met le réfectoire en joie. Une demi-douzaine d'autres *flac* renforcent la gaieté... et le désordre.

— Ma sœur Sainte-Claire, prononce la surveillante, veuillez sonner la mère Préfète.

Le calme se rétablit comme par enchantement. Il fallait un motif très grave pour que l'on dérangeât l'autorité supérieure, et les coupables ne s'en tiraient pas à bon compte.

Les cinq doubles coups de cloche qui étaient la sonnerie de la mère Préfète, en résonnant dans le silence de la Communauté, mirent le comble à la stupeur.

— Que se passe-t-il donc? interrogea la mère Assomption dès le seuil.

Avec cette impartialité tranquille habituelle aux personnes détachées du monde, la mère Saint-Michel raconta le fait pendant que les mutines baissaient le nez sur leurs assiettes.

— Voulez-vous faire appeler la sœur Sainte-Philomène, dit la mère Préfète quand le récit fut terminé; nous allons savoir tout de suite à quoi nous en tenir.

La sœur cuisinière arriva bientôt avec—eu égard à la solennité de la circonstance — ses manches rabattues et son gros tablier relevé en coin.

— Ma bonne sœur, ces demoiselles prétendent qu'ils y a des poils de chat sur leurs pommes.

— Pour cela, ma mère, il n'y aurait rien d'étonnant, vu que la Fillotte a un jeune qui court partout, et que, ce soir, quand j'ai mis la soupière dans le tour, je l'ai trouvé couché en rond sur le plat de pommes cuites, sans doute pour se tenir au chaud. Faut que ces demoiselles excusent, cela ne m'arrivera plus, de mettre les plats refroidir dans le tour; mais qui est-ce qui aurait pu croire qu'une si petite bête aurait tant d'astuce?

Devant cette explication pittoresque, des rires fusèrent, en dépit de la gravité de la situation. Seules restèrent moroses celles qui, trop pressées, avaient mangé cette « pomme à chat ».

La mère Préfète reprit :

— Que toutes celles qui ont jeté leur pomme au plafond se lèvent... Bénédicte, Jeanne, Marthe... en tout, neuf. Celles-là seules seront privées de dessert; les autres auront des fruits secs. Maintenant, qui a parlé la première?

— Moi, prononça Marie-Rose.

— Naturellement; trop heureuse d'avoir une occasion de jeter votre pomme au plafond, même si cette pomme n'eût pas senti le chat.

— Mais c'est moi qui ai dit pour les poils, fit Elisabeth Charost.

— Et c'est moi qui ai donné l'exemple et jeté ma pomme en l'air, ajouta Laurence Dupuy.

— Bien, dit la mère Préfète, dont la sévérité « mollit » en face de la courageuse franchise de ses élèves; nous réglerons cette affaire-là plus tard. Mais je tiens à vous dire ceci dès maintenant :

vous savez fort bien que nous sommes toujours disposées à écouter vos réclamations, voire même vos plaintes, quand elles sont motivées et que vous les formulez d'une manière convenable; dès lors, rien ne saurait excuser le désordre et la mutinerie. Votre manque de sang-froid de ce soir est impardonnable.

La sanction définitive ne fut pas bien rigoureuse.

Aux Billets suivants, les coupables, debout au milieu du demi-cercle formé par l'assistance, furent admonestées de façon judicieuse et sévère. Et la leçon ainsi donnée profita à elles et à leurs compagnes mieux que n'importe quelle punition.

III

LES PUNITIONS

Les nouvelles méthodes d'éducation, sans doute pour se mettre à la hauteur des idées philanthropiques si fort en vogue à l'heure actuelle, ont supprimé la pénitence qu'elles remplacent par une « direction morale bien entendue ». C'est à l'usage que l'on connaîtra la valeur du système. Au temps de Marie-Rose, on employait simultanément les deux moyens et l'on s'en trouvait fort bien.

La « direction morale bien entendue » peut et doit suffire à l'éducation particulière; mais, pour l'éducation commune, il faut quelque chose de plus. La faute étant publique, la sanction doit être également publique. Pour frapper l'esprit simple, un peu fruste des enfants, il faut un *signe sensible* du blâme encouru.

Aussi la punition est-elle considérée moins comme un châtiment que comme un exemple; et c'est pourquoi elle revêt des formes extrêmement variées. Elle *épouse* la faute, si l'on peut s'exprimer ainsi.

Chez les Vertes, l'autorité envoie au « coin » traditionnel les turbulentes que le repos, le silence et une obscurité relative ont bientôt fait de calmer. On subit la peine du « coin » assise sur un petit tabouret. Dans certains cas notablement graves, on a les mains derrière le dos.

Pour les paresseuses, il y a le bonnet d'âne en papier jaune très épais et très rigide. On use fort peu du bonnet d'âne. Il faut, pour le mériter, une ténacité toute particulière dans la fainéantise.

Un des principaux moyens de coercition, dans les classes moyennes est l'écriteau. Sur un rectangle de papier on porte sa qualité écrite en belle moulée : *paresseuse, causeuse, étourdie, rappor-*

*teuse, raisonneuse, opiniâtre, impolie, turbulente,
effrontée, fourbe, menteuse.*

Dans les cas légers, l'écriteau ne dure que le
temps de la classe, de sorte que les proches compagnes, celles qui ont été témoins du délit, sont
seules averties. Mais pour des circonstances plus
graves, surtout quand la coupable ne veut point
reconnaître sa faute et promettre de se corriger,
on porte son écriteau au réfectoire afin que personne n'en ignore.

Il y a des qualificatifs qui ne tirent pas à conséquence. On peut être étourdie, babillarde (au
couvent on dit *causeuse*), sans perdre l'estime
publique ; mais les rapporteuses sont mises au ban
du pensionnat. La délation est mal vue des maîtresses au moins autant que des élèves. Il en va de
même pour la fourberie et le mensonge.

Ces deux derniers méfaits entraînent une peine
infamante : le « nœud de fourberie » et la « langue
rouge ».

Les hypocrites sont méprisées de toutes ; mais
l'hypocrisie est une manière d'être assez difficile à
saisir, tandis que la fourberie se manifeste par
des actes ; et ces actes sont sévèrement réprimés.

Ecrire sur un papier d'allure insignifiante un
nom propre, une date, une note quelconque dont
on se servira en composition..., grignoter du cho-

colat caché dans son mouchoir en paraissant avoir
affaire à son nez..., changer subrepticement du
matériel scolaire endommagé contre le matériel
intact de ses compagnes... : tout cela, et bien
d'autres choses encore, constitue la fourberie, et
celles qui en sont convaincues, portent toute la
journée les insignes de leur qualité. Le « nœud de
fourberie » est attaché en arrière de l'épaule
gauche. Il est en ruban de laine gris brun, de
couleur terne, neutre, bien symbolique de ce vilain caractère qui ne veut point se laisser voir tel
qu'il est. La fourbe est en quarantaine tant qu'elle
est marquée du signe de la honte, une quarantaine
méprisante plus lourde à supporter que des manifestations hostiles.

La langue de drap rouge, qui s'attache à l'encolure et descend jusqu'à la moitié du dos, est
le châtiment du mensonge. On n'arrive pas d'emblée à la « langue rouge », pas plus qu'au « nœud
de fourberie »; il faut, pour cela, un certain
endurcissement dans le mal. Aussi ces deux punitions infligées sont-elles des événements au pensionnat. Les petites vont se poster derrière la coupable et examinent la pièce d'infamie comme si
elle contenait des hiéroglyphes très importants et
très difficiles à déchiffrer; tandis que la délinquante cherche les murs pour s'y adosser et
échapper ainsi aux affronts.

Quoi qu'en aient pu dire certaines gens qui n'ont jamais passé le seuil d'un cloître, on est franc et loyal au couvent. Sans doute il y a bien quelques menteuses, mais elles sont rares. On dit d'elles : « C'est une qui ment », comme on dirait : « C'est une qui a la gale. »

La nouvelle école pédagogique repousserait certainement le « nœud de fourberie » et la « langue rouge » comme des supplices par trop chinois. Certes ! les maîtresses de Marie-Rose n'eurent jamais l'idée qu'un ruban de laine et un morceau de drap suffisent pour modifier le naturel d'un enfant, et la pénitence était toujours étayée de conseils judicieux ou d'admonestations sévères. Mais l'exemple était saisissant pour les petites, pour celles dont le jugement n'était pas encore formé, et qui étaient surtout sensibles aux signes extérieurs. Elles pensaient et se disaient entre elles : « Faut-il que le mensonge et la fourberie soient des choses horribles pour qu'on les punisse ainsi ! »

Le bonnet de nuit (la calipette) est destinée à rabattre l'orgueil sous quelque forme qu'il se présente : arrogance, fatuité, morgue, jactance, piaffe. L'énumération est du cru de la mère Saint-Jacques, qui fait profession de haïr ce péché capital, « et toute la séquelle qu'il traîne après lui, et tout le mal qu'il fait, et toutes les peines qu'il cause. »

Il faut l'entendre, d'un mot bien trouvé et bien appliqué, remettre les orgueilleuses à leur place — une bien mauvaise place, entre parenthèses. Elle est implacable pour celles qui mortifient leurs compagnes. Une parole de mépris, surtout si elle s'adresse à une enfant gauche, timide, mal douée, est sévèrement réprimandée.

— En quoi êtes-vous supérieure à votre compagne, s'il vous plaît ?

Suit alors un petit examen de conscience qui n'a rien d'agréable pour la patiente et qui se termine par la cérémonie du bonnet de nuit.

Les grandes coquettes ont pour punition d'aller aux offices du dimanche avec la robe de tous les jours. « Ah ! mes petites amies, vous tenez aux atours ! eh bien, vous serez privées du talma, du pince-taille, de la capote à bavolet et de toutes ces choses élégantes qui parent si bien vos compagnes. »

Car la coquetterie s'est glissée au couvent. Elle *sévit*, déclare la mère Saint-Boniface. Et Dieu sait si on l'abomine et si on la pourchasse, sous tous ses aspects !

Chaque dortoir est pourvu d'un objet qu'on appelle présomptueusement « la glace » et qui n'est qu'un pauvre petit miroir où l'on a bien de la peine à voir sa figure tout entière. La glace est accaparée par deux ou trois pensionnaires, toujours les mêmes. Les autres sont des indifférentes ou des résignées. Ces dernières cherchent des compensations et en trouvent.

Il y a, au fin fond des poches ou bien dans les pupitres, entre les livres, sous les cahiers, des miroirs de contrebande que l'on consulte quand cela est possible. Les maîtresses font, à ces engins de coquetterie, une guerre implacable. Elles organisent des battues générales, tendent des pièges, et il est bien rare qu'une « mirette », comme dit la bonne sœur Sainte-Claire, apportée au jour de sortie existe encore à la sortie suivante. On en est quitte avec un nouvel achat.

Pendant l'intérim, on a recours à divers expédients dont un est classique. Une pensionnaire complaisante se place derrière une vitre sur laquelle elle étale son tablier de classe; et, de l'autre côté, la jeune coquette peut à loisir, « contempler son visage ».

Il va sans dire que cette manœuvre est sévèrement réprimée.

— C'est pire que tout, affirme la mère Assomption, parce que, à la vanité, vous joignez la fourberie.

Et l'on est punie du « tous les jours ».

Marie-Rose qui, d'autre part, eut tant de motifs de punitions, n'eut jamais maille à partir avec les glaces; elle eut plutôt le tablier complaisant.

Elle n'était point coquette de nature. De plus, elle était persuadée qu'elle était laide, très laide, irrémédiablement laide; et la mère Saint-Boniface l'entretenait dans ces idées salutaires.

— Il faut remercier le bon Dieu de ne pas vous avoir donné la beauté, mon enfant, vous échappez par là à bien des tentations.

Et, consciencieusement, la petite Gourregeolles remerciait le bon Dieu de l'avoir faite laide.

Marie-Rose grandit sans prendre l'habitude des glaces et sans devenir coquette. Echappa-t-elle ainsi à toute tentation, comme le supposait la mère Saint-Boniface? Ce n'est pas sûr. La tentation existe bien sans la beauté. Mais elle échappa sûrement à beaucoup d'ennuis, de petits accès d'envie et de pertes de temps.

Le pain sec à la collation est appliqué à des cas nombreux, divers et peu graves : du désordre ou de la dissipation dans les rangs, de la lambinerie à obéir à la cloche, une altercation un peu vive entre voisines, etc.

La mère Saint-Boniface est une de celles qui usent le plus généreusement du pain sec; et, comme c'est elle qui distribue les tartines, elle est mieux placée que toute autre pour l'application de la peine.

Marie-Rose fut souvent au pain sec; la moitié du temps pour le moins. Heureusement qu'elle n'était pas gourmande !

La mauvaise tenue à table est sévèrement réprimée, et voici en quoi consiste le châtiment. Il existe, au bas du réfectoire, une table destinée à recevoir les assiettes et les bouteilles nécessaires au service. Mais cette table a un autre usage; on y envoie, en tête à tête avec la faïence et la verrerie, les élèves coupables de quelque accroc à la civilité. Pour cette circonstance, la table aux bouteilles prend le nom de « table de confusion ». L'envoi à la « table de confusion » est considéré comme quelque peu infamant. On s'en sert même dans les grandes disputes.

— Je ne veux pas avoir affaire à une personne qui a été à la « table de confusion ».

Il convient de dire que chez ces enfants appartenant toutes à de bonnes familles, les fautes d'éducation sont très rares.

Dans les classes supérieures, la punition dominante consiste en lignes. L'autorité n'en abuse pas; encore s'arrange-t-elle pour en tirer quelque bénéfice. On ne copie pas les lignes, on les ap-

8

prend par cœur. Et il ne suffit pas de les réciter, il faut les *dire* en donnant le ton convenable et en articulant bien chaque syllabe.

« Le vaisseau, qui était arrêté et vers lequel s'avançaient Télémaque et Mentor, était un vaisseau phénicien qui allait dans l'Epire. »

C'est la mère Saint-Bernard qui donne les lignes dans *Télémaque* — un *Télémaque* légèrement expurgé, « à l'usage des jeunes demoiselles », et qui est la lecture de fond de la classe blanche.

La mère Préfète impose l'histoire de France, la mère Saint-Paul, l'histoire ecclésiastique, mais il est si rare qu'elles punissent que cela ne vaut pas dire. Le respect et la confiance qu'elles inspirent suffisent au maintien de l'ordre en ce qui les concerne.

Avec la mère Saint-Vincent à l'écriture, et la mère Sainte-Rosalie au travail manuel, on s'en tire avec quelques demandes de catéchisme — une seule même parfois — au gré de la coupable qui, naturellement, s'arrête à la plus courte, la plus facile, une qu'elle a récitée cent fois :

D. — Où Jésus-Christ est-il né?

R. — A Bethléem, dans une étable.

— L'exemple y est toujours, disent les bonnes mères pour s'excuser de leur faiblesse.

La mère Saint-Jacques a choisi l'Evangile, un

bouquin tout petit, avec une justification qui
semble faite tout exprès : trente-deux lettres à la
ligne, et de bonnes grosses lettres bien rondes qui
se lisent toutes seules.

Quant à la mère Saint-Boniface, elle a jeté son
dévolu sur la cosmographie : cinquante-deux
lettres à la ligne, et des lettres toutes petites, serrées, boueuses, — de quoi perdre la vue, affirme la
mère Saint-Jacques qui ne se targue pas d'esprit
scientifique.

Soit en pensum, soit à la classe, Marie-Rose
apprit et récita plusieurs fois son petit traité de
cosmographie, mais ce fut sans y prendre le
moindre intérêt. Les lignes, points et cercles de la
sphère, les constellations et le zodiaque, le calendrier Julien et le calendrier grégorien restèrent
pour elle un mystère qu'elle ne chercha jamais à
pénétrer. Et elle se donna pour excuse à elle-même
que cette science évoquait l'image rébarbative de
la mère Saint-Boniface.

La consigne n'est appliquée que le premier
jeudi du mois, seul jour où l'on sorte, en dehors
des grands congés du Jour de l'An, du Carnaval,
de Pâques et de la Pentecôte. Il n'existe qu'un
cas de consigne, celui où le cahier de pensums est
tellement chargé qu'il n'y a pas d'autre moyen
de liquider la situation.

La consigne n'est pas très rigoureuse. Le matin, on accomplit une tâche imposée; l'après-midi, on joue avec les pensionnaires que leurs familles n'ont pu faire sortir et qui n'ont en ville ni parents ni correspondants.

Comme on se trouve là en petit comité, on jouit d'une liberté plus grande. Et les maîtresses de classes ayant, ce jour-là, un repos complet, on est gardée par des religieuses qu'on n'a pas l'habitude de voir. Cette légère modification suffit à contenter des fillettes qui ne sont pas exigeantes.

On prend contact avec la mère Sainte-Elisabeth qui est si drôle, si drôle sans s'en douter. Sa mémoire, en ce qui concerne les faits récents, est un peu brouillée et elle confond les pensionnaires actuelles avec leurs mamans qu'elle a connues autrefois. Les petites Chambourg sont, pour elle, des demoiselles Herbelin, Marthe Friardel se change en Clotilde Bérurier, et ainsi de beaucoup d'autres. Il s'ensuit parfois des confusions du plus haut comique, que les enfants, bien entendu, se gardent de dissiper.

On voit encore la mère Sainte-Monique, à qui l'on peut dire autant de bêtises, et des bêtises aussi grosses que l'on veut. Non seulement elle ne s'en aperçoit pas, mais elle y répond avec une ingénuité qui met en joie les malicieuses.

Ni à l'une ni à l'autre, les autorités ne songeraient à confier une division au complet, mais elles suffisent au petit troupeau des premiers jeudis du mois. Les enfants, du reste, rougiraient d'abuser de la situation. Pour être consignées, on n'en est pas moins une majorité de très honnêtes petites filles; et si l'une d'elles tentait de se livrer à une incartade trop corsée, les autres auraient vite fait de la rappeler à l'ordre.

La satisfaction est portée à son comble aux heures de la mère Saint-Michel. Ce n'est pas qu'elle soit bien sympathique, et l'on bougonne fort quand c'est son tour de servir au réfectoire. Mais elle sait et raconte des histoire terrifiantes de voleurs qui se cachent sous le lit des gens, lesquels, pour échapper auxdits voleurs, sautent par la fenêtre et tombent providentiellement sur une voiture de foin sans se faire de mal; ou encore de criminels variés qui se convertissent et font ensuite l'édification de leurs semblables.

Ce genre de récits n'est pas bien dans l'esprit ni dans les usages du couvent; c'est sans doute pour cela que les enfants les recherchent avec tant d'avidité.

La mère Préfète doit en avoir connaissance — pour elle, rien ne passe inaperçu — mais elle ferme les yeux. Le danger ne lui semble point pressant. Ces narrations s'adressent à un petit nombre; elles sont très espacées; elles comportent toujours un enseignement moral. Et l'avis des autorités est qu'il ne faut point trop tenir l'âme des enfants dans du coton, pas plus que leur corps.

IV

L'INSTRUCTION AU COUVENT

Les pensionnaires des couvents ne savaient pas les mêmes choses que les lycéennes et les normaliennes actuelles, mais elles savaient tout autant de choses, et ce qu'elles savaient était pour le moins aussi utile.

Les élèves des établissements officiels triomphent aux examens, parce qu'elles y sont préparées dès leur premier jour d'école. Si l'on instituait les examens d'après les programmes des congrégations, il est probable que les lycéennes resteraient court plus d'une fois.

Les maîtresses de Marie-Rose ne cherchent pas à faire des érudites. Elles sont d'avis, avec les grands éducateurs de toutes les époques, que l'enseignement doit tendre à développer le jugement, à former le caractère des enfants, autant pour le moins qu'à meubler leur mémoire.

Les programmes ne sont pas chargés. Ils exigent une application soutenue, mais non excessive et n'entraînent aucun surmenage. Ils sont établis de manière à ce qu'on ait le temps de les épuiser et même de les revoir dans le courant de l'année scolaire; en sorte qu'il n'y a pas de « trous » dans telle et telle branche ainsi qu'il arrive quand on en veut trop faire à la fois.

Le nombre relativement considérable des religieuses, permet de ménager les professeurs qui ne sont astreintes ni aux dortoirs, ni aux réfectoires, ni aux récréations. Elles font leurs cours, surveillent les études, afin de pouvoir répondre aux demandes d'explications : c'est tout. Grâce à cette organisation, qui laisse de longs repos, leur esprit est toujours alerte, leur patience toujours disponible.

Parallèlement à l'instruction purement classique, il y a d'autres enseignements auxquels on attache un grand prix au couvent. La vie intérieure y joue un très grand rôle. On y habitue les enfants à réfléchir, à se replier sur elles-mêmes, à se rendre compte de ce qu'elles pensent, de ce qu'elles savent, de ce qu'elles veulent.

On les habitue encore à s'exprimer avec netteté, à employer l'expression propre, à bien articuler les mots, à terminer les phrases.

Le « bien parler » est une des marques distinctive de l'Ordre.

La classe verte. — Depuis la classe verte jusqu'à

la classe violette, les études se poursuivent sérieuses, ponctuelles, sans à-coups, avec ce calme qui fait la force des éducations congréganistes.

On débute naturellement par apprendre à lire — non pas à ânonner, mais à lire clairement, de manière à se faire comprendre et à intéresser.

Les religieuses emploient volontiers les anciennes méthodes : tel les grand'mères ont appris à lire, tel apprennent leurs petites-filles. On reconnaît ses lettres avec la vieille prononciation *bé, cé, dé;* puis on épelle, puis on syllabe longtemps avant d'assembler et de lire couramment.

À cause de ce respect pour le syllabaire antique, les Vertes sont désignées avec un peu d'ironie, sous le nom de petites « Croix de par Dieu ».

Dès la deuxième année, on apprend à lire le latin : les prières communes d'abord, puis les offices et les psaumes. C'est une des traditions du couvent, que cette lecture précoce du latin. Cela fait, tout à la fois, l'amusement et l'orgueil de M. l'abbé. Quand il amène un prêtre ami visiter le pensionnat, il ne manque pas de dire :

— Venez écouter mes petits Bénédictins.

Et il fait ranger les Vertes à droite et à gauche de la classe, leur indique une page du psautier, et ces gamines de sept ans psalmodient comme de vrais moines.

En outre, on apprend aux petits Bénédictins à

déchiffrer les grimoires. Leur classe est en possession d'un ouvrage intitulé : *Choix gradué de cinquante sortes d'écriture pour aider à la lecture des manuscrits*. Parmi ces cinquante sortes, il y en a de très vilaines et de très difficiles. De plus les *Préceptes pour la conduite de la jeunesse* et les *Récits d'humanité, de piété filiale, d'amour fraternel, de progrès extraordinaires de la part d'enfants âgés de six à douze ans* sont d'un style aussi étrange que la calligraphie. Mais il n'est pas pour étonner les petites pensionnaires qui, à certains égards, vivent au couvent, la même existence que leurs aïeules.

Marie-Rose apprit à lire avec ravissement. Bien qu'elle fût très turbulente, les leçons de lecture ne lui paraissaient jamais trop longues. Son jeune esprit recueillait avidement toutes les connaissances nouvelles qui lui étaient offertes. Les détails, en apparence les plus insignifiants, provoquaient de sa part des questions nombreuses ou la plongeaient dans des rêveries sans fin.

Elle aimait tellement la lecture que, si la cloche sonnait au moment d'un passage intéressant, elle disait à la maîtresse :

— Laissons-la sonner, mère Sainte-Thérèse, et restons à lire. Les autres dîneront bien sans nous.

Tout au début des études, on apprend l'Histoire sainte que la religieuse explique d'après les grands tableaux suspendus à la muraille en attendant qu'on soit capable de l'étudier toute seule dans un livre.

Il ne s'agit pas là d'un ouvrage portant en sous-titre : *à l'usage des enfants*. Non, c'est l'histoire du peuple hébreu narrée de cette manière simple, mais grave et un peu solennelle que l'on recherche au couvent et qui convient aux récits bibliques — manière, du reste, que les esprits ingénus aiment et comprennent beaucoup mieux qu'on ne paraît le croire.

« Vers le temps de la mort de Joseph, vivait en la terre de Hus, un descendant d'Esaü nommé Job... »

« La famine obligea un homme de Bethléem, nommé Elimélech à passer dans le pays de Moab avec Noémi, sa femme, et ses deux fils, Mahalon et Chélion... »

« Parmi les captifs emmenés en Assyrie, se trouvait Tobie, de la tribu de Nephtali... »

Cette quasi-perfection du style fut sans doute pour quelque chose dans le goût passionné que Marie-Rose témoigna pour l'Histoire sainte. Rien que les noms propres la ravissent : Malalaël, Séboïm, Bethléem, Mageddo, Capharnaüm, Nazareth, Cléophas d'Emmaüs, etc. Elle aime à les lire et à les relire, et, le livre fermé, ils chantent encore dans sa mémoire.

Elle est extraordinairement ferrée sur les no-
menclatures. Elle récite imperturbablement la liste
des patriarches, de Seth à Abraham, des douze
fils de Jacob, des quinze juges, des dix-neuf rois
d'Israël et des vingt rois de Juda.

Sur la carte de Palestine, elle trouve sans hésiter Haran de Mésopotamie, Hur de Chaldée, la
vallée de Mambée, le Jourdain, la plaine de Seïr,
tous les endroits où vécurent Abraham et ses des-
cendants. Elle se plaît à suivre l'itinéraire des
Israélites dans le désert, s'arrêtant avec eux à
Soccoth, leur premier campement, à Elim où il y
avait douze fontaines et soixante-dix palmiers, au
rocher d'Horeb d'où la baguette de Moïse fit
jaillir l'eau fraîche, à Raphidim où Amalec fut
vaincu grâce aux mains implorantes du prophète,
à Sinaï, la montagne de la Loi, au mont Nébo,
de la chaîne d'Abarim où le législateur aperçut la
Terre promise, à Jéricho qui tomba au son des
trompettes, etc.

La représentation mentale est, chez elle, extraordinairement claire et tenace. Elle vit, par la
pensée, l'existence de ce peuple pour lequel elle se
passionne. Elle pleure avec Agar qui voit son petit
garçon agoniser au désert, avec Jocabed obligée
d'exposer le sien sur les eaux du Nil, avec Respha
disputant aux corbeaux les cadavres de ses fils,
et elle s'exalte avec la mère des Macchabées.

Quand son tour vient de raconter des choses qui l'émeuvent, sa voix s'étrangle, et, parce qu'elle ne veut jamais pleurer en public, elle dit simplement :

— Je ne sais plus.

Si l'on insiste, si l'on affirme qu'*elle sait*, elle répond alors :

— Eh bien! je ne veux plus dire.

On a raison de dire qu'*elle sait*. Elle connaît, en effet, les circonstances les plus minimes relatées dans son livre.

Elle étonna bien son père le jour où, à peine âgée de dix ans, trouvant dans une revue un dessin au trait, avec cette simple légende : *Tombeau des patriarches Abraham, Isaac, Jacob et de leurs épouses,* elle dit avec une assurance dénuée de toute pose :

— C'est le caveau de Mecphéla en la ville d'Hébron, voisine de Bersabée. Abraham l'avait acheté quatre cents sicles d'argent pour inhumer Sara.

Cependant son étude favorite amène parfois en elle des velléités de révolte et de fâcherie.

La piété des bonnes sœurs, ses premières éducatrices, était trempée de mansuétude et de douceur. On lui faisait voir Dieu à travers toutes les choses de la nature qu'elle aima toujours infiniment. On lui répétait que le bon Dieu protège, que le bon Dieu pardonne, que le bon Dieu aime jusqu'aux méchants. Elle était persuadée que, du bon Dieu, il ne pouvait arriver rien que d'heureux.

Or, cette théorie s'accordait trop bien avec ses propres conceptions de petite fille très tendre pour qu'elle en changeât volontiers. Elle se refusait à admettre les rigueurs de la « loi de crainte » : le déluge, Nadab et Abiu dévorés par les flammes, Coré, Dathan et Abiron précipités dans un gouffre subitement ouvert sous leurs pas, les serpents du désert à la morsure brûlante, la peste, la lèpre, le feu du ciel et les bêtes féroces.

Ne raisonnant même pas sa répugnance à croire ce qu'on lui affirmait, elle se levait de sa place et prononçait nettement, péremptoirement :

— Non.

Et le jour où il lui fallut reconnaître que l'Histoire sainte ne mentait pas, elle déclara en manière de conclusion.

— J'aime bien le petit Jésus dans sa crèche, mais je n'aime pas le vieux bon Dieu d'autrefois qui était toujours en colère.

Dans la suite, Marie-Rose fut une grande liseuse. Elle se passionna pour certains auteurs et pour certains ouvrages ; mais son amour de l'Histoire sainte telle qu'elle l'avait apprise au couvent survécut à toutes les sympathies nouvelles.

Marie-Rose est beaucoup moins brillante en écriture. Ses bâtons et ses jambages sont loin de mériter des éloges. Ses lignes grimpent, puis retombent brusquement sans se soucier d'être le plus court chemin d'un point à un autre. Elle crève son papier en remontant les *déliés* ou casse les becs de sa plume en descendant les *pleins*. Elle prend trop d'encre et remplit sa page de pâtés qu'elle lèche ensuite malgré la défense formelle. Puis elle néglige de sécher le papier qui se met à boire, et le désastre est complet. Parfois même elle accroche le coton qui repose au fond de l'encrier pour absorber le trop plein du liquide, et ses voisines reçoivent alors plus que leur compte d'éclaboussures. Ses doigts sont imprégnés jusqu'à l'os, et il est rare que sa figure soit indemne passé le premier quart d'heure.

Toute contrainte corporelle lui étant supplice, si la maîtresse insiste trop fort pour obtenir ce qu'on appelle une « bonne tenue », c'est-à-dire le coude au corps, le poignet souple et les doigts allongés sans raideur, Marie-Rose, crispée, lance son porte-plume au milieu de la classe, et c'est bien heureux quand l'encrier ne suit pas le même chemin.

On la met « au coin » jusqu'à ce qu'elle promette de s'appliquer, ce qu'elle se garde bien de faire, car elle aime beaucoup mieux être le nez au mur que devant son cahier. Elle a plus que l'horreur, elle a l'épouvante des leçons d'écriture. Quand on lui dit pour lui faire honte :

— Les chats de la Communauté écriraient mieux que vous.

Elle répond avec un soupir d'envie :

— Oui, mais on ne les fait pas écrire, eux.

Marie-Rose est tout aussi nulle en arithmétique.

L'enseignement du calcul se borne, dans la classe verte, à la numération ; mais c'est encore trop pour la petite fille. Les chiffres et les nombres se heurtent chez elle à un cerveau fermé qui dédaigne de s'ouvrir.

Elle est souvent réprimandée pour sa mauvaise volonté.

— Vous n'essayez même pas de comprendre, lui dit-on.

— Oh ! ce n'est pas la peine, répond-elle en toute simplicité, j'ai déjà essayé une fois, il y a longtemps, et cela n'a servi à rien.

Avec le catéchisme que l'on apprend par cœur comme de petits perroquets, mais que M. l'abbé expliquera ensuite pendant plusieurs années : c'est tout.

Evidemment, les jeunes élèves des cours à la

mode en apprennent davantage, ce qui ne veut pas dire qu'elles en savent plus long.

En effet, si les religieuses ne se servent que très peu du livre dans leurs classes élémentaires, elles se servent, en revanche, beaucoup de la parole. Elles emploient couramment la méthode de l'observation directe. Pour elles, tout est matière à enseignement : le temps qu'il fait, une promenade aux jardins, une visite à la basse-cour.

Car, dans la belle saison, la moitié des leçons se font au grand air : sous le Berceau Fleuri ou dans la Bonne Allée. C'est là que les petites « Croix de par Dieu » lisent, apprennent leurs leçons, exécutent ce qu'elles appellent avec un peu de présomption les « travaux à l'aiguille ».

C'est là surtout — et c'est peut-être l'étude la plus précieuse — que l'on *observe* et que l'on *écoute.*

Les études. — La journée classique commence par une leçon d'écriture. Pendant une heure, toutes les pensionnaires, des Vertes aux Violettes, suivant le modèle qu'elles ont sous les yeux, écrivent en *gros*, en *gros moyen*, en *petit moyen*, en *fin*, en *expédiée*, soit des mots dont on leur a fait connaître l'origine, soit une indication littéraire ou scientifique, soit une maxime.

Des parents se sont quelquefois élevés contre

cette heure soi-disant perdue, et ont demandé la suppression, ou tout au moins la réduction des leçons d'écriture quand les enfants savent suffisamment manier leur plume ; le Comité des Etudes s'est toujours montré inflexible. Cette leçon, initiale lui semble, à plusieurs titres, d'une bonne pédagogie .

Tout d'abord, l'écriture, qui exige de l'application mais non un gros effort d'intelligence, est d'une excellente mise en train pour le jeune esprit. Ensuite, les religieuses pensent qu'il est essentiel de perfectionner son écriture. Elles y attachent une telle importance que la leçon est faite par des maîtresses spéciales : une pour les commençantes, une pour les moyennes, une pour les grandes. Toutes les sortes d'écritures : ronde, bâtarde, gothique, sont enseignées, et, on peut le dire, bien enseignées. Enfin, et c'est certainement le motif le plus sérieux pour des personnes qui mettent au-dessus de tout la formation morale de l'enfant, ce que l'on écrit bien, bien des fois, même sans y prendre garde, se grave dans le cerveau d'une manière indélébile, et on l'y retrouve sous telles et telles influences alors qu'on croit l'avoir oublié.

Au point de vue de l'instruction, ces notions éparses forment une trame sur laquelle le tissage est facile et durable. Souvent Marie-Rose étonna son entourage par une précision de connaissances historiques, géographiques, littéraires, qui n'étaient qu'une réminiscence de ses modèles d'écriture.

Au point de vue moral, les préceptes dont l'enfant n'a pas toujours saisi le sens exact, germent lentement, sourdement dans son âme et se révèlent soudain le jour où l'application en devient nécessaire. Très sûrement beaucoup de bonnes résolutions ont été inspirées ou du moins étayées, fortifiées par le souvenir d'une simple phrase écrite autrefois et qui s'était imposée à l'esprit de l'enfant sans qu'elle en eût trop conscience. Pour son propre compte, Marie-Rose l'éprouva souvent.

La lecture est également tenue en grand honneur. Il y a chaque jour, une leçon de lecture dans toutes les classes. On lit pour la prononciation et l'accentuation, mais on lit encore et surtout pour le fonds.

Les lectures sont sérieuses même chez les petites. Dès la classe bleue, on attaque les « auteurs », ce qui est une excellente école pour la littérature et pour la langue.

De neuf à seize ans, à raison d'une heure par jour, on a le temps de lire; et Pères de l'Eglise, troubadours et trouvères, vieux chroniqueurs, poètes de la Renaissance, écrivains admirables du dix-septième siècle, historiens, orateurs sacrés, moralistes, passent sous les yeux des enfants en glorieux défilé. On ne commente pas les auteurs, on n'en fait pas la critique, on se contente de les lire et de les relire; chacun les interprète suivant sa nature.

Ce n'est peut-être pas la meilleure manière de les étudier, mais ce n'est pas non plus la plus mauvaise. Mieux vaut, en effet, pas d'analyse du tout qu'une analyse maladroite ou inexacte. Ce qu'il y a de certain, c'est que cette lecture exclusive et prolongée de nos grands écrivains faisait perdre pour toujours, à un grand nombre de fillettes, le goût des lectures frivoles.

Dans l'enseignement, comme dans l'éducation, comme dans l'uniforme, comme dans les usages, il y a, au couvent, certains côtés désuets et rococo. Marie-Rose eut, entre les mains, des livres qui avaient instruit sa grand'mère, entre autres une *Petite Rhétorique des demoiselles*, qui l'amusait énormément.

Le jour où elle le toucha, à son entrée dans les Violettes, elle le parcourut d'un bout à l'autre — il n'y en avait pas pour longtemps — et elle éprouva le besoin de faire immédiatement part à ses compagnes des réflexions qu'il lui suggérait. Elle grimpa sur un banc comme lorsqu'elle était en veine de discours et prononça de sa voix claire et sonore :

— Goûtez donc ce morceau de littérature :
« Mesdemoiselles, les sciences auxquelles vous
avez été appliquées jusqu'à présent n'étaient que
le prélude des sciences plus élevées auxquelles
vous devez maintenant vous livrer. Il n'est pas
nécessaire d'être appelé à fournir une haute car-
rière soit dans le barreau, soit dans l'Eglise, soit
même dans les grandes assemblées de la patrie,
pour se livrer à l'étude de l'éloquence. Par cette
étude, vous serez capables un jour, à l'exemple
de plusieurs illustres dames romaines, de surveiller vous-mêmes l'éducation de vos enfants. Car,
n'en doutez pas, Cornélie, mère des Gracques,
Aurélia, mère de Jules César, Assia, mère d'Au-
guste, présidaient aux jeux et aux leçons de leurs
fils. »

— Qu'est-ce que cela veut dire, demanda Stéphanie Boucheron, qui avait interrompu son rangement pour mieux écouter.

— Cela veut dire que lorsque nous saurons par
cœur les deux cent soixante-treize pages de ce
tout petit volume, nous serons capables d'élever
des tribuns, des conquérants et des empereurs.

— Voyons, Marie-Rose !...

— Puisque M. D***, professeur en belles-lettres,
l'affirme..., allez-vous le contredire ?...

S'adressant à une autre, connue par la terreur
que lui inspirait tout effort d'esprit :

— Catherine, devinez ce que l'on va apprendre dans ce livre qui n'a l'air de rien?... des choses effrayantes ; la prolepse, l'antonomase, la métonymie, la synecdoque, la catachrèse, la prosopopée, l'hypotypose... ; attendez, il y a encore la déprécation et l'obsécration...

— Qu'est-ce que c'est que tout cela ?

— Des tropes. Je parie que vous croyiez que c'étaient des péchés..., et des gros, hein?...

— Mais cela va être horriblement difficile.

— Je crois bien, fit Marie-Rose d'un air entendu. Et savez-vous de quelle époque date cette *Petite Rhétorique des demoiselles?*... de 1829.

— Non?...

— Oui. Et l'on dira encore que nous sommes *Restauration, Madame Adélaïde*, etc. Mais on deviendrait vieux rien qu'en regardant certains de nos livres.

Un petit cliquetis de chapelet qui se fait entendre du côté de la porte arrête net ce flot d'éloquence.

— Marie-Rose !... Quand vous aurez fini de pérorer... Descendez de votre tribune et écoutez-moi.

— Oui, mère Assomption, répond la fillette, subitement calmée.

— Ce petit traité de rhétorique que vous raillez en si beaux termes est un excellent ouvrage, c'est pourquoi on le maintient en dépit de son apparence surannée. Plus tard, vous serez la première à le reconnaître; mais en attendant, contentez-vous de nous croire sur parole.

Plus tard, en effet, quand Marie-Rose commença l'éducation de ses enfants, quand elle leur apprit à mettre leurs idées en ordre et à les exprimer nettement, ce à quoi elle s'attacha d'une façon toute spéciale, il lui revint souvent des réminiscences très profitables de la vieille petite rhétorique qui l'avait si fort égayée autrefois.

Saint Pierre Fourrier écrit dans sa règle : « Les maîtresses enseigneront toujours doucement, en sorte que les esprits tendres des petites filles ne soient pas trop chargés, ni ennuyés, ni dégoûtés. Elles procéderont tout simplement, sans discours subtils ni recherchés, se contentant de ce qu'elles estimeront sortable à la capacité de leurs petites auditrices. »

Ces judicieux conseils étaient suivis à la lettre, et si l'enseignement était toujours grave, il n'était ni rébarbatif ni maussade.

Il convient pourtant de faire exception pour la *comptabilité commerciale*, une étude fastidieuse, encombrante, et d'ailleurs parfaitement inutile.

Parmi les pensionnaires qui y furent astreintes,

celles que les circonstances obligèrent à prendre
une part active aux affaires, furent une minorité
infime; et encore, pour celles-là, l'enseignement
de la comptabilité tel qu'il était pratiqué au couvent, ne dut servir absolument à rien.

Cela se traite sur trois immenses cahiers appelés
respectivement : brouillard, livre de caisse et
journal démotique — *démotique!* On y emploie
des formules bizarres dont le sens reste impéné-
trable à la majorité, par exemple : M. DE RICHE-
PENSE : *Ma traite sur lui pour fin courant,
1 250 francs.* Ou encore : M. BARBIER : *Son
billet à mon ordre, 375 francs.* On y remplit de
longues colonnes dont les totaux apparaissent dé-
mesurés, effrayants.

Afin d'avoir un aperçu de toutes les opérations
commerciales, on s'y trouve alternativement banquier, armateur, industriel, marchand d'équipe-
ments militaires ou de denrées coloniales et bien
d'autres choses encore.

Dans chaque division, une élève, une seule, et
encore pas toujours, s'en tire à peu près; deux
ou trois autres suivent péniblement le train, la
plupart restent en panne, résignées à la défaite.

C'est à la classe blanche que l'on commence
cette étude, mais la hantise en existe dès la
rouge. « Quand vous ferez de la comptabilité commerciale! » disent les grandes à celles de leurs

compagnes qui se plaignent d'une difficulté dans leurs études.

Il faut bien croire que ce travail n'est pas accessible au plus grand nombre puisqu'il exige une maîtresse spéciale; les professeurs ordinaires ne s'en tireraient pas. C'est la mère Saint-Jean-Baptiste qui, une fois par semaine, pour chaque division, vient au Pensionnat apporter ses lumières.

Marie-Rose se mit à la tenue des livres, sans entrain parce qu'elle redoutait les chiffres sous toutes leurs formes, mais avec application parce qu'elle était consciencieuse. La première année, elle chercha, de tout son pouvoir, le fil conducteur qui devait la guider dans le labyrinthe. La seconde année, elle s'abstint de tout effort de raisonnement, un peu révoltée de ce fatras qui lui faisait perdre son temps. La troisième année, elle prit le parti de s'en amuser. Et elle fit école. Chez les Violettes, on donna une sorte de vie aux personnages fictifs de la comptabilité. On parla d'eux comme s'ils existaient et comme si, réellement, on faisait des affaires avec eux. Exemple :

La maîtresse. — Etablissez le compte suivant avec sa formule précise : M. de Godebout n'a pas payé le billet de sept cent cinquante francs qu'il nous avait signé et qui est échu d'hier.

L'élève. — Pauvre homme ! c'est qu'il n'a

pas d'argent. Ce n'est pas la peine de lui établir un compte, ma mère.

La maîtresse. — Un navire venant de Bourbon a coulé dans le port du Havre avec toute sa cargaison. Or, dans ce navire, nous avions tant de boucauts de sucre estimés à tant. Qu'allons-nous faire de ce sucre?

L'élève. — Mais, ma mère, que voulez-vous qu'on en fasse? Vous pensez bien qu'il est fondu.

L'échec persistant des cours de comptabilité commerciale ne découragea pas les religieuses. Vingt ans après sa sortie du couvent, Marie-Rose apprit par une de ses jeunes parentes qu'ils sévissaient encore, que M. de Godebout continuait à ne point payer ses billets et que des boucauts de sucre fondaient toujours dans le port du Havre.

Tous les samedis après-midi, dans chaque classe, il y a « sac ». Cet exercice fait la joie des pensionnaires. Voici en quoi il consiste :

Dans un sac d'indienne se trouvent de petits cartons sur lesquels est écrite une question ayant trait aux connaissances générales que chacun doit posséder. On y rencontre pêle-mêle de l'histoire, de la géographie, de la littérature, des sciences usuelles, etc. Exemple : Nommez les quatre grandes Antilles. — Qu'est-ce que la guerre des Deux-Roses? — Quelle différence y a-t-il entre

les veines et les artères? — Nommez les principales plantes textiles. — Qu'étaient-ce que les
iconoclastes? etc., etc. Bien entendu les demandes
sont proportionnées au degré d'instruction des
élèves et le « sac » des Jaunes ne ressemble pas à
celui des Violettes.

Il faut répondre d'une manière succincte et rapide, sinon l'on passe à la suivante, puis à l'autre
suivante, jusqu'à ce que la question soit résolue.
Toute bonne réponse est payée d'un jeton que l'on
touche en nature et sur l'heure, ce qui est bien
plus agréable que les bons points marqués sur le
cahier et totalisés à la fin de la semaine.

Il y a des pensionnaires qui aiment mieux répondre les plus grosses bêtises que de rester
court, et c'est cela qui met la classe en joie. Mais
les maîtresses ne s'en fâchent pas trop. Elles savent bien que leurs élèves sont fatiguées par toute
une semaine de travail, et que l'application a
fléchi. Elles trouvent bon de la réveiller par un
exercice amusant et préfèrent un peu de dissipation à l'ennui morne qui émane d'une lassitude
commune.

Berthe Anfray s'est fait une spécialité des réponses hilarantes. Ce n'est pas qu'elle soit inintel-
ligente, ni surtout qu'elle manque de mémoire;
elle retient, au contraire, beaucoup de choses et
de mots. Seulement, on croirait que dans son

esprit les choses et les mots font bande à part et que, le moment venu de se réunir, chacun ne reconnaît plus sa chacune. L'aplomb tranquille avec lequel elle débite ses énormités est la chose la plus comique du monde. Elle ne s'étonne ni ne se fâche de l'effet produit ; et c'est avec un très grand calme qu'elle riposte :

— Tiens ! je croyais...

Marie-Rose, qui écrit son journal, enregistre ponctuellement les opinions scientifiques de sa compagne et, de temps en temps, les lui rappelle pour la maintenir dans l'humilité. Mais cette réminiscence, faite sans méchanceté, est acceptée sans la moindre confusion.

— Tout le monde dit des bêtises, remarque paisiblement Berthe, je n'échappe pas à la loi commune.

Quelques réponses de Berthe sont restées légendaires parmi ses anciennes compagnes.

D. — Qu'étaient-ce que les Guelfes et les Gibelins ?

R. — Une pâtisserie flamande que les Espagnols du Moyen Age mangeaient le Vendredi saint.

D. — Qui est l'inventeur de la brouette ?

R. — Bède, le Vénérable.

D. — Citez deux tropes, à votre choix ?

R. — Le polémaque et la métempsycose.

D. — Quelle est la densité de l'étain?

R. — Deux mille tonnes.

Berthe n'est pas seule à commettre des bévues; mais elle détient certainement le record comme nombre et comme qualité. Pourtant Marie-Rose en eut à son actif qui n'auraient pas déparé la « collection Aufray » surtout quand il s'agissait de calcul, de « chiffres », comme elle disait avec une terreur antipathique. Alors Berthe prenait sa revanche.

— J'espère, au moins, Gourregeolles, que vous allez consigner ce beau succès sur vos tablettes.

Sous sa forme amusante, le « sac » est un excellent exercice. Il permet de se rendre compte de la manière dont l'enfant assimile les sciences qui lui sont enseignées et du profit qu'elle en retire pour son instruction générale. Il permet encore de classer les jeunes esprits. Ce ne sont pas toujours les premières de la classe qui répondent le mieux, mais les plus intelligentes et les plus réfléchies. Le « sac » offre, en outre, l'occasion de rectifier une foule d'idées fausses.

Les pédagogues actuels souriraient de pitié au système du « sac »; mais Marie-Rose qui ne se piqua jamais de *modern style*, l'employa pour ses enfants dont elle poursuivit elle-même l'éducation assez tard, et ils s'en trouvèrent fort bien. Au lycée, notamment, on lui dit souvent que, pour toute question portant sur les idées générales, ses fils répondaient les premiers et le mieux.

Elle n'en tirait aucune vanité, sachant bien que ces éloges revenaient de droit à son cher couvent.

Quand Marie-Rose, à l'encontre des idées admises à l'époque, décida qu'elle passerait ses examens, son père la confia à deux professeurs de l'Université : un pour les Lettres, un pour les Sciences. Ceux-ci, tout aux programmes officiels, déclarèrent d'abord qu'elle ne *savait rien*. Très peu de temps après, ils avouèrent qu'elle était moins ignorante qu'on ne l'aurait cru, et qu'*on lui avait appris à travailler d'une façon méthodique et fructueuse*, ce qui, tout de même était bien quelque chose. Et, finalement, ils durent convenir qu'elle en savait plus que la majorité des jeunes filles de son âge.

Or, si Marie-Rose était une très bonne élève, elle n'était pas exceptionnelle et beaucoup de ses compagnes étaient aussi instruites qu'elle.

La vérité est que si les religieuses étaient en général dépourvues de grades universitaires, elles recevaient une formation toute particulière qui en faisait d'excellents professeurs. Leur classe était *très bien faite.*

Entre ces deux jugements contradictoires :

« 1° La jeune fille sort du couvent l'esprit vide,

le cœur fermé, incapable d'entendre celui qui va être son mari, incapable d'élever l'enfant qui va naître (1). »

« 2° On a parlé des couvents d'un ton dédaigneux. On avait tort : les grandes congrégations avaient d'excellentes classes. On y recevait une éducation très soignée (2). »

... il n'y a pas à hésiter, c'est le second qui est basé sur l'observation et l'expérience.

V

QUELQUES USAGES

Les traditions et les coutumes sont nombreuses au couvent; et, en général, les enfants y tiennent beaucoup. Il y en a qui datent de la fondation de l'Ordre et ont eu pour point de départ quelque article du règlement.

Ce règlement porte que « les chanoinesses régulières de Saint-Augustin enseigneront dans leurs écoles expressément bâties et préparées pour les petites filles de parmi la ville, toutes celles qui s'y présenteront... On y devra enseigner la prière, le catéchisme, la civilité et la bienséance; à

(1) Camille SÉE, rapport sur la loi du 21 décembre 1880.
(2) Jules SIMON, la Femme au vingtième siècle.

lire, à écrire, à calculer, à coudre, à travailler à toutes sortes d'ouvrages manuels propres à des filles, et qui, de soi, puissent porter profit à celles qui voudront s'en servir, tels que du lassis et à le recouvrir, du point coupé et de la nuance; mais on n'y montrera pas d'ouvrages rares et subtils et de grand appareil. On ne permettra pas qu'elles sautent vivement d'un ouvrage à un autre par légèreté ou dégoût, ou ennui, ou curiosité. »

Après ces détails, touchants par leur minutie et par la sollicitude qu'ils décèlent, P. Fourrier ajoute, comme si cela lui revenait à l'idée : « On instruira aussi d'autres filles qui seront pensionnaires et logées dans l'établissement... Les religieuses tâcheront de leur montrer tout ce qui se puisse apprendre à des filles du monde pour plaire à Dieu, à leurs père et mère et autres personnes de leur appartenance. »

Ainsi donc l'idée première du fondateur était bien l'éducation des enfants pauvres; le souci des filles de la bourgeoisie ne venait qu'ensuite. Les pensionnaires le savent fort bien et elles s'en inspirent pour leur conduite. Une fois par an, la veille des Rois, elles fraternisent avec leurs petites compagnes de l'école gratuite et partagent avec elles les cadeaux du Jour de l'An. Ces cadeaux ne sont pas envoyés dédaigneusement, ils sont distribués avec sympathie, et si gentiment que les jeunes écolières n'en peuvent ressentir ni humiliation ni envie. On étonnerait bien la plupart de ces fillettes en leur disant qu'il existe une distinction sociale entre celles qui donnent et celles qui reçoivent avec un égal plaisir.

Ce n'est pas tout. L'assistance au couvent est franchement utilitaire. Une poupée, un cheval de bois, du sucre de pomme, c'est bon; mais le bien-être pour toute la maisonnée est encore meilleur. On choisit, parmi celles dont les enfants fréquentent l'école gratuite, une famille nombreuse, récemment privée de son chef et l'on assure la vie de cette famille pour quelque temps, pour toute une année parfois. On habille la mère et les enfants, on paye le loyer, on envoie du combustible et des denrées alimentaires. Les cotisations, très larges à ce moment où les bourses viennent d'être remplies, permettent d'être généreux.

Comme au couvent on attache une grande importance à la leçon des actes, les pensionnaires font leur distribution elles-mêmes. Cela se passe Sous la Chapelle comme toutes les cérémonies qui entraînent des mouvements et du tumulte. Ce sont donc les enfants qui reçoivent la famille désignée. Elles sont, jusqu'à un certair point, maîtresses de la situation; et elles en sont si fières qu'elles déploient un zèle parfois indiscret.

On se met trois ou quatre pour attacher la

bavette d'un poupon au risque de l'étrangler. Pour chausser un petit qui marche à peine, on lui lève les deux pieds à la fois et on l'assied par terre. Une fillette se trouve subitement enveloppée de plusieurs châles, si bien qu'elle disparaît dans un amas de laine. On enfonce sur la tête d'un petit garçon un béret trop grand qui lui cache les yeux, le nez et les oreilles.

D'autres donatrices plus portées sur les friandises, montent la garde près de leurs invités. A peine un petit bec se trouve-t-il disponible qu'une demi-douzaine de mains sont là pour le remplir, et il doit ingurgiter tout ensemble un fondant, un marron glacé et une pastille de chocolat. On s'arrête seulement quand il suffoque.

Tout cela ne va pas sans un peu de bousculade et quelques propos aigres-doux.

— Vous avez déjà rempli sa bouche trois fois, à celui-là; et moi pas une seule.

Les Violettes et les Blanches, à qui la police est confiée ce jour-là, se dépensent en vain pour maintenir l'ordre, il arrive un moment où les héros de la fête en deviennent les victimes. Ils étouffent, s'étranglent, tombent par terre et poussent des cris d'effroi. C'est alors qu'intervient la mère Saint-Jacques. En un tour de main, elle emballe le matériel et les gens disant avec sa bonne brusquerie :

— Ma pauvre femme, emportez vos marmots

pendant qu'ils sont encore entiers, sinon, je ne réponds point de la casse.

Le P. Fourrier dit encore : « Jamais les supérieures de notre Ordre ne prendront le titre d'abbesse, ni de prieure, ni de madame, ni d'autres titres spéciaux qui peuvent être séants à des religieuses d'autres Ordres; mais, devant élever des enfants, elles s'arrêteront simplement à ce beau nom de *mère*, puisque c'est le titre le plus doux, le plus aimable, le plus plein de bienveillance et d'affection, et aussi le plus naturel. »

De fait, la supérieure est bien la *mère* de toutes les fillettes qui fréquentent le couvent, mais plus spécialement des internes : pensionnaires ou orphelines dont elle a l'entière responsabilité. Une fois par an, à sa fête, tout ce jeune monde est confondu.

On se réunit pour offrir les bouquets, réciter les compliments, chanter la cantate. Ensemble encore, on se rend aux Capucins pour une récréation de toute l'après-midi.

Les pensionnaires savent bien que P. Fourrier a dit à leur intention : « Elles prendront garde d'offenser ou mépriser aucune de leurs compagnes si petite, si pauvre qu'elle soit. » Mais elles savent également que la bienveillance affectée humilie presque autant que le dédain. Aussi traitent-elles leurs invitées avec cette politesse avenante que l'on témoigne à ceux que l'on a du plaisir à voir.

C'est de la façon la plus cordiale que les pensionnaires font les honneurs de leur domaine. Il y a des orphelines à toutes les parties de corde, de ballon, de cerceau. On leur fait des tours de faveur pour la balançoire. Les jardinières leur offrent des bouquets de leurs plates-bandes, tout en les initiant aux mystères de l'horticulture.

Le lendemain est un jour de liesse.

A neuf heures, on tire une loterie dont le produit est destiné au trousseau et au pécule que les orphelines touchent à leur sortie de l'établissement; mais, en attendant, elles ont leur part de lots. A deux heures, on joue la comédie, et là encore tout le jeune monde est mêlé. La taille seule sert de base au rangement : les petites devant, les grandes derrière.

A six heures et demie, « grand dîner » servi Sous la Chapelle, le réfectoire du Pensionnat étant trop petit pour contenir tant de monde. Car là encore les deux sociétés sont réunies. Le clou de ce « grand dîner » n'est pas dans la chère dont, au couvent on n'a jamais beaucoup de souci; mais dans le service qui est fait par des pensionnaires tirées au sort pour toutes les classes; les Vertes seules étant exceptées.

C'est un service agité, confus, tumultueux. On

renverse les salières et les bouteilles; on répand de la sauce tout le long du chemin et jusque dans le dos des convives. Il y a des tables qui ont trop de pain et d'autres qui n'en ont pas du tout. Les Jaunes cassent beaucoup d'assiettes.

Il se produit des réclamations que les serveuses transmettent avec une complaisance empressée.

— Les Rouges réclament un supplément de crème.

— C'est Antoinette Perrey qui n'a pas de meringue.

— Voilà une orpheline des Bleues qui dit qu'elle n'aime pas la carcasse de lapin. Elle voudrait une patte.

La mère Saint-Jacques qui, en sa qualité d'Econome, préside ces bruyantes agapes, lève les bras au ciel avec une feinte indignation.

— J'aimerais mieux, dit-elle, servir le dîner de quinze archevêques.

Il lui faut encore entendre des doléances d'une autre nature :

— Mère Saint-Jacques, écoutez : on nous apporte les bouteilles débouchées, cela retire tout l'amusement, vous comprenez. Et ce n'est pas la peine qu'on nous donne des tire-bouchons.

L'excellente religieuse se tourne vers la bonne sœur Sainte-Anne, qui dirige le bataillon des jeunes échansonnes.

— Ma pauvre sœur, remettez donc les bouchons aux bouteilles qu'elles aient le plaisir de les enlever... Veillez bien seulement à ce qu'il ne survienne point d'aventure.

Et comme on a soin de ne pas faire un bouchage trop serré, les enfants reviennent se plaindre que cela ne fait pas de bruit.

Les serveuses mangent après les autres et n'ont pas toujours des morceaux de choix; ce qui ne les empêche pas de se considérer comme les reines de la fête.

Les orphelines s'en retournent chez elles chargées de menus cadeaux, les pensionnaires ont fait une bonne expérience d'égalité et de fraternité. C'est donc profit pour tout le monde.

VI

CHOSES ET AUTRES

Le « parloir des frères ». — Au couvent, on ne redoute pas trop le contact des filles et des garçons. On ne va point jusqu'à préconiser ou seulement admettre le système de la coéducation des sexes, mais on est persuadé que les uns et les autres ne peuvent que gagner à une fréquentation raisonnable — naturellement quand il s'agit d'enfants bien nés ce qui est le cas de toutes les pensionnaires et de leurs frères et cousins.

Du temps de Marie-Rose, il existait un usage que certains éducateurs pourraient trouver hardi et que la plupart des religieuses admettaient sans difficulté; cela se nommait le « parloir des frères ».

Le couvent et son voisin immédiat, le collège, ont un grand nombre d'internes dont les parents n'habitent pas la ville : enfants de propriétaires fonciers dans ce riche pays de culture, enfants de marins dont le foyer est rarement stable, jeunes citadins de la grande ville toute proche que l'on envoie respirer un air plus pur.

Les parents, M. le principal et les autorités religeuses trouvent cruel de tenir frères et sœurs si près et pourtant séparés les uns des autres. Et comme les filles ne peuvent pas aller au collège, on laisse les garçons venir au couvent.

Tous les dimanches, de midi à une heure, le grand parloir est livré à quelques groupes distincts formés de collégiens en tunique et de pensionnaires en robe d'uniforme où tranche la ceinture claire. Marie-Rose a deux frères, Hélène de Puyrenaud également deux, Charlotte Périer, les petites de T. en ont trois, Aliette Le Menn quatre pour elle toute seule; c'est elle qui détient le record.

La surveillance existe, bien entendu, mais modérée et surtout discrète. On ne voudrait pas faire à cette jeunesse bien élevée l'affront de la croire capable de mauvaise tenue. Et l'on pense aussi que la présence des frères respectifs suffit au maintien de l'ordre. Le rideau de damas est tiré, et la grille seule sépare le parloir du corridor où la mère Saint-Jacques se promène en lisant ses Heures.

Si le babil résonne trop clair ou si quelque rire vient à éclater, elle fait *ch, ch...* ou bien son habituel : *Mais... mais... oh! mais!...* qui ne fait peur à personne mais auquel on obéit tout de même. Les choses ne vont jamais plus loin.

Une fois, pourtant, il se produisit un gros scandale, qui faillit faire supprimer le « parloir des frères ».

La bonne mère Saint-Jacques se démit la cheville et fut un mois sans venir au Pensionnat. Elle fut remplacée à la visite dominicale par la mère Saint-Boniface, et naturellement il y eut du grabuge. Les garçons, édifiés de longue date par leurs sœurs, sur le caractère de la Surveillante générale, se relâchèrent un peu de leur correction habituelle et les pensionnaires firent chorus. Bref le parloir fut très dissipé et il y eut une distribution de pénitences. Mis au courant, messieurs les collégiens résolurent de venger leurs partenaires du dimanche en jouant un bon tour à la malencontreuse Surveillante.

Au parloir suivant, les pensionnaires en se rendant à leur place attitrée, trouvèrent non pas leurs frères, mais les amis d'iceux : Hélène, les deux Gourregeolles ; Charlotte, les de Puyrenaud ; Marie-Rose, les quatre Le Menn. Après une minute d'effarement, la plupart des pensionnaires comprirent, et elles se prêtèrent le plus joyeusement du monde à la combinaison. Il faut dire aussi que les collégiens s'étaient fait un scrupule de ne former les groupes qu'entre jeunes gens de la même société et se rencontrant ailleurs qu'au parloir

Marie-Rose était très camarade avec les Le Menn ; leurs pères étaient également marins et naviguaient sur le même bâtiment. Ce fut leur coin, très bruyant, qui fit découvrir la mèche.

La répression fut sévère. On prévint les familles et M. le principal ; et le « parloir des frères » fut momentanément supprimé.

On le rétablit seulement au retour et sur les instances de la mère Saint-Jacques qui se porta garante de la bonne tenue générale. Elle eut raison ; la confiance que l'on témoigna à cette jeunesse fit mieux que les plus sévères admonestations, et tout rentra dans l'ordre.

L'éclairage. — Le couvent, si plein de lumière

pendant la journée, est plongé, dès que vient la nuit, du moins quant au dehors, dans une obscurité presque complète. On parle bien d'installer le gaz, mais ce serait une grosse dépense et l'on en trouve toujours de plus urgentes à faire. Marie-Rose avait douze ans quand se produisit ce grand événement. Dans sa petite enfance, on se contentait pour les jardins, de lampes enfermées dans des cages de verre et placées de loin en loin. Cet éclairage était très insuffisant et l'on y suppléait par des lanternes que les religieuses transportaient dans leurs allées et venues. Rien de curieux comme ces petites lumières discrètes qui, le soir venu, circulaient de tous côtés sans que l'on en pût reconnaître la propriétaire. C'était un sujet d'étonnement amusé pour toutes les nouvelles. Dans les passages, les corridors, les escaliers, il y avait des quinquets, système Argand, qui dataient d'un siècle. En classe, on était plus moderne et l'on se servait de grosses lampes de bord, en cuivre poli qui fournissaient un éclairage puissant.

Mais les lanternes en corne et fer ajouré, les quinquets et les lampes à schiste n'étaient rien comme antiquité auprès des « jacquots ».

Le jacquot consiste en un bâton long une fois et demie comme un manche à balai et qui repose sur un pied en forme de croix grecque. A mi-hauteur règne une planchette circulaire qui supporte les mouchettes, l'éteignoir et un rat de cave. Au-dessus s'étend un bras au bout duquel est fichée une chandelle de suif. Ce bras est mobile; il vire autour du bâton, se hausse et se baisse à volonté se soutenant par son propre poids.

Le jacquot n'est pas d'un usage courant. On s'en sert dans certaines circonstances déterminées, notamment quand un verre de lampe casse et qu'il n'y en a pas de rechange.

Ce genre d'éclairage encombrant et incommode ferait maugréer les gens raisonnables; mais les pensionnaires s'en montrent ravies. Toutes veulent pour elles le pauvre jacquot qui n'a pas une minute de répit. L'une tourne à droite le bras éclairant, l'autre le retourne à gauche; celle-ci le grimpe tout en haut, celle-là le ramène en bas. Dans ce remue-ménage, il arrive parfois que l'instrument, malgré son pied en croix grecque, choit de toute sa hauteur. A quatre jacquots par étude, cela fait bien de la dissipation. Mais la grande affaire est le mouchage. Quelques pensionnaires ont monopolisé cette importante fonction. Marie-Rose est du nombre, et elle accomplit sa charge avec un zèle excessif. La mèche n'a pas le temps de se reformer qu'elle la supprime au risque de supprimer en même temps la lumière. Parfois même elle se sert de l'éteignoir « pour s'assurer qu'il fonctionne » et ce, à la protestation, très amusée au fond, de ses proches voisines. Aux remontrances de la maîtresse, elle répond avec un aplomb tranquille et plein de politesse que « l'éteignoir est là sans doute pour servir à quelque chose ».

— Oui, certes, pour éteindre les chandelles quand on n'en a plus besoin.

— Et les rats de cave, alors, à quoi les emploiera-t-on, si l'on ne rallume pas les chandelles éteintes?

Il serait élémentaire de supprimer le matériel des jacquots, si ce n'est les jacquots eux-mêmes; mais au couvent les choses demeurent; il faut des circonstances exceptionnelles pour que l'on consente à la plus petite modification. Et puis les jacquots sévissent rarement et tard dans la journée, alors que les jeunes esprits sont, depuis des heures, tendus par le travail et la discipline; on ne s'indigne pas trop d'un peu de dissipation sans malice et sans résultat fâcheux. Peut-être aussi, les maîtresses s'amusent-elles au fond, de ce que la bonne sœur Sainte-Claire appelle le « trafic des jacquots ». Quelques-unes sont jeunes et il ne faut pas grand'chose pour égayer les âmes simples.

Les bêtes. — Les bêtes furent toujours traitées au couvent avec honneur et sympathie.

En premier lieu, viennent les chats. On aime beaucoup les chats, mais on est forcé de les aimer de loin. En gens avisés, ils ne se hasardent que très rarement dans les quartiers du Pensionnat où l'amitié qu'on leur témoigne prend vite des allures de catastrophe. Ils préfèrent de beaucoup les parages de la cuisine où ils sont une bonne douzaine à se prélasser au soleil.

On les rencontre en allant et venant au réfectoire, et le grand silence réglementaire est souvent troublé par des appels faits à mi-voix.

— Minou, minou, viens mon petit !
ou des tentatives d'intimidation :

— Ch... ch... ch...

Il arrive même que l'on sorte des rangs pour une velléité de poursuite... rarement couronnée de succès. Il faut une habileté consommée, jointe à une chance exceptionnelle, pour arriver à capturer l'un de ces intéressants félins, et pour le maintenir dans son tablier jusqu'au Pensionnat. Puis ce sont des disputes parce que chacune veut en avoir sa part.

Alors, la mère Saint-Jacques qui, en sa qualité d'Econome, est la Surintendante des chats, menace de les faire exterminer jusqu'au dernier, « puisqu'ils sont une source de désordre et de querelles. »

Et les petites de supplier, comme si la chose était imminente :

— Oh! non, ma mère, ne les faites pas exterminer, on ne s'occupera plus d'eux.

En plus des chats, il y a des bêtes qui appartiennent à des groupes quelconques : classes, dortoirs, etc. De ce fait, Marie-Rose eut la propriété collective de quelques animaux : un rouge-gorge, un cochon d'Inde, une mouette et un poisson.

L'oiseau qui porte le nom banal de Fifi Rouge-Gorge appartient aux Vertes. Celles-ci s'en montrent très jalouses. La cage est accrochée dans *leur* classe ou posée sur le rebord de *leur fenêtre*. Toute ceinture étrangère est priée de passer au large.

— *En allez-vous*, Suzanne, vous l'effarouchez ; il ne peut pas souffrir le jaune.

Au dire de ses tutrices, cet étrange oiseau ne supporte que le vert.

L'été, les petites l'emmènent au Gros Poirier où elles passent l'après-midi ; et leur sollicitude ne lui laisse pas un instant de répit. On le trimbale du soleil à l'ombre et de l'ombre au soleil ; son habitation est remplie de sucre, de biscuit, de verdure et de fruits variés ; la voûte en est ornée de pendentifs nombreux qui font office de joujoux : l'espace libre se trouve très limité.

Dans les moments d'effusion, on se presse autour de la cage ; c'est à qui sera le plus près pour être distinguée par Fifi Rouge-Gorge, et on lui crie des amabilités à l'assourdir.

Le plus curieux, est que Fifi Rouge-Gorge semble se complaire au milieu du vacarme et de la bousculade. Quand, par hasard, ses jeunes tutrices, occupées à quelque tâche, le laissent en repos, on le voit immobile et silencieux sur son bâton. A la moindre velléité de récréation, il s'agite, se met à voleter dans sa cage, chante et piaille de bonheur.

En dépit de ce surmenage et des conditions hygiéniques déplorables dans lesquelles il se trouvait, Fifi Rouge-Gorge vécut très vieux. Marie-Rose, qui l'avait reçu de ses anciennes, le transmit à la génération suivante. Devenue Jaune, elle ne s'inquiéta plus de son sort.

L'année de Marie-Rose, M. l'abbé fit cadeau à son catéchisme de première communion, d'un joli petit cochon d'Inde qui fut baptisé de ce nom légèrement prétentieux : « le Phénix ».

Marie-Rose ne fut jamais folle de cet animal. Son museau drôlet, son poil soyeux, ses yeux en « bouton de bottine », la laissèrent indifférente. Mais elle s'amusa prodigieusement des méfaits qu'on lui fit commettre et qu'elle était la première à imaginer.

Le Phénix loge habituellement dans une caisse

Sous la Barrière. Mais comme on a la permission de l'emporter aux Capucins, il se trouve à la tête d'un panier de voyage, lequel panier sert parfois pour l'introduire dans la classe de travail manuel dont il est chassé honteusement dès que l'on s'aperçoit de sa présence.

Le comble du grief est quand on le lâche dans les carrés de légumes pour qu'il s'y ébatte et y trouve pâture. La maraude ne serait pas bien grave, mais la chasse qu'on lui fait est terrible, et le père Mouche, le jardinier, s'en plaint amèrement à la mère Econome.

— Ces demoiselles ont encore *pilaudé* mes choux pour rattraper leur « Phénix ».

Le Phénix eut une existence éphémère. Il termina l'année scolaire en cours et n'en recommença point d'autre. Au surplus, la collectivité à laquelle il appartenait se trouvant dissoute, nul ne le réclama.

Un matin, après une nuit de tempête, on trouva sur la fenêtre de l'Ange Gardien une jolie mouette blessée, l'aile pendante. Tout de suite apitoyées, les pensionnaires voulurent recueillir le pauvre animal. Mais la mère Saint-Boniface n'avait point l'âme tendre, et il fallut une intervention longue, patiente, pleine de diplomatie de la petite sœur au voile blanc, pour qu'elle consentît à laisser ouvrir la fenêtre. Le dortoir affirma sa propriété.

— Nous avons une mouette, déclarèrent les intéressées.

A cause des circonstances dans lesquelles on l'avait hospitalisé, l'oiseau fut baptisé *Moïsette*, comme si un animal aquatique courait risque de naufrage.

Moïsette sut bientôt reconnaître celles à qui elle appartenait et s'attacha à elles par la reconnaissance de l'estomac. C'étaient toujours les mêmes, en effet, qui lui servaient de pourvoyeuses et lui apportaient en quantité les vers, les colimaçons, voire même, aux jours de sortie, les crevettes et les petits poissons, qui lui servaient de nourriture.

On aimait bien Moïsette, mais on ne prenait pas trop de libertés avec elle, parce qu'elle était d'humeur farouche et que son grand bec tenait à distance les hardies et les indiscrètes.

Ce fut Marie-Rose qui, involontairement, fut cause de son exil.

Dans la cour du Pensionnat, se trouvait une grosse futaille qui, campée debout et munie d'un robinet, servait à recueillir l'eau des toits, employée à l'arrosage. Par respect pour les vieilles appellations, cette futaille était dénommée *gonne*.

Or, un jour, le bruit courut que Moïsette était tombée dans le gonne et allait sûrement se noyer. Gros émoi dans le clan de l'Ange Gardien. On complote, on délibère, on étudie les meilleurs

modes de sauvetage, et, finalement, on s'en remet
à Marie-Rose qui affirme avoir trouvé un moyen.

Voici en quoi consistait ce moyen. C'était pendant l'ouvrage manuel, temps propice aux esca-
pades, à cause de l'allée et venue nécessitée par
les leçons et les études de piano. A trois que l'on
était, on appliqua le long de la futaille, une
échelle qui servait à rattraper les balles lancées
dans les gouttières basses; et, à l'aide d'un parapluie grand ouvert faisant office de filet, on
tenta de repêcher l'oiseau. Moïsette, plus effrayée
de l'appareil que de l'eau où elle se reposait bien
à l'abri, fit la nique à ses patronnes et se sauva
par ses propres moyens.

Mais le parapluie ne s'en était pas tiré sans
quelque dommage. Or, il appartenait à une dame
pensionnaire très soigneuse qui se plaignit. On
ouvrit une enquête, et l'autorité supérieure, ju-
geant que la vie d'un oiseau — fût-ce Moïsette —
ne valait pas que de petites pensionnaires ris-
quassent de piquer une tête dans le gonne ou de se
casser le cou en tombant d'une échelle, prononça
un arrêt de déportation. L'enceinte fortifiée se
trouva, dans l'espèce, être le jardin de M. l'abbé.

Il y eut tout d'abord des protestations cha-
grines. Moïsette avait été gâtée..., elle était accoutumée à trouver sa nourriture toute prête..., elle ne
saurait point chercher pâture, etc. Il fallut que le

bon aumônier s'engageât à veiller tout spécialement sur l'animal et même à lui ouvrir un crédit
pour ses frais de poissonnerie.

Rassurées sur le sort de Moïsette, les enfants
l'oublièrent progressivement; et, à la rentrée suivante, il n'en était plus question.

Les Bleues eurent un cyprin doré qu'elles appe-
lèrent *Capitaine*. Ce pauvre poisson, suivant l'expression de la mère Saint-Jacques, nageait peut-
être dans l'abondance, mais sûrement pas dans
l'eau propre. En effet, son bocal était tellement
plein de biscuit et de pain azyme qu'il ressemblait
à une soupière autant qu'à un aquarium.

Capitaine eut une fin tragique. Ce régime de
bouillabaise convenant mal à sa nature, il languit,
ne bougea presque plus et perdit ses brillantes
couleurs. On s'attendait à le voir trépasser,
quand on s'avisa que le froid n'était peut-être
pas étranger à son état. Il fallut des ruses de
Peau-Rouge, pour l'introduire en classe, et une
fois là, l'installer sur le poêle, tout en le dissi-
mulant aux yeux de la maîtresse. On y parvint
cependant; et, durant toute une soirée, on put
croire à la réussite. Capitaine se remit à tourner
autour de sa prison de verre; il sembla plus alerte,
plus désireux de vivre.

Hélas! ce mieux n'était qu'apparent, et le len-

demain, quand on vint pour faire le ménage, Capitaine, immobile, flottait à la surface de l'eau.

— Y a bien à craindre qu'il ne se soit trouvé
un peu cuit, prononça la bonne sœur en guise
d'oraison funèbre; ces *béteils-là*, ça craint plus le
chaud que le froid.

Capitaine fut enterré dans un linceul de feuil-
lage, bien que sa nature même et la proximité de
l'Océan semblassent le destiner plus particulièrement à l'immersion. Mais, à dix ou douze ans, on
ne se pique point de logique.

Le *parloir des frères*..., les *jacquots*..., les *bêtes*...,
ces choses sembleraient puériles aux jeunes mondaines qui attachent une importance considérable
à la forme d'un chapeau, à la disposition d'une
garniture de robe. Il n'est pas de même aux yeux
des petites pensionnaires recluses dont la vie est
faite de grands sentiments et de menus actes.

VII

COINS DE COUVENT

La cour de la Communauté. — La cour de la
Communauté est immense et solennelle; elle a fort
grand air.

Sur trois côtés, s'élèvent des bâtiments faits de gros cailloux noirs, sertis dans du mortier grisâtre. Les baies du rez-de-chaussée sont larges et cintrées, les fenêtres supérieures, très hautes avec de toutes petites vitres.

Des vignes superbes couvrent les murailles sombres au pied desquelles on a établi des plates-bandes où s'épanouissent à profusion les fleurs simples et gaies qu'on ne trouve plus ailleurs que dans les monastères ou le jardin des vieux curés : passe-roses et gueules de loup de toutes nuances, primevères de velours, scabieuses brunes tiquetées de jaune, ravenelles panachées, lupins blancs, thlaspis violets, verveines écarlates et ces coquelourdes pâles qui portent le joli nom de « roses du ciel ».

Le quatrième côté de la cour est occupé, moitié par un large escalier de granit à double palier qui conduit à la chapelle, moitié par une terrasse très découverte d'où la lumière arrive à flots. A la terrasse s'adosse une immense citerne plus élevée que le sol d'environ un mètre au milieu de laquelle on voit un cadran solaire portant la date de 1672.

Le bâtiment principal appelé couramment « Maison aux Honneurs » renferme la Salle du Chapitre, la Grand'salle de réunion et les cellules des dignitaires : Supérieure, Assistante, Inten-

dante, Préfètes, Conseillères, etc. A droite, habitent
les religieuses de moindre importance; à gauche
se trouve le Noviciat dont l'étage supérieur est
occupé par les sœurs converses, les « bonnes
sœurs », comme on dit au couvent.

Dans une tourelle octogonale cinq cloches
sonnent les heures ou carillon.

Le réfectoire des religieuses, au rez-de-chaussée
de la Maison aux Honneurs, est masqué par une
palissade de lauriers-tin et d'arbousiers où nichent
une quantité énorme d'oiseaux chanteurs. Mais,
par une large porte cintrée toujours ouverte, on
aperçoit le superbe escalier que les Mères des-
cendent deux fois par jour au moment des repas.

Cela se passe avec beaucoup de décorum. Au
premier coup de cloche, elles se réunissent dans
la Grand'salle, la robe traînante, les manches rabattues. Au second coup, les plus nouvelles devant, la Supérieure et l'Assistante derrière, elles
défilent deux par deux, en silence, avec un salut
profond à leur patron saint Augustin, dont la
statue garde le vestibule d'honneur.

L'ensemble de cette cour de Communauté n'est
point trop austère, grâce à la verdure et aux fleurs
qui s'y trouvent à profusion, mais il demeure
grave et recueilli.

Aussi quelques mères intransigeantes, parmi
celles qui n'ont point directement affaire avec les

enfants, ne peuvent-elles prendre leur parti de voir cette grande paix troublée trois fois par jour. Pour la commodité du service, en effet, on a établi le réfectoire du Pensionnat dans l'un des rez-de-chaussée, à proximité des cuisines, et le désordre qui résulte de l'allée et venue des enfants leur semble une profanation.

Nulle part, pourtant, les rangs ne sont mieux alignés, le babillage plus discret, mais il reste un chuchotement, un piétinement confus et — ne fût-ce que cela — l'envahissement par des profanes de cet endroit sacré.

Pour les enfants, au contraire, cette incursion quotidienne en territoire étranger est une source de joies. Le défilé des religieuses se rendant au réfectoire, les sœurs converses qui, paisiblement, accomplissement leur humble tâche, un morceau de la vie du Noviciat que l'on happe au passage, sont autant d'aubaines dans l'existence toujours semblable des petites pensionnaires — des aubaines et, très souvent, une source de bon exemple.

Le Jardin aux Chats. — Entre Sous la Chapelle et le Pensionnat se trouve un jardin minuscule que les enfants, accoutumées aux vastes espaces, trouvent extrêmement comique.

Tout y est petit, petit : petites allées, petites plates-bandes, petites corbeilles où poussent de

petites plantes qui donnent de petites fleurs. On y
voit éclore tour à tour et suivant les saisons le
réséda, le basilic, la violette, le muguet et cette
hampe mignonne qui porte le nom significatif de
« désespoir des peintres ».

Les fillettes ont dénommé ce coin *Jardin aux
Chats*, non que les chats s'y montrent volontiers,
s'y trouvant trop près de leurs tyrans, mais il
leur est avis que les chats seuls, grâce à leur petite taille et à leurs mouvements pleins de sou-
plesse, sont aptes à circuler dans ce jardin de Lil-
liput.

Les Capucins. — Tout un quartier du couvent
s'appelle *les Capucins*, du nom des moines qui en
furent propriétaires avant les chanoinesses de
Saint-Augustin.

Ce quartier comprend d'abord un immense potager entretenu à miracle; et, comme les seuls arbres
qui s'y trouvent : espaliers et quenouilles, ne
donnent pas d'ombre, il est continuellement et
vigoureusement ensoleillé. Dans la très large allée
qui le sépare en deux — la Bonne Allée — on
fait faire des cures de lumière et de soleil à celles
qui en ont besoin. Les modestes religeuses du
temps de Marie-Rose avaient, en cela, devancé les
hygiénistes modernes.

Au-dessus du potager s'étend une vaste esplanade plantée de châtaigniers et de noyers plusieurs fois centenaires. C'est là, dans cette atmosphère saine et vivifiante, que se passe la récréation aux jours de beau temps. C'est là aussi que se trouvent les jardinets cultivés par les enfants avec beaucoup d'intérêt et de goût. L' « éducation de la terre » que l'on s'efforce de mettre à la mode n'est donc point une invention nouvelle. Elle était pratiquée, encouragée, récompensée dans le couvent de Marie-Rose et dans maints autres couvents. On y mettait en pratique le conseil de saint François d'Assise à ses fils spirituels : « Cultivez autour de vous des plantes nourrissantes, des plantes guérissantes et des plantes récréantes. »

Du potager, on gagne l'esplanade par une jolie petite avenue montante bordée de noisetiers et que, pour cette raison, on nomme l'*Allée aux Coudres*. Par les grandes chaleurs, l'ombrage de l'*Allée aux Coudres* semble délicieuse en contraste avec le soleil qui sévit brutalement alentour.

Mais ce que les enfants y aiment surtout, c'est la Notre-Dame qui leur sourit au milieu des mousses, des fougères, des sédums et des saxifrages dont ce coin charmant est tapissé.

Notre-Dame aux Coudres est la patronne des études, comme la Notre-Dame de Nazareth est la consolatrice des affligées. C'est elle que l'on implore, elle à qui l'on porte de petits bouquets pour obtenir une bonne composition.

Quand l'ancienne petite Gourregeolles se remémore son cher vieux Couvent, elle n'y trouve pas un coin qui ne soit paisible, accueillant et bon, reposant pour l'âme autant que pour le corps.

LA RELIGION AU COUVENT

I

PRATIQUES DE DÉVOTION

La piété est, en général, sincère et profonde, mais discrète, mesurée, paisible. M. l'abbé et la mère Préfète combattent de tout leur pouvoir certaines pratiques de dévotion qu'ils déclarent non seulement inutiles, mais dangereuses par la fausse sécurité qu'elles offrent aux esprits superficiels.

Leur enseignement se résume en ceci :

« Parce que vous aurez marmotté des prières sans fin..., que vous aurez accompli des pèlerinages qui, trop souvent, ne sont que des prétextes à excursions..., parce que vous aurez fait des vœux qui vous dispensent de tout effort..., que vous aurez brûlé des cierges à tels sanctuaires..., offert des *ex-voto* à telles madones... ; parce que vous assiégerez les confessionnaux et que vous passerez à l'église un temps qui serait mieux employé à vos devoirs d'état..., vous croirez-vous libérées de vos obligations de chrétiennes?...

« Sont-ce de bonnes chrétiennes, celles qui ne pratiquent point la charité ou s'en débarrassent par une aumône jetée au hasard?... celles qui ne payent point leurs dettes?... celles qui se montrent exigeantes et dures avec leurs domestiques?... celles qui médisent et celles qui mentent?...

« Jésus a dit sur la montagne : « Heureux les « pauvres d'esprit, c'est-à-dire ceux qui sont « désintéressés! Heureux, ceux qui sont doux, « ceux qui sont miséricordieux, ceux qui ont le « cœur pur, ceux qui souffrent persécution pour la « justice... » Mais il n'a pas dit : « Heureuses les « bigotes qui, bien calées dans un fauteuil et les « pieds sur une chaufferette récitent sans fin des « patenôtres et des oraisons dont leur bouche seule « fait les frais. »

« Certes, il faut prier, mais il faut que la prière soit, suivant l'expression du catéchisme, une « élé- « vation de notre âme vers Dieu ». Et quand on dit qu'il faut prier sans cesse, cela signifie que toutes nos actions doivent être un hommage à Dieu et aux lois qu'il nous a fixées. Nous ne voulons point pour vous de cette piété de routine qui n'améliore en rien, ni de cette piété de sentiment qui vire comme les girouettes, nous voulons une piété de raisonnement qui supporte la critique et soit capable de résister aux attaques de toute nature qui vous attendent dans le monde. »

Si ces principes ne sont pas formulés avec autant de précision et de netteté, l'enseignement religieux que l'on donne au couvent en est une perpétuelle application.

M. l'abbé dit souvent à ses filles :

— Il y a deux livres qui sont par excellence les livres du chrétien et que le chrétien ignore ou dédaigne : c'est le catéchisme et l'Evangile. Il faut savoir son catéchisme par cœur et s'efforcer sans relâche de pratiquer la morale de l'Evangile : c'est par là seulement que vous serez de vraies chrétiennes.

La mère Saint-Boniface est en dissidence formelle avec cette doctrine. Pour elle, toutes les minutes, si courtes, si fugitives soient-elles, où l'esprit se trouve libre, doivent être consacrées à des pratiques de dévotion. Elle conseille et, au besoin, impose le système des « oraisons jaculatoires ». Ce sont de brèves invocations que prononce l'une des personnes présentes et auxquelles l'assistance doit répondre.

Exemple : « Oh! cœur de Marie... — Soyez

mon refuge. » Ou bien encore : « Mon doux
Jésus... — Miséricorde! » Il y en a comme cela
à l'infini; et cela part tout d'un coup au moment
où l'on s'y attend le moins.

Alice Gagneur s'est fait une spécialité de ce
genre d'oraisons. On se demande où elle peut bien
dénicher toutes celles qu'elle débite du matin au
soir. A cause de cela, la mère Saint-Boniface, dont
elle est, du reste, la grande favorite, la déclare
un modèle de piété. Mais tout le monde la déteste,
parce qu'elle est perfide, sournoise et rapporteuse. Aussi, pour une qui répond comme il faut
à sa clameur, dix autres murmurent :

— Laissez-nous donc la paix, Alice, vous êtes
assommante.

Et la gronderie générale qui s'ensuit n'est pas
faite pour remettre en sympathie le « modèle de
piété ».

La mère Saint-Jacques ne peut pas souffrir ce
genre de dévotion. Une fois, elle a dit à quelques
Blanches très raisonnables et chez lesquelles, par
conséquent, l'interprétation fâcheuse n'était pas
à craindre :

— Cela me produit l'effet de gens qui rêvent
tout haut et dont la bouche parle sans que l'esprit
s'en doute.

La dévotion de la mère Saint-Boniface n'est

pas seulement continue, elle est encore lugubre et menaçante. Elle présente la religion comme un brandon enflammé ou une trique toujours prête à s'abattre. Elle prend plaisir à évoquer les rigueurs de la *loi de crainte*. Le déluge, les plaies d'Egypte, le feu du ciel et autres épouvantails sont les points d'appui de tous ses sermons. « Dieu a puni autrefois, il punit encore, il punira tant que les hommes pécheront. »

Toute petite, Marie-Rose avait horreur de ces théories dont elle pressentait l'exagération. Elle s'accommodait à merveille des idées religieuses très raisonnables chez la mère Assomption, très élevées chez la mère Saint-Bernard et la mère Marie-Joseph, pleines de justice chez la mère Saint-Paul, confiantes, miséricordieuses chez la mère Sainte-Thérèse, la mère Saint-Vincent, la mère Sainte-Rosalie, bon enfant chez la mère Saint-Jacques, d'une naïveté touchante chez la plupart des sœurs converses, d'une pureté admirable chez toutes ; mais elle demeura l'ennemie irréductible de la dévotion sèche, dure, étroite de la mère Saint-Boniface. Cette divergence de vues occasionna de nombreux conflits entre la maîtresse intransigeante et la petite fille raisonneuse.

— Marie-Rose, vous ne priez jamais.

— Je vous demande pardon, ma mère, je prie. Seulement je prie en secret dans ma chambre, ainsi qu'il est recommandé dans l'Evangile, c'est pour cela que vous ne vous en apercevez pas.

Une autre fois :

— Marie-Rose, vous n'aimez pas le bon Dieu.

— Si, ma mère, je l'aime beaucoup, à ma façon. Je suis fâchée que ce ne soit pas la vôtre, mais je n'y puis rien.

Malheureusement, la mère Saint-Boniface, de par son titre de Surveillante générale, se trouve, en quelque sorte, grande maîtresse de la dévotion ; c'est elle qui gouverne les confréries et ordonne les petites cérémonies extraréglementaires ; elle mesure, pèse, dose la piété sans tenir compte de la nature et des aspirations de chacune. Il lui est avis que toutes les âmes et tous les cerveaux d'enfant doivent être coulés dans le même moule, comme des briques.

Quand on gémit plus fort que de raison sur les engelures qui, l'hiver, gonflent les orteils et font saigner les mains, la mère Infirmière essaye d'encourager :

— Que voulez-vous, mes pauvres petites, je sais bien que c'est très ennuyeux et très pénible. On vous soigne du mieux que l'on peut, mais il n'y a pas grand'chose à faire. Prenez patience ; avec le beau temps cela va disparaître.

Quand on se plaint des menus à la mère Econome, elle répond, avec sa bonne brusquerie, qui ne fâche jamais personne :

— Allez ! allez ! C'est cela qui vous donne le teint frais.

Quand on proteste en classe parce que l' « armoire » vous a fourni un cahier froissé ou écorné, la maîtresse répond généralement :

— Il en verra bien d'autres d'ici à ce qu'il soit fini.

A l'ouvrage manuel, si l'on met ses propres bêtises sur le compte des aiguilles qui s'épointent, du fil qui se tord ou casse, la mère Sainte-Rosalie hoche la tête avec regret :

— Hélas ! mes pauvres enfants, il faut en prendre son parti ; on ne fait plus de bonne marchandises maintenant. Les fabricants ne sont pas consciencieux.

En un mot, les religieuses incitent leurs élèves au courage, à la patience ou à la résignation. La mère Saint-Boniface, elle, a une formule, une seule, la même pour tous les cas :

— Offrez cela au bon Dieu !

Les engelures, le gras au réfectoire, les aiguilles qui cassent, le mauvais temps un jour de congé : tout est pour le bon Dieu.

Les fillettes sont trop avisées pour ne pas comprendre que ce qu'il s'agit d'offrir, c'est la petite douleur, le léger sacrifice ; mais, fâchées de n'être pas plaintes, elles feignent l'ignorance :

— Une belle offrande pour le bon Dieu, vraiment : des engelures et des poires blettes. Voyons, ma mère, qu'est-ce que vous voulez qu'il en fasse ?

Marie-Rose va plus loin dans l'argumentation. Elle prend soin de s'appuyer sur des textes dont on ne peut contester l'origine ni l'exactitude, sinon l'à-propos.

— Ecoutez, ma mère, ce que dit l'Ecriture sainte : « Caïn était laboureur, Abel pasteur de brebis. Caïn faisait à Dieu d'indignes présents qui n'étaient point agréés; mais le Seigneur regardait favorablement les dons d'Abel qui lui offrait ce qu'il y avait de meilleur parmi les premiers-nés de ses agneaux. » Croyez-vous, tout de même, que je veux ressembler à Caïn ?...

La mère Saint-Boniface a parfois des idées qu'elle croit propres à l'édification des pensionnaires et qui vont à l'encontre du but, celle-ci, entre autres :

Le dimanche, à la collation, on tire au sort des images qui, pendant toute la semaine, doivent servir de plan de conduite. Il y a, notamment, la série des *moyens de transport pour le ciel* avec des « conseils idoines à l'accomplissement du salut par lesdits moyens ». On gagne le paradis de toute espèce de façons dont quelques-unes sont très co-

12

miques. Le « modèle de piété » est naturellement chargé de la distribution, et certaines l'accusent d'aider le sort dans le sens de ses sympathies et de ses antipathies. C'est ainsi que Marie-Rose ne tire que des moyens longs, désagréables, ridicules : en chariot, en patache, en brouette, alors que Gagneur et ses amies sont favorisées des transports les plus rapides, tels que l'express et le ballon.

Il en va de même pour les *Offices à la cour du roi Jésus*, où l'on peut être amie, confidente, épouse, reine tout aussi bien que servante ou portière. Une fois que Marie-Rose s'était vu successivement attribuer les rôles les plus infimes, elle protesta hautement :

— Ecoutez, mère Saint-Boniface, Gagneur doit tricher. Elle joue toujours les rôles de souveraine et les autres ont le balai.

Quelques enfants — très peu — d'un esprit simple, docile, point raisonneur, acceptent ces méthodes de sanctification et même s'en édifient; une poignée de petites frondeuses s'en égayent; la majorité n'en a cure.

Heureusement que la mère Assomption est là. Son bon sens très net et très pratique lui fait saisir le côté dangereux qu'offrent ces procédés. Elle pense qu'à vouloir forcer la note, on risque de dégoûter ses filles de la religion; et, pis que cela, de la leur faire tourner en ridicule.

Il est probable que ses avis prévalurent en haut lieu; car, si les oraisons jaculatoires ne furent pas interdites, du moins, on cessa de les encourager; et, à la rentrée de Pâques, les *Moyens de transport pour le ciel*, les *Offices à la cour du roi Jésus* et autres plans de conduite en images disparurent de la circulation.

Les cas de mysticisme sont assez rares; on les soigne avec énergie et promptitude, et l'on en vient facilement à bout. Il serait injuste d'en rendre le régime du couvent seul responsable. Le passage de l'enfance à l'adolescence est presque toujours marqué par une petite crise d'exaltation. La jeune âme qui, brusquement, s'épanouit, se dilate est — comme le corps qui grandit trop vite — inhabile à trouver son aplomb; et ses aspirations nouvelles sont parfois exagérées, voire même téméraires. Il n'y a pas trop lieu de s'en effrayer, du moment où elles sont nobles et pures. Avec une fermeté patiente on a bientôt fait de ramener le jeune esprit dans les limites de la raison. Et telles dont le mysticisme passager aurait pu sembler inquiétant, deviennent, grâce à un traitement bien compris, des femmes pleines de pondération et de calme.

De toutes les compagnes de Marie-Rose, deux seulement se montrèrent rebelles. Encore, par rebelles, faut-il entendre que, malgré leur évidente

bonne volonté, les dispositions que l'on combat-
tait en elles ne se modifièrent que très peu, et
même point du tout.

Marguerite se soumet à des pénitences et à des
mortifications de toute nature. Elle se pique jusqu'au sang, mange ce qui lui répugne et se prive
de ce qui lui plaît. Elle enlaidit, autant que la
chose est possible, l'uniforme et la coiffure du
couvent. Elle s'impose des besognes pénibles et
humiliantes qui ne lui sont pas commandées. Elle
reste des journées entières sans parler, ne pro-
nonçant que les mots strictement nécessaires. Tout
cela, du reste, est si plein de réserve que ses compagnes en ont à peine soupçon, sauf les très rares,
dont l'esprit d'observation s'exerce, même à leur
insu, sur tout ce qui les entoure.

Mais les religieuses sont clairvoyantes; le ma-
nège de Marguerite ne leur échappa point et elles
mirent tout en œuvre pour tempérer un zèle
qu'elles jugeaient excessif. Ce fut inutile; les
conseils, les avertissements, ni même les injonc-
tions ne produisirent qu'un très faible résultat.

Marguerite rentra au couvent en qualité de
novice presque aussitôt en être sortie. Et, comme
une fois, Marie-Rose, sa cadette de quelques
années, faisait une allusion discrète aux macé-
rations qu'elle s'était imposées du temps qu'elle

était pensionnaire, la petite sœur lui répondit :

— Je me suis mortifiée du jour où, à la suite d'une grave remontrance de mon père, j'ai compris à quel point j'étais sensuelle, à quel point j'aimais la toilette, les friandises, le plaisir sous toutes ses formes. Si je n'avais pas fait ce gros effort pour me corriger, je risquais de causer beaucoup de mal aux autres et à moi-même.

A la suite d'une grave remontrance de mon père; plus tard, Marie-Rose fut bien aise de savoir que, pour Marguerite, au moins, l'influence religieuse ne devait pas être mise en cause. Les scrupules exagérés d'une âme de fillette, joints à une sévérité paternelle, peut-être inopportune, avaient seuls déterminé la crise.

Jeannine fut longtemps la pensionnaire la plus arrogante qui se pût voir. Ce n'était point qu'elle humiliât ses compagnes, elle les ignorait pour la plupart. Elle semblait croire que la place occupée par elle dans le monde était unique et bien supérieure à celle que devait occuper le reste du genre humain.

Du jour au lendemain elle se convertit. Elle devint aimable et complaisante avec les plus petites et les moins avenantes. Sa quasi-indifférence religieuse se changea en une piété, non pas ardente, comme aurait pu le faire présager son caractère, mais humble, timide, implorante. Ce ne fut pas la nature de cette piété qui inquiéta, mais sa permanence. On prit à tâche de tirer Jeannine de ses oraisons continuelles : ce fut en vain. Quand on l'envoyait courir à cligne-musette, sauter à la corde ou conduire une ronde, elle se soumettait avec une bonne grâce parfaite; mais son entrain ne durait que tout juste le temps nécessaire à l'obéissance.

Aujourd'hui, on rencontre parfois l'altière Jeannine coiffée du bonnet des Petites Sœurs des pauvres et portant un lourd panier dont le contenu est destiné à ses « chers vieux ». Quel fut le motif de sa transformation subite? Marie-Rose ne le sut jamais.

Ce furent les deux seuls cas de mysticisme qu'elle vit combattre sans succès. Mais qui sait si cet échec ne fut pas un bien? si Marguerite et Jeannine ne furent pas tirées par là d'un danger plus grand?

Pour ce qui est de l'intolérance dont on accuse les religieuses et leurs élèves, il est aisé d'en faire justice par la lecture du règlement.

« Si quelque fille de la religion dite *réformée*, écrit Pierre Fourrier, se trouve parmi les autres de vos écoles, traitez-la charitablement; ne permettez pas que ses compagnes la molestent en lui faisant quelque fâcherie... Si ces enfants apprennent bien, donnez-leur pour prix quelque papier doré, quelque belle plume à écrire ou autre chose qu'elles ne puissent dédaigner. »

Marie-Rose eut toujours des compagnes protestantes, généralement Anglaises ou Scandinaves, et *jamais* elle n'eut connaissance de la moindre tentative de prosélytisme à leur égard. Comme on ne pouvait priver une personne des offices pour les garder, elles assistaient à la messe et aux vêpres en lisant leur Bible. Mais une dame pensionnaire les conduisait au temple, et le pasteur avait toute facilité de les voir et de leur donner l'instruction religieuse nécessaire.

Loin de les molester, on les donnait souvent en exemple à leurs compagnes pour leur bonne tenue au Chœur et la manière dont elles sanctifiaient le dimanche.

Quelques pensionnaires, il est vrai, se froissaient légèrement de ces compliments.

— Ce n'est pas parce qu'elles sont protestantes, disait-on, qu'elles bougent moins que nous, c'est parce qu'elles sont du Nord

Pour son propre compte, Marie-Rose conserva longtemps les relations les plus affectueuses avec Annie Mac Peables, fille d'un capitaine de la Royal Mail. Et pourtant Annie était puritaine aussi fervente que Marie-Rose était ardente catholique.

II

LA CONFESSION

Au couvent, on se garde soigneusement de l'outrance, même — on pourrait dire *surtout* — en matière religieuse. C'est pourquoi l'on combat la tendance qu'ont certaines fillettes à abuser de la confession.

— Il faut vous accoutumer à gouverner votre conscience vous-mêmes, leur dit-on, à prendre la responsabilité de vos décisions et de vos actes.

Par contre, on stimule celles que la confession ennuie, celles à qui elle fait peur et celles à qui elle est seulement indifférente. Comme M. l'abbé a beaucoup d'influence sur les petites pensionnaires, on lui envoie quelquefois d'office celles qui ont besoin d'être remises dans le droit chemin. A moins de caractères et de cas particuliers, on estime qu'une confession par mois est la moyenne raisonnable.

Marie-Rose fait partie de la majorité banale. Ses fautes, toujours les mêmes, lui attirent le même petit sermon et la même pénitence. Elle s'en étonne et, pour un peu, s'en inquiéterait.

— Je dois commettre beaucoup plus de péchés que cela, pense-t-elle.

Mais les recherches les plus minutieuses dans son *Manuel de la pieuse pensionnaire*, ne donnent aucun résultat.

Elle avait neuf ans, lorsqu'une petite aventure lui fit connaître que la confession est une chose très simple, beaucoup plus simple qu'elle ne l'avait pensé jusqu'alors.

Un dimanche, à l'étude facultative du matin, elle voit Denise Louvière plongée dans une besogne qui l'absorbe toute. On n'est pas sévère, à l'étude facultative; les enfants peuvent causer, pourvu que ce soit tout bas. Marie-Rose en profite pour se renseigner auprès de sa cousine.

— Qu'est-ce que tu copies donc là, Denise?

— Ma confession, répond la petite Louvière, avec la candeur des âmes simples.

— Oh! fait Marie-Rose pleine d'une admiration envieuse, prête-moi ce livre, où tu trouves tant de péchés?

— Cherchons plutôt ensemble, veux-tu? nous nous aiderons mutuellement.

Voilà les deux fillettes compulsant l'examen de conscience et dissertant sur la nature et l'importance des fautes. C'est un très vieux livre, que celui dont elles se servent, une *Journée de chrétien* ayant appartenu à leur arrière-grand'mère commune ; et il s'y trouve des expressions qu'elles ne saisissent pas bien.

— *Coulpe*, demande Marie-Rose, est-ce pire qu'un péché ?

— Je crois bien, répond Denise d'un air entendu.

— *Friponnerie*..., nous n'avons pas fait cela, bien sûr, c'est un péché de voleurs. *Baraterie*..., qu'est-ce que cela peut bien être ?

— Je ne sais pas. Cherchons dans le dictionnaire.

Le dictionnaire, très abrégé, des fillettes ne renferme pas le mot *baraterie ;* mais elles y trouvent *baratte :* machine à battre le beurre ; et, après bien des réflexions, elles concluent que le crime de *baraterie* doit être celui de bonnes femmes qui vendent du « faux beurre ».

D'autres péchés les égayent, les indignent ou les désolent.

— *Se faire dire la bonne aventure...* Tu sais dans les petites roulottes comme il y en a aux foires, avec un lit dans le fond et un gros édredon... *Faire excès dans le boire et le manger...* C'est tout à fait dégoûtant... *Aller au cabaret...* mais ce sont les voyous qui vont au cabaret... Écoute, Denise, on n'a pas besoin de mettre ces choses-là dans les livres...

— As-tu usé de sortilèges et de maléfices, toi, Marie-Rose ?...

— De *sortilèges*, non certainement. Ce sont les
« jeteux de sort » qui font ces choses-là à la campagne, remarque la petite Gourregeolles qui, en
sa qualité de Parisienne, a beaucoup de goût
pour le patois et les expressions de terroir; *maléfices*, cela, on ne sait pas; écris-le toujours.

Après bien des tâtonnements, les deux fillettes
retiennent une demi-douzaine de péchés parmi lesquels se trouvent le *dol* et l'*usure*.

— L'*usure*, ma pauvre Denise, en voilà un péché que nous commettons, moi surtout... Et dire
que je n'avais jamais pensé à m'en accuser.

Tout à coup, Marie-Rose tombe sur un paragraphe qui la ravit.

— *Prévarication*..., cela, tu peux l'écrire.

— Qu'est-ce que nous avons donc prévariqué?
interroge la jeune Louvière, étonnée de l'assurance de sa cousine.

— Je ne sais pas. Mais, dans l'acte de ferme
propos, il y a : « J'ai été une infidèle, une lâche,
une *prévaricatrice.*

— C'est vrai, adhère la petite.

Voici la liste close, et les deux fillettes constatent avec satisfaction qu'elle est longue et variée. Au moins, cette fois, on aura une confession
qui en vaudra la peine.

Mais, dans les circonstances un peu graves, on
aime à consulter son jeune mentor.

— Il faut montrer cela à Catherine, propose Denise.

— Et à Roberte, ajoute Marie-Rose.

C'est Roberte Le Faulq qui a remplacé Anne de Thézy, sortie du couvent depuis plusieurs années.

Catherine, qui a l'humeur joviale, serait prête à s'égayer de la confession fantaisiste de sa fille. Mais Roberte n'admet point qu'on plaisante avec une chose aussi sérieuse que la direction d'une jeune conscience. De plus, elle est très forte en catéchisme. Une Blanche, dont le frère est séminariste, prétend qu'elle en remontrerait à plus d'un élève en théologie. Le fait est que M. l'abbé lui pousse quelquefois des colles dont elle se tire avec honneur. Il se plaît à la faire parler au cours, ne fût-ce que pour se rendre compte des idées que peut avoir sur la doctrine et la morale chrétiennes, une jeune fille de seize ans, intelligente, instruite et réfléchie.

Roberte parcourt avec attention ce recueil de péchés inattendus.

— *Dol...* Vous êtes-vous servies de manières frauduleuses pour tromper les gens?... Non, par bonheur, vos capacités ne vont pas jusque-là. *Usure...* Avez-vous volé des personnes en leur prêtant de l'argent à un taux ruineux?... Non, et il n'y a pas d'apparence que cela vous arrive jamais... *Maléfices*... Voyez-vous ces dangereuses petites sorcières qui usent de moyens surnaturels pour faire du mal aux autres... *Prévarication*...

— Mais, Roberte, c'est dans l'acte de ferme propos, interrompt Marie-Rose un peu humiliée des réfutations successives de Roberte.

— L'acte de ferme propos n'est pas uniquement destiné aux pensionnaires. Dans le sens strict du mot, *prévariquer* veut dire manquer à son devoir ; mais il y a bien des sortes de devoirs. Contentez-vous donc d'énumérer vos étourderies, vos petits accès de gourmandise et de paresse. Marie-Rose est colère comme un dindon, Denise serait aisément coquette : je crois que c'est à peu près tout pour votre compte de conscience. Quelle singulière idée de se poser en grandes pécheresses pour le seul plaisir d'employer des mots pompeux que l'on ne comprend point ! M. l'abbé ne se serait pas moqué de vous, parce qu'il est très charitable ; mais vous risquiez de lui faire perdre beaucoup de temps avec votre fatras.

Les jeunes cousines, impressionnées de tant de savoir joint à tant de simplicité et de bonne grâce, remercièrent leur grande compagne avec effusion. Et, pour un certain temps, l'âme scrupuleuse de Marie-Rose fut tranquillisée.

Maintenant Marie-Rose a treize ans, et elle est

parfois curieuse de sentiments qu'elle devine chez les autres et qu'elle-même n'éprouve pas. Un moment, sa curiosité porte sur la confession.

Pourquoi Alice Gagneur reste-t-elle si longtemps au confessionnal? pourquoi Berthe Féray en sort-elle si rouge? et Lucie Gendron en pleurant si fort? Ses propres stations au tribunal de la pénitence sont très courtes et rien, dans la petite exhortation de M. l'abbé n'est de nature à provoquer les larmes. Il y a donc, dans la confession, quelque chose qu'elle ignore?

Mais, quoiqu'elle ait grande envie de savoir, l'idée ne lui vient même pas de se renseigner auprès d'Alice, de Berthe ou de Lucie. Nul n'a plus qu'elle la pudeur de ses propres sentiments, et le respect des sentiments d'autrui.

Il fallut un hasard, la flânerie ennuyée et lasse d'une fin de consigne pour qu'elle se trouvât amenée à traiter ce sujet délicat avec Suzanne Aubry. Suzanne est une personne entendue qui a la prétention de délier toutes les questions. Le cas de Marie-Rose ne l'étonne ni ne l'embarrasse.

— Pleurer, décide-t-elle, n'est pas indispensable; on peut toujours faire semblant.

Marie-Rose hoche la tête. Non, Suzanne n'a pas compris. Elle voudrait savoir pourquoi l'on pleure à confesse et si elle-même est apte à pleurer. Faire semblant, c'était bon quand elle était petite.

Une fois, au temps de sa prime jeunesse, elle avait eu la lubie de sortir du confessionnal, tête basse, son mouchoir aux yeux, les épaules secouées par de prétendus sanglots.

On s'étonnait autour d'elle. « Qu'avait-elle bien pu faire? » Seule, la mère Saint-Jacques, qui « gardait la confession », ne s'y était pas laissé prendre. D'un coup sec, elle avait tiré le mouchoir de Marie-Rose dont le visage était apparu avec un restant de rire.

— C'est fini, cette comédie-là? avait demandé la religieuse.

Et l'aventure s'était soldée par une amende honorable sous la lampe perpétuelle du Saint-Sacrement.

Mais les soucis actuels de Marie-Rose sont d'une tout autre nature; et l'opinion de la galerie lui importe peu.

— Pour ce qui est de rester à confesse aussi longtemps que vous voudrez, continue Suzanne, vous n'avez qu'à dire à M. l'abbé que vous avez des scrupules de conscience.

— C'est que je n'en ai pas.

— Oh! déclare avec autorité la directrice improvisée, des scrupules, on en a toujours en cherchant bien.

Et, séance tenante, on fabrique un bon petit scrupule entouré de circonstances, étayé d'arguments solides. Marie-Rose éprouve la satisfaction intime que donne la réalisation prochaine d'un désir. Elle va savoir enfin ce qui se passe à confesse quand on y reste si longtemps. Et qui sait? peut-être pleurera-t-elle pour de bon.

Elle se croit très sûre d'elle-même. Mais elle ignore l'art de feindre; et, au bon moment, l'échafaudage s'écroule; elle oublie tout : les arguments, les circonstances et jusqu'à la nature même du scrupule.

M. l'abbé qui connaît admirablement ses filles, voit bien que Marie-Rose n'est pas dans son état normal. Il veut savoir de quoi il retourne; et l'enfant, vaguement honteuse de l'imposture qu'elle a failli commettre, raconte sa petite histoire.

Marie-Rose est un peu étonnée de la manière dont son aveu est reçu. M. l'abbé est l'indulgence en personne; il n'aime pas que les enfants soient punies, et il profite de toutes les occasions pour demander ou prononcer l'amnistie. Les pensionnaires savent bien qu'il ne s'indigne pas de leurs espiègleries, que même parfois il les raconte en riant. Aussi, Marie-Rose ne peut-elle croire ses oreilles quand il lui dit avec une gravité presque sévère :

— Ceci demande une explication trop longue pour être donnée ici. Je la remets donc à demain.

Je vais prévenir la mère Préfète que j'ai à vous parler sérieusement.

Et cette explication très simple, comme toutes les choses du couvent, Marie-Rose ne devait jamais l'oublier.

La scène se passe dans l'Allée aux Coudres.

— Quel âge avez-vous, Marie-Rose ? demande le bon prêtre, quand son élève l'eut salué avec la révérence d'usage.

— Treize ans, monsieur l'abbé.

— Et vous avez commencé à venir au catéchisme à huit ans ?

— Oui, monsieur l'abbé.

— Il faut donc, ma chère enfant, que j'aie été bien maladroit, puisqu'en cinq ans je ne suis pas arrivé à vous faire comprendre que la confession est une chose infiniment respectable et de laquelle il est malséant de plaisanter. Comment intelligente et réfléchie comme vous l'êtes, avez-vous pu, sur ce grave sujet, prendre l'avis d'une de vos compagnes, aussi inexpérimentée que vous ? Pourquoi ne pas vous être adressée tout simplement à moi qui suis le premier qualifié pour éclairer vos incertitudes, ou bien à l'une de vos mères ? Vous risquiez de vous faire mutuellement beaucoup de mal, avec ces commentaires qui avaient toutes les chances possibles d'être à côté de la vérité et du bon sens. Et le résultat de cette belle consultation?... une petite comédie ridicule..., une manœuvre mensongère, dont — je me plais à le reconnaître — votre âme loyale a, tout de suite, été honteuse. Au fond, je suis un peu chagrin de ce manque de confiance que je ne croyais pas mériter...

Marie-Rose avait beaucoup de défauts : elle était désobéissante, raisonneuse, volontaire et, par moments, d'humeur très désagréable; mais elle était le contraire d'une orgueilleuse. Un rien suffisait à la plonger dans des accès d'humilité profonde. Et puis, elle aimait beaucoup le brave chapelain qui l'avait vue toute petite, et elle éprouvait un gros remords de l'avoir attristé.

— Pardon, monsieur l'abbé.

— Oui, oui, Marie-Rose, répondit l'aumônier, dont la voix s'adoucit comme par enchantement devant le repentir de son élève. Je saisis donc l'occasion qui se présente à moi de vous mettre en garde contre les assertions fausses et, presque toujours volontairement, perfidement fausses, que vous entendrez émettre sur ce sujet très délicat. Mais, liquidons tout d'abord la situation actuelle. Elle n'a rien de compliqué. Pourquoi certaines de vos compagnes pleurent à confesse et d'autres pas?... Eh! par la même raison qui fait que certaines s'affligent, se froissent, s'irritent ou se révoltent de ce qui laisse beaucoup d'autres parfaitement insensibles..., par la même raison qui fait que les unes donnent libre cours à leur colère ou à leur chagrin que d'autres ont la force de dominer. C'est une affaire de sentiments, de caractère, d'humeur, voilà tout. Il y a encore ceci de bien simple, que les unes méritent d'être grondées plus fort que les autres. Maintenant, pourquoi vous ne restez pas toutes à confesse le même nombre de minutes? Mais, est-ce que, dans vos études, les unes ne saisissent pas du premier coup ce que d'autres mettent beaucoup de temps à comprendre? uniquement parce que les secondes sont plus étourdies ou moins fines que les premières? Il en est, du domaine moral comme du domaine intellectuel : les aptitudes et la bonne volonté de chacune sont très variables. Il n'y a· dans tout cela rien de mystérieux, et il ne fallait, pour résoudre le problème, qu'un peu de réflexion et de simplicité.

— C'est vrai, fit Marie-Rose, heureuse de voir les choses si bien tourner.

— Avez-vous jamais songé à ce qu'est, en réalité, la confession, ma petite fille? Il ne s'agit pas seulement de débiter ses péchés et de sortir avec une pénitence plus ou moins bénigne. Pour si précieux que cela soit déjà, vos stations au confessionnal ont un autre but. C'est là que par confiance, par crainte, ou simplement par devoir, votre jeune âme se montre sans nul repli caché;

le prêtre, guidé par son expérience, voit plus loin
que les actes qu'on lui révèle; il discerne les intentions, évalue les responsabilités, apprécie les
causes et les effets. Il ne se contente pas de répri-
mander, il éclaire, il encourage, il soutient, il rassure, il console. Il parle avec l'autorité que lui
donne son dévouement absolu et son titre de représentant de Dieu. Me comprenez-vous bien,
Marie-Rose?

— Oui, monsieur l'abbé.

— De toutes les pratiques religieuses, la confession est celle qui est le plus violemment atta-
quée; il faut savoir répondre aux objections que
vous entendrez élever sur ce point. « Les catholiques, répète-t-on couramment, auraient bien tort
de se gêner pour commettre des fautes dont ils
sont sûrs d'être absous moyennant l'aveu et une
légère pénitence. » Il serait tout aussi sage de
dire qu'il est indifférent de tacher une étoffe précieuse ou de briser une fine porcelaine, sous prétexte qu'on peut nettoyer l'une et recoller l'autre.
Par bonheur, beaucoup s'abstiennent de pécher
par obéissance à la loi divine, et aussi parce que
la droiture, la noblesse, la pureté de leur âme
s'oppose à ce qu'ils commettent certaines fautes.

— Bien sûr, appuya la fillette.

— Vous entendrez encore dire que la confession peut être, pour certains, un sujet de trouble.

Eh bien, c'est que ceux-là cherchent, au confessionnal, tout autre chose que ce qu'on y doit rencontrer. Soyez assurée que les sujets de trouble viennent beaucoup moins du confesseur que des pénitents et des pénitentes. Sans aller chercher des exemples bien loin, croyez-vous que si je vous avais moins connue, votre petite lubie d'hier ne courait pas risque de m'entraîner dans une fausse voie, et qu'alors mes remontrances et mes conseils non seulement ne vous auraient pas été utiles, mais encore pouvaient mettre votre âme en désarroi ?

— C'est vrai, monsieur l'abbé.

Le bon chapelain parla encore longtemps. Il dit comment, en dehors de tout dogme, la confession répond à une aspiration de la nature humaine, comment tous nous éprouvons, à certaines heures, l'impérieux besoin de décharger notre âme, comment les pires criminels même, ne peuvent guère se défendre de raconter leur forfait.

Puis il ajouta :

— Je vous dis ces choses en particulier, parce que certaines de vos compagnes n'ont pas l'esprit aussi délié que vous et risqueraient d'interpréter mon discours autrement qu'il ne convient. Mais vous, mon enfant, qui m'êtes particulièrement chère, sans doute à cause des dangers que je prévois pour vous dans l'avenir — la vie de Paris me fait un peu peur — je tiens à ce que vous soyez renseignée sur tous les points qui peuvent vous paraître obscurs ou inquiétants. Ne craignez donc point, tant que vous serez dans cette maison, de recourir à votre vieux pasteur. Nous philosopherons ensemble dans l'Allée aux Coudres et puisse l'enseignement que vous y recevrez vous servir de guide pour la vie entière.

III

LES CÉRÉMONIES RELIGIEUSES.

La chapelle est une des gloires et une des joies du couvent.

Ce n'est pas qu'elle soit magnifique ni curieuse, mais elle est fraîche, bien close, pleine d'une lumière blonde aussi douce à l'esprit qu'à la vue. Le maître qui y règne n'est point le Dieu du Sinaï, un peu effrayant pour les âmes timides et douces, mais le Sauveur du monde, le Messie qui parcourait la Galilée, guérissant les malades, consolant les affligés, appelant à lui les petits enfants, et daignant parfois se reposer dans la maison de ses disciples. C'est l'hôte de Lazare avec beaucoup de Marthe et de Marie empressées à lui plaire et à le servir.

Au couvent, tout ce qui concerne la religion prend une allure de distinction profonde. Quelle que soit l'importance des offices, l'entrée et la sortie sont très solennelles.

Dans l'avant-chœur, les religieuses ont défait l'agrafe qui relève la queue de leur robe, et les « dames » ont revêtu le grand manteau à traîne. La porte s'ouvre à deux battants, et le défilé s'organise, sans heurts, sans bruit : d'abord les pensionnaires, puis les sœurs converses, les postulantes, les novices, enfin les mères par ordre inverse d'ancienneté. A la hauteur de la coupée des stalles, on fléchit le genou devant le Saint-Sacrement et l'on fait demi-tour pour gagner sa place. Seules, la Supérieure et l'Assistante, qui entrent les dernières, font leur génuflexion au bas du chœur, et, après un salut mutuel, gravissent les deux marches de leur stalle. Les pensionnaires remplacent la génuflexion par une profonde révérence à l'autel.

Cette suite de manœuvres s'exécutent avec un ordre, une aisance, une précision dont ne peuvent se faire une idée, ceux qui ignorent la tenue des couvents. On pourrait sourire de tant de cérémonie; mais la question de culte mise à part, il n'y a point de meilleure école pour les bonnes manières.

Il est rare, bien rare, qu'il survienne quelque

anicroche dans l'ordre établi. Mais, un livre qui
tombe, un mouvement exécuté mal à propos, la
plus petite erreur dans la psalmodie ou le chant,
moins que cela, parfois, constitue un « léger scandale ». La religieuse qui s'en est rendue coupable
vient, en signe de mortification, baiser la terre,
sous la lampe perpétuelle.

Le sanctuaire est séparé du chœur par une grille
très élevée dans laquelle sont ménagés deux portes
et le double vantail que l'on ouvre pour les sermons et pour la communion.

La « chapelle du monde » se trouve en angle
droit avec le chœur et n'y voit l'autel que de
profil.

Le service religieux est fait par l'aumônier, six
enfants de chœur que l'on appelle des « clercs »
et un enfant de chœur en chef qui se distingue par
sa soutane noire et que, pour cette raison, les
pensionnaires nomment le « clerc noir ». Le « clerc
noir » fut, de tout temps, voué à une exécration
sans merci. Le motif ?... on ne saurait le dire.
Comme, fort heureusement pour lui, le pauvre
garçon n'a jamais affaire à ces demoiselles et
qu'il ne franchit la grille qu'au moment des processions, ses méfaits restent dans le vague : ils
n'en sont que plus atroces. On dirait aux pensionnaires que le « clerc noir » dévore un enfant

de chœur à chacun de ses repas que nulle ne songerait à protester.

Les offices sont très beaux et très suivis par les « personnes du monde ». L'autel est toujours merveilleusement orné de lumières et de fleurs. Les serres et les jardins sont très soignés et la mère Sacristaine est une faiseuse de bouquets tout à fait hors ligne. C'est elle qui préside à l'arrangement de toutes choses; mais la règle lui interdisant de pénétrer dans le sanctuaire, deux dames pensionnaires accomplissent la besogne matérielle suivant les indications qu'elle leur donne de l'autre côté de la grille.

Les ornements d'autel et les habits sacerdotaux sont admirables et nombreux. Les bannières et les bourses de quête auraient pu constituer des pièces de musée. Les nappes et les aubes sont des merveilles de broderie. Tout a été confectionné au couvent par les religieuses d'autrefois aidées des orphelines.

Mais ce qui surtout attire les personnes de la ville, c'est le chant. Les mères Saint-Joseph et Saint-Michel, organiste et maîtresse de chapelle, s'y donnent beaucoup de mal; et M. l'abbé surveille de très près les répétitions. Les choristes sont soigneusement triées et reçoivent une excellente éducation musicale. On prend soin de faire chanter à chaque soliste ce qui s'adapte non seulement à sa voix, mais encore à sa nature. On obtient ainsi des résultats extraordinaires pour des sujets si jeunes.

Béatrix Peyraud chante *Memorare;* Antoinette de Rière les litanies de la Sainte Vierge, les petites Louvière *Sicut lilium.* Marie-Rose a une voix de contralto très pleine, très expressive, assez rare chez une fillette. C'est elle qui, aux grands saluts, chante le *Tantum ergo*, l'*Adoremus* et, parfois, un *Quid retribuam* qui est son motet préféré.

M. l'abbé, qui est très fier de la chapelle, des cérémonies, et, peut-être un peu de ses filles, fait faire des compliments aux chanteuses quand il croit qu'elles le méritent. Mais la mère Assomption, qui craint la vanité plus que la peste, prend bien soin d'ajouter à ces éloges un petit speech de son cru.

— N'en tirez point d'orgueil, mes enfants, les morceaux ont, par eux-mêmes, une telle beauté, qu'il faut très peu de talent pour les faire valoir

Marie-Rose, en ce qui la concerne, ne songe nullement à s'enorgueillir. Elle n'a cure de l'effet produit. La voix de l'orgue, les parfums sacrés, les lumières et les fleurs, l'atmosphère de piété où baigne son âme l'emportent très loin, bien au-dessus des banalités de la vie.

La mère Saint-Michel lui dit parfois :

— Marie-Rose, je tremble dès que vous ouvrez la bouche. Vous paraissez *tellement absente.*

Et c'est vrai ; elle est *absente.* Sans souci de l'auditoire, elle chante pour elle-même ou plutôt pour Celui à qui elle s'adresse. Quand elle prononce : « O croix de mon Jésus, que veux-tu de mon cœur ? » elle interroge vraiment. Elle souhaite avec ardeur l'ordre doucement impérieux qui lui indiquera le chemin qu'elle doit suivre.

Hélène de Puyrenaud, qui pourtant n'est point complimenteuse, lui fait cette remarque :

— La voix de tes cousines Louvière est plus jolie que la tienne. Béatrix et Antoinette ont plus de méthode, plus d'acquit ; mais toi, quand tu chantes, on est tout de suite ému.

Et Charlotte Périer ajoute :

— Il y a des moments où tu es très mystique, tu sais.

— *Rosa mystica, ora pro nobis,* conclut Marie Juisaye, une insouciante que la vie intérieure ne tourmente point.

IV

QUELQUES FÊTES

Pâques fleuries. — On aime beaucoup la fête des Rameaux au couvent. C'est le premier jour de la semaine sainte, temps de cérémonies nombreuses et inaccoutumées qui vont amener une agitation quotidienne et des dérogations multiples au règlement. Mais c'est aussi un temps de recueillement et de réconciliation générale.

La tenue se ressent de ce double courant. On est en l'air, mais sans désordre et sans dissipation. Le ton dominant est la cordialité avec une pointe d'attendrissement.

Les dames pensionnaires elles-mêmes ont un petit air guilleret qui s'arrange bien avec la toilette de demi-saison qu'elles inaugurent ordinairement ce jour-là; et elles causent volontiers avec les pensionnaires qu'elles rencontrent.

— Vous savez, dit la vieille Mlle Boudru à un groupe de Bleues, le temps qu'il fait à l'Adoration de la Croix est le temps qu'il fera les trois quarts de l'année. Ainsi donc, regardez bien à ce moment-là de quel côté est tournée la girouette.

— Oui, interrompt la mère Saint-Jacques, qu'elles s'en avisent!... que j'en voie une lever le nez pour reconnaître le vent!...

Au commencement de la messe on se rend, en file indienne à la grille du sanctuaire pour chercher les branches de laurier qui, au couvent, remplacent le chétif bouquet de buis en usage dans la plupart des paroisses. M. l'abbé présente à chacune la tige bénite que l'on baise dévotement

avant de la prendre. Il y a toujours quelque nouvelle ou quelque petite qui se trompe et baise la
main de M. l'abbé au grand scandale ou à la
grande joie de ses voisines immédiates. Les lau-
riers sont nombreux et prospères dans le pays,
aussi ne regarde-t-on pas à l'ampleur des branches. Rien de joli comme ce bois vert et mouvant
qui remplit la chapelle.

La procession parcourt les Capucins, monte
l'Allée aux Coudres, puis s'étale sur la magnifique
esplanade plantée de vieux noyers où l'on adore
la Croix... sans trop penser aux girouettes. Toutes,
même les petites, chantent à pleine voix : *Gloria,
laus et honor.*

L'*Attolite portas*, avec les trois coups frappés
du bâton de la croix, impressionne toujours les
enfants ; et, une fois, la petite Germond fondit en
larmes parce qu' « on avait mis le bon Dieu à la
porte ».

Les Ténèbres. — « Mes enfants, l'office que nous
allons célébrer pendant trois jours sous le nom
de *Ténèbres* s'appelait autrefois *Nocturnes,* parce
qu'il se chantait la nuit. Le chandelier triangulaire
aux quinze lumières que l'on éteint l'une après
l'autre à la fin de chaque psaume est le dernier
vestige d'un antique usage qui voulait que dans
les offices de nuit on soufflât les cierges au fur et à

mesure que le jour paraissait. Le quinzième cierge que l'on cache un moment derrière l'autel signifie celui que l'on conservait pour rallumer la lampe qui doit toujours brûler devant le Saint-Sacrement. Le bruit que l'on fait pendant cette courte éclipse est encore une survivance du vieux temps. En effet, c'est en frappant la stalle avec son livre que l'officiant donnait le signal du départ.

« Maintenant, écoutez-moi bien. Quoique je respecte infiniment les traditions de l'Eglise catholique, je vous prie de ne les suivre que de très loin en ce qui concerne le tumulte ; trois coups discrets frappés sur l'appui-main avec le médius replié sont amplement suffisants. Il est interdit de taper des pieds ; il est non moins interdit de se servir d'un manche de canif, d'un dé, à plus forte raison d'un caillou. Les poches suspectes seront explorées avant l'entrée de la chapelle. »

Ainsi parle, chaque année, la mère Préfète aux Billets de Pâques fleuries.

— Marie-Rose, veuillez retourner votre poche.

La mère Saint-Boniface a son air le plus *Surveillante générale,* un air qui signifie clairement : « Ah ! ah ! mademoiselle, nous allons donc vous prendre en faute…, et vous tancer…, et vous punir… Et ce sera justice, comme on dit au Palais. »

Marie-Rose a bien envie de se rebiffer, non parce que, Blanche déjà, on la traite comme une Bleue, mais parce qu'elle déteste le soupçon. Il aurait été beaucoup plus simple de lui dire :

— Marie-Rose, vous n'emportez aucun instrument de vacarme, au moins?

Elle n'aurait pas menti, ni résisté, elle aurait remis sans protestation le corps du délit, — en admettant qu'il en existât — car elle est dans ses bons moments. Chaque année, quand revient la Semaine sainte, elle éprouve de sérieuses velléités de sagesse.

Elle a gardé pour Jésus-Christ le grand amour de son enfance. L'Evangile de saint Mathieu, lu à la messe des Rameaux, suffit à la faire rentrer en elle-même; et elle accepte, à titre expiatoire, toutes les mortifications qu'il plaît à la Providence de lui envoyer par l'entremise de la mère Saint-Boniface.

C'est donc avec une docilité parfaite qu'elle retourne sa poche dans laquelle ne se trouve aucun objet prohibé. La mère Saint-Boniface regarde Marie-Rose avec méfiance. Il lui semble très extraordinaire qu'elle n'ait point mis à profit cette occasion de faire du tapage, et plus extraordinaire encore qu'elle s'exécute sans raisonner.

— Souvenez-vous, mademoiselle Gourregeolles, que je vous surveille de près..., de très près... et que la moindre infraction aux ordres sera sévèrement réprimée.

Bien que Marie-Rose ait la menace en horreur, elle ne se départ pas de sa résignation exemplaire, et quitte la mère Saint-Boniface avec une révérence profonde où l'œil le plus hostile ne saurait découvrir l'ironie.

Marie-Rose entre donc aux Ténèbres avec un ferme propos qu'elle croit à toute épreuve. Mais elle ne peut dépouiller complètement l'instinct d'observation et de déduction qui est le fond de sa nature. La manière dont chaque religieuse accomplit son office l'intéresse prodigieusement.

Pour l'extinction des cierges, la petite sœur Sainte-Hélène s'avance d'un pas résolu et *top!* donne un coup si sec que la mèche en est écrasée. C'est comme cela que la mère Saint-Boniface devait procéder quand elle était novice. La bonne petite sœur Sainte-Agnès marche tout doucement, prend l'éteignoir tout doucement et le pose tout doucement sur le cierge, si doucement qu'il est encore rouge et fumant après qu'elle a regagné sa place. « Il n'achèvera pas le roseau à demi brisé et n'éteindra pas la mèche qui fume encore », pense Marie-Rose qui se sent pleine de sympathie pour cette jeune mansuétude. Sœur Sainte-Cécile, se sentant le point de mire de tout le Pensionnat,

tremble très fort et exécute une série de fausses
manœuvres qui l'obligent à baiser la terre. Seule, la
petite sœur Sainte-Marthe opère avec une aisance
grave et paisible qui remplit Marie-Rose de respect en lui faisant présager une future mère
Assomption.

Voici encore des choses qui tirent la petite Gourregeolles de son pieux recueillement.

Les lamentations de Jémérie sont récitées par
les mères Saint-François-Xavier, Saint-Boniface et
Saint-Jacques, et chacune, suivant le caractère de
la récitante, qui est très différent. Le *Convertere*
final est larmoyant avec la première ; il sous-
entend : « Oh ! oui, convertissez-vous ; sans cela,
qu'est-ce qui nous arriverait, grand Dieu ! qu'est-ce
qui nous arriverait ?... » A quoi la mère Saint-
Boniface semble répondre, sur le ton menaçant qui
lui est habituel : « Ah ! oui, convertissez-vous ;
sans cela, gare le feu du ciel, la peste, la lèpre et
autres fléaux que le Dieu de vengeance tient toujours en réserve pour châtier le crime. » Et la
mère Saint-Jacques de riposter avec sa bonne brusquerie : « Mais oui, convertissez-vous, qu'on ait
enfin la paix. »

Les trois leçons finales, tirées de saint Paul,
appartiennent aux grandes dignitaires, qui sont la
mère Préfète, la mère Assistante, la mère Supérieure.

14

En entendant la mère Sainte-Scolastique, on pense à la guimauve que les marchands de la foire étirent en bâtons. La voix file, traîne sans la moindre solution de continuité, les arrêts imposés se trouvant remplis par une sorte de chevrotement en sourdine qui relie entre elles toutes les phrases de l'épître. Par surcroît, la leçon s'accorde au mieux avec sa manière dolente : « *Ego enim accepi...* »

Tout au contraire, le ton de la mère Supérieure est sec, heurté, cahotant; la voix paraît sortir d'un moulin à café : « *Itaque, quicumque manducaverit...* »

La mère Assomption dit, d'une voix claire, avec une articulation très nette et un accent irréprochable : « *Hoc autem præcipio...* » Marie-Rose ne peut se défendre de penser que cette admonestation va si bien à son caractère droit, juste, courageux, qu'elle ne semble pas emprunter le verbe d'un autre. Elle parle ordinairement à ses filles comme saint Paul autrefois parlait aux Corinthiens. Et l'enfant songe avec un orgueil ému que, là encore, comme partout, comme toujours, sa maîtresse bien-aimée triomphe, qu'elle est supérieure à toutes

Les offices de la quinzaine de Pâques ne sont pas contenus en entier dans les *diurnaux*, cepen-

dant bien complets dont se servent les pensionnaires. Il faut un livre spécial pour tant de cérémonies. Alors, en cette circonstance, on sort de la
bibliothèque de la Communauté de très vieux
livres d'heures imprimés en noir et rouge sur par-
chemin avec de belles enluminures à chaque page.
La plupart sont magnifiquement reliés, de maro-
quin orné de dorures au fer, ou de basane filetée
d'or. Quelques-uns sont si précieux qu'on les renferme dans des « boëtes à livres » de la même
époque et presque aussi belles.

Parmi ces antiques bouquins, il y en a qui sont
très rares et ont une valeur considérable, plus
certes que les religieuses n'ont l'air de se l'imaginer. Autrement, elles ne se permettraient point
certains amendements que les amateurs éclairés
qualifieraient volontiers de profanation.

Les Heures sont habituellement dédiées à des
monarques, des altesses, à tout le moins de grands
personnages dont le portrait, en gravure sur bois,
se trouve au commencement. Si le titulaire est un
homme, il n'y a rien à redire; le costume d'un
militaire ou d'un seigneur n'étant pas fait pour
scandaliser une religieuse ni une pensionnaire. Il
en va tout autrement quand il s'agit d'une femme.
Nos aïeules n'avaient pas les mêmes idées que
nous sur la modestie; et le décolletage ne les
effrayait pas. Comment faire pour ménager à la

fois la pudeur et les belles éditions? Les autorités
délibérantes s'en sont tirées en couvrant « ce
qu'on n'a pas besoin de voir » de fines hachures
au crayon ou même d'un bout de dentelle figurant
une guimpe.

Il y a bien longtemps de cela, — les traits de
crayon sont maintenant fondus, la dentelle est
jaunie, — et les grand'mamans ont dû se faire autrefois les mêmes réflexions que se font aujour-
d'hui leurs petites-filles. La curiosité de quelques-
unes est excitée, d'autres n'y voient que du feu,
un petit nombre s'égayent, sans arrière-pensée du
reste, de la précaution des religieuses. Comme si
on ne savait pas bien ce qu'il y a là-dessous!...
Et quel mal y a-t-il, je vous le demande?...

L'eau bénite. — Le Samedi saint, on est de
nouveau à la joie. Les autels, il est vrai, sont encore dépouillés et le Christ n'a point quitté le
tombeau; mais tout, dans les cérémonies, annonce
que la résurrection est proche. Bénédiction du feu,
bénédiction de l'eau, retour des cloches qui, bientôt, vont sonner en carillon : tout cela met de la
gaieté dans l'air et dans les cœurs.

Au Jardin aux Chats, où l'on est réuni pour se
mettre en rangs, on entoure, avec sympathie, un
jeune bataillon en costume de gala. Le Samedi
saint comporte le second uniforme, excepté pour

les toutes petites, celles qui ont moins de sept ans et dont « les péchés ne comptent pas ». Ces innocentes ont le grand uniforme, c'est-à-dire, le plus beau chapeau, la plus belle robe avec la ceinture de soie.

Le motif de cette distinction : elles doivent recevoir la première eau bénite ; et, pour cela, seront rangées tout près de la grille du sanctuaire. Il faut faire honneur au bon Dieu et avoir bonne tenue aux yeux de l'assistance, toujours très nombreuse, de la chapelle du monde.

Les grandes s'affairent autour de leurs filles, passent les ongles en revue, rectifient un nœud, redressent une coque de chapeau, s'assurent que les bas sont bien tirés et les souliers correctement lacés ; elles consolident la « queue de rat » où le « petit balai » qui forment la coiffure de ces jeunes personnes ; car, à leur âge, on ignore l'élégance du « berceau ». Les autres donnent leur avis, aident au rangement par ordre de taille, font faire une répétition de démarrage, de défilé, de révérences.

C'est une tradition charmante du Pensionnat que cette sollicitude collective des anciennes pour leurs petites compagnes ; la meilleure, certes ! des écoles de maternité.

On s'occupe tout particulièrement de deux petites jumelles, Charlotte et Georgette Primois, qui sont délicieuses. Chacun éprouve à leur égard une fierté attendrie; et M. l'abbé lui-même ne pourra s'empêcher de sourire quand il leur jettera l'eau bénite.

La réconciliation générale du Vendredi saint a laissé sur toutes les figures une expression de mansuétude et de paix. Si bien que la mère Préfète dit à celles des religeuses qui assistent à ces préparatifs de cérémonie :

— Mais voyez donc comme nos filles ont l'air sages.

— Oui, fait la mère Saint-Bernard, qui est la prudence, comme la mère Saint-Paul est la justice, savoir seulement ce qui restera de ces bonnes dispositions après huit jours de vacances.

— Elles seront retombées dans le désordre, c'est certain, affirme la mère Saint-Boniface.

— Bah! riposte l'indulgente mère Saint-Jacques, c'est autant de gagné. Elles ne peuvent pas toujours être aussi tranquilles, les pauvres enfants; il y aurait de quoi les rendre malades.

La Saint-Joseph. — Tout est en l'air au Pensionnat. On ne sait pourquoi, mais certaines fêtes amènent immanquablement le désordre — pas un désordre mauvais, non, un désordre très gai, tout simplement. Ainsi la Saint-Joseph.

Dès le réveil, on parle, on rit, on bouge plus

que de raison. A la novice qui, au dortoir se plaint
du brouhaha, une Jaune répond de la meilleure foi
du monde :

— Mais on est toujours dissipé, ma petite sœur,
à la Saint-Joseph, même les religieuses, et même
M. l'abbé.

Le fait est que ce jour-là, M. l'abbé a coutume d'offrir à ses filles une tournée de « che-
mineaux chauds », sorte de pâtisserie du pays
que l'on mange seulement en carême. Il vient
même dans la cour de récréation manger le « chemineau chaud » qui lui est réservé; et il convient
de dire que ces agapes frugales n'ont rien de
recueilli.

Mais le « chemineau » n'est pas seul cause de
la dissipation habituelle. Le jour de la Saint-
Joseph, on va en promenade..., parfaitement, à
la promenade; on foule le pavé de la rue, ni
plus ni moins que des personnes ordinaires, tout
comme si l'on n'était pas des « petites 1830 »
en pince-taille de soie et capote à bavolet. Il est
vrai que l'on rend visite à une Notre-Dame célèbre
de la région, ce qui permet de baptiser la promenade *pèlerinage*. Mais c'est un pèlerinage un peu
babillard.

Les « personnes du monde » ne chôment pas et
le chemin est désert. Alors, pouvu que les rangs
soient corrects, que l'on se tienne droit et que les

voix ne sonnent pas trop clair sous la voûte
formée par les grands ormes, les dames pensionnaires qui dirigent le petit bataillon ne se montrent
pas trop rigoureuses.

Est-ce cette promenade inusitée au moment où
le printemps renaît avec son cortège d'oiseaux ja-
seurs et de frondaisons nouvelles?... Est-ce la
brise du large qui fouette le sang et avive la
peau?... toujours est-il que la Saint-Joseph est
une fête joyeuse et même un peu bruyante.

Noël. — Chose bizarre, Marie-Rose qui fut toujours très dévote à l'Enfant Jésus, n'a point gardé
de Noël le souvenir radieux de certaines autres
fêtes.

Le petit Jésus auquel on rend hommage, n'est
pas celui auquel elle est accoutumée; c'en est un
autre que les pensionnaires trouvent, en général,
beaucoup plus beau.

Celui-ci est logé dans une petite maison de verre
que l'on place au fond de l'avant-chœur. Il est en
cire, avec un teint de rose Bengale, des cheveux
frisés et quatre petites dents. Il est vêtu d'une
robe de satin garnie de dentelle, et la paille sur
laquelle il repose est dorée.

Ce petit richard déconcerte Marie-Rose. Elle
aime cent fois mieux le poupon rougeaud de Nazareth avec son maillot à la mode de la campagne

et le béguin qui couvre sa tête chenue de tout petit. Elle sait bien que les nouveau-nés n'ont point tant de cheveux et qu'ils n'ont pas une seule dent. Et puis, l'Enfant Jésus était pauvre; il n'avait pas de si belles robes, et la paille de sa crèche n'était point dorée.

Comme on ne va guère à Nazareth pendant l'hiver parce que les chemins sont boueux ou couverts de neige, Marie-Rose est forcée de se contenter du jeune hôte de la maison de verre; mais c'est sans ferveur et elle n'est pas éloignée de le considérer comme un intrus.

Puis, en fin de compte, elle n'a pas besoin d'anniversaire pour fêter l'Enfant Jésus; sa dévotion envers lui est de tous les jours. Ce n'est même pas sans quelque déplaisir, sans un vague sentiment de jalousie qu'elle voit la foule se mêler à un culte qu'elle s'imagine lui appartenir plus spécialement, et dont les autres n'ont habituellement aucun souci.

La première communion. — Aujourd'hui, Sous la Chapelle, il y a grande assemblée pour le « pardon ».

La mère Supérieure, assise dans une haute cathèdre, préside la cérémonie, aidée de la mère Préfète et de la Surveillante générale. A droite et à gauche, se rangent celles des religieuses, des novices et des sœurs converses qui ont affaire aux enfants, pour si peu que ce soit. Ce demi-cercle de robes noires constitue le fond de la scène. Les pensionnaires, en « second uniforme », le sarrau enlevé, les rubans de confrérie et les croix de mérite bien étalés sur la poitrine, forment deux longues rangées derrière lesquelles se placent les orphelines. On n'écarte que les toutes petites filles, celles dont la sensibilité n'est pas encore fixée et qui pleurent sans savoir pourquoi.

Au milieu de ce fer à cheval très allongé, les communiantes de demain sont debout : de si grandes coupables n'ayant pas le droit de s'asseoir.

Sur un signe de la mère Supérieure, la plus jeune se sépare du groupe, se met à genoux et prononce à haute voix en détachant bien chaque syllabe :

— Mère Supérieure, mes vénérées maîtresses, mes bonnes sœurs et mes chères compagnes, je vous demande pardon du tort que j'ai pu vous causer, de la peine que je vous ai faite, du mauvais exemple que je vous ai donné. Je vous supplie de prier pour moi, afin que je fasse une bonne première communion et que je me corrige dans l'avenir.

Tout d'abord, cela ne paraît rien; cette petite humiliation publique; mais, répétée plusieurs fois au milieu de l'ordre et du silence solennels, elle produit un grand effet.

Cette année, l'année de Marie-Rose, il y a quinze communiantes, onze pensionnaires et quatre orphelines; quinze paires de petits genoux touchent le carreau dur et froid, quinze jeune voix s'élèvent à tour de rôle pour implorer le pardon de fautes que l'on aurait pu croire des crimes, d'après le ton confus et repentant.

Puis la mère Supérieure ayant prononcé quelques paroles d'encouragement, on procède à la cérémonie du « baiser de paix ». Les communiantes font le tour de l'assemblée et embrassent tout le monde, depuis la mère Supérieure jusqu'aux sœurs converses, depuis les amies de cœur jusqu'à la plus modeste orpheline. Cela ne va pas sans beaucoup de larmes de part et d'autre, si bien qu'à la longue, la figure des pauvres pénitentes est toute salée.

Marie-Rose donne et reçoit le baiser de paix avec l'émotion qu'elle met à toutes les choses de sentiment. Pour elle, à ce moment, la mère Saint-Boniface est un modèle d'indulgence et Gagneur la plus aimable des compagnes; la sœur cuisinière n'a point l'aspect graillonneux que certaines lui prêtent, et la bonne sœur Sainte-Claire n'a jamais senti le schiste.

Le lendemain, Sous la Chapelle a changé d'aspect. Sur des cordes tendues sont épinglées avec soin les robes de mousseline, les voiles nuageux, les légers bonnets de tulle. La longue table où, les jours de pluie, on joue aux dames, au loto, à l'oie, et que, pour la circonstance, on a recouverte d'une grande nappe, supporte les petits souliers blancs, les sacs de satin brodé, les ceintures de soie, les épingles à grosse tête de perle, les chapelets dans leurs écrins : tout l'attirail délicat et charmant des communiantes.

La mère Saint-Félix, maîtresse de l'ouvroir, aidée d'autant de grandes orphelines qu'il y a de sujets à habiller, procède aux derniers arrangements avec cette tranquillité des gens qui font tout à l'heure et que rien ne saurait mettre en déroute.

Une pensionnaire arrive accompagnée de son ancienne. Elle est en robe de dessous, une robe de percale blanche tombant sur les chevilles, avec une encolure très montante et des manches qui couvrent le poignet, quelque chose de modeste et en même temps de jeune, de frais, de pur qui charme dès l'abord.

La grande est toute prête. Elle sait bien qu'aujourd'hui elle ne s'appartient pas, qu'elle se doit toute à sa fille et qu'elle n'aura pas le temps de songer à elle-même.

— Bénard, avertit la mère Saint-Félix, voici Mlle Gourregeolles.

Sans hâte, avec des mouvements sobres et délicats, Bénard détache la robe de Marie-Rose et la lui passe sans y imprimer un seul faux pli. Ensuite elle pose la ceinture, puis le bonnet à ruche, et enfin le voile — besogne difficile qui demande beaucoup de soin et de dextérité. Ici se termine le rôle de Bénard, qui cède Marie-Rose à Mlle Le Faulq.

Celle-ci met au bras droit de sa fille le sac renfermant la bourse et le petit mouchoir brodé, au bras gauche le chapelet; et elle lui présente le missel relié d'ivoire.

C'est le moment des effusions, et, dans presque tous les groupes, on échange des propos émus.

— Roberte, vous avez été très patiente avec moi, et je n'ai pas toujours profité de vos bonnes leçons. Mais je ne suis pas ingrate, je vous assure.

A côté :

— Marie-Antoinette, vous vous êtes donné beaucoup de mal pour me faire apprendre mon catéchisme, car j'avais la tête très dure; aussi, je vais bien prier pour vous.

— J'ai fait ce que j'ai pu, ma petite Suzanne, et vous vous êtes montrée pleine de bonne volonté. Vous avez, certes, plus de mérite que moi.

Plus loin, l'attendrissement est à son comble :

— Je ne sais pas comment faire pour vous remercier, Bénédicte, je suis si... si...

L'orpheline de service intervient alors :

— Non, mademoiselle Trémisot, non, s'il vous plaît, ne pleurez pas ; vous allez tacher les brides de votre bonnet.

Alors, la mère Saint-Félix s'adressant à la foule :

— Je prie bien ces grandes demoiselles de faire attention en embrassant leurs filles ; les voiles ont beau être solidement attachés, un rien les déplace... Il serait peut-être préférable de ne pas s'embrasser du tout.

Les orphelines de corvée ont prestement fait disparaître tout vestige de toilette et Sous la Chapelle a repris sa tenue d'apparat.

Les communiantes, cierge en main, sont groupées en attendant leurs compagnes qui viennent les chercher pour aller en procession rendre visite aux hôtes de Nazareth. Car, au couvent, toutes les manifestations religieuses revêtent un cachet de grande politesse.

Les Vertes et les Jaunes sont très impressionnées. Quoi ! ce sont ces Bleues qui, hier encore, sautaient à la corde ou jouaient à cligne-musette, que voilà vêtues et traitées comme des reines !...

On tourne beaucoup la tête dans le jeune bataillon, et la mère Sainte-Thaïs a bien de la peine à former les rangs.

Marie-Rose est très contente de cette visite à Nazareth. Ce n'est pas tant à cause de la Sainte Vierge envers laquelle elle ne fut dévote que beaucoup plus tard, non plus pour saint Joseph qu'elle continue à traiter sans façon ; — pour ce dernier même, elle n'est pas éloignée de croire qu'elle lui fait une faveur en venant le voir dans sa toilette blanche. Non, toutes ses attentions, toutes ses grâces sont pour le cher Enfant Jésus qu'elle aime infiniment, tout comme au temps où elle lui portait des galettes et de petits cierges.

— Vous voyez, lui dit-elle en elle-même, c'est pour vous que je suis si belle.

C'est d'ailleurs le seul accès de coquetterie qu'elle eut dans toute cette journée.

Rien ne peut rendre la beauté du Chœur au jour de la première communion, la profusion de lumières et de fleurs, la splendeur des chants, la majesté des cérémonies, tempérée par la grâce, du petit troupeau blanc qui évolue avec cet ordre, cette aisance que donne seulement l'exercice quotidien.

Les familles occupent des places de choix dans la chapelle du monde, mais sont séparées des enfants par la grille. Ce n'est qu'après l'office qu'il y aura une demi-heure de parloir.

La première communion est, au couvent, une fête essentiellement religieuse à laquelle ne se mêle rien de profane. Au réfectoire, même menu sans douceurs ni supplément; et les enfants ne songent pas à s'étonner que l'on ne fête point le bon Dieu en mangeant mieux ni davantage.

Le seul changement au régime consiste en ce que les communiantes prennent leur récréation avec les religieuses dans la Bonne Allée des Capucins, et c'est un privilège qu'elles apprécient hautement. Pour tout un jour, elles sont traitées en grandes personnes.

La première communion marque une étape réelle dans la vie des pensionnaires du couvent. La formation morale, les instructions religieuses de ces derniers mois ont eu pour résultat d'élever l'âme et, en même temps, de mûrir l'intelligence des fillettes.

Désormais, elles seront plus enclines à l'indulgence et à la justice; mais elles seront aussi plus réfléchies; leur jugement sera plus précis et plus ferme. Entre les Bleues insouciantes et les Rouges déjà posées, il y a un pas très marqué dont le progrès dans les études ne fait pas seul les frais ; la première communion peut en revendiquer sa part.

V

LES PROCESSIONS

Les Rogations. — A Saint-Marc et aux Rogations, cela se passe sans cérémonie. On ne sort ni les belles bannières, ni la grande croix de vermeil. La seule bannière qui voie le jour, en cette circonstance est celle de saint Fiacre verte et or, légèrement défraîchie.

Le clergé, représenté par M. l'abbé, le « clerc noir », les enfants de chœur au grand complet, joue un rôle purement décoratif. On le lui fait bien voir. Ecolières et religieuses se sentent *chez elles*, dans *leurs* jardins. Ce sont des sœurs converses qui portent la croix et la bannière. C'est la mère Saint-Félix qui jette l'eau bénite. Le « clerc noir » a beau se dépenser, faire des embarras, agiter son claquoir à tout bout de champ, on n'a cure de son autorité.

On part à cinq heures, et c'est déjà une joie que ce lever matinal. On parcourt la région du Gros Poirier où tout est sarclé, ratissé à souhait, et l'on

15

se repose à Nazareth. Puis on se rend aux Capucins ; et, après avoir gravi l'Allée aux Coudres, la procession se développe magnifiquement dans la grande cour en terrasse que bordent les petits jardins des pensionnaires. On défile sous les berceaux de tilleuls et sous les noyers centenaires ; puis on regagne le chœur pour attendre les processions des paroisses qui, tour à tour, font une station dans les chapelles de la ville.

Il se produit souvent des réclamations.

— Mère Saint-Félix, dit une Bleue, vous n'avez pas jeté d'eau bénite sur mon jardin, pas une goutte, je vous ai regardée.

— Mère Saint-Félix, pourquoi aspergez-vous les épinards et les potirons à tour de bras ? Comme s'il n'en poussait pas toujours assez de ces horreurs-là !

L'Ascension. — Ce jour-là, suivant un très vieil usage, on bénit la mer. En ville, les processions font le tour des quais, vont jusqu'au bout de l'estacade et contournent les phares. On prie pour ceux qui sont « péris en mer » et l'on demande la protection de Notre-Dame pour ceux qui naviguent.

Au couvent, il faut se contenter de Nazareth, le point culminant, le seul où, du ras de terre, on aperçoive le grand large. Dans l'*Ave maris stella* qu'il entonne, M. l'abbé met toute son âme. Beaucoup de ses enfants : pensionnaires ou orphelines appartiennent à des familles de marins : officiers, matelots, pêcheurs et il les confond toutes dans une même sollicitude attendrie.

Si ce jour-là, « le coup de vent de l'Ascension », bien connu de la côte, sévit au large, beaucoup d'yeux se mouillent. Mais si, par bonheur, la brise veut bien faire trêve, si les rubans des bannières claquent doucement, si les pétales roses ou blancs des arbres qui se défleurissent flottent mollement dans l'air avant de retomber sur le sol, toutes les figures sont sereines. Il semble aux fillettes que la Sainte Vierge protège le père, le frère qui sont « dehors ». Et celles qui portent le deuil, les « orphelines de la mer », sont fermement convaincues que la vieille croyance de leur pays est vraie, savoir que *Notre-Dame n'a jamais souffert qu'un marin restât à la porte du paradis.*

La Fête-Dieu. — Le couvent est fleuri jusque dans ses plus petits recoins. Aux Terrasses, les boules-de-neige, les ébéniers, les lilas mêlent leurs grappes blanches, violettes, jaunes, carminées. Le grand berceau est enveloppé d'une verdure épaisse où se distinguent à peine l'étoile pâle des jasmins et le tube léger des chèvrefeuilles. Les talus herbeux s'égayent de marguerites et de pri-

merolles. Le long des sentes, les roses s'épanouissent par milliers. Ici, des palissades de
glaïeuls, là, des massifs de pivoines et de rhodo-
dendrons ; puis les larges feuilles étalées des ri-
cins, des acanthes, des rhubarbes, et le panache
important de gynériums. Aux plates-bandes de la
Communauté fleurissent les passe-roses, les ravenelles panachées, les coquelourdes blanches. Les
façades disparaissent sous les glycines, et les
vieilles portes sous la retombée vigoureuse des
clématites et des vignes vierges. Aux murs s'ac-
crochent les volubilis aux coupes délicates, les
pois de senteur en velours et les capucines dans
une gamme de tons qui va du citron pâle au rouge
sang. A Nazareth, dominent les fleurs immacu-
lées : la hampe solide des yuccas blancs, le cornet
des arums, le rameau discret de la reine-des-prés,
la collerette des anthémis, et surtout les fleurs de
France, les grands lis frais et purs. Au Jardin
aux Chats, du fond de leurs petites corbeilles our-
lées de silènes, les héliotropes et le réséda font ce
qu'ils peuvent pour n'être pas trop au-dessous de
leurs sœurs glorieuses.

Par les serres entr'ouvertes, on aperçoit, en
pleine floraison, les primevères de Chine et les
azalées blanches qui sont la gloire du couvent.
Dans les allées étroites du Gros Poirier, l'arome
épais des cassis se mêle à l'odeur franche des

labiées : menthes, mélisses, thym, hysope, la-
vande, sauge, marjolaine qui tapissent tout un
parterre.

Les tilleuls secouent leurs bractées et les cou-
driers leurs chatons. A l'esplanade des Capucins,
les frondaisons encore menues des châtaigniers et
des noyers dessinent sur le sol uni, des dentelles
lumineuses et tremblotantes.

Partout, sous les pas du promeneur, à ses côtés,
sur sa tête, des corolles s'épanouissent en grappes,
en corymbes, en ombelles, en épis, en gerbes. On
croirait que, depuis les grands arbres jusqu'aux
toutes petites plantes, depuis le lis royal jusqu'à
l'humble basilic, tous se sont dit :

— Voici la Fête-Dieu, il faut faire honneur au
Saint-Sacrement. Et puis nos petites reines vont
venir en procession. Il faut une voûte fleurie pour
abriter leur front pur, une pavée moelleuse et par-
fumée pour leurs petits pieds chaussés de blanc.

Et vraiment, à cette époque, tout est splendide
au couvent, mais splendide avec douceur et simplicité : le travail humain suivant le travail de
la nature sans chercher à le masquer ni à le remplacer.

Le reposoir de Nazareth et celui de Notre-Dame
aux Coudres sont des merveilles de goût. Toutes
les statues des bienheureux qui jalonnent les chemins sont parées, enguirlandées, fleuries. Les croix

étincelantes, les bannières à frange d'or ou d'argent, les grosses lanternes de vermeil au bout de leur bâton doré à poignée de velours, les encensoirs dont les chaînes cliquettent, la cloche qui sonne en volée joyeuse, le clergé revêtu des aubes les plus finement brodées, les religieuses dans leur majestueux costume de chanoinesses, les enfants en robe blanche et ceintures de soie — les communiantes de l'année portant le voile, les autres, des couronnes de roses ou d'aubépine; et, par-dessus tout, le sentiment de foi profonde qui anime les gens et se reflète même sur les choses : tout concourt à rendre le cher couvent aussi digne que possible de l'hôte divin qui daigne le parcourir.

Plus tard, Marie-Rose fut à même de voir des spectacles magnifiques, de grandes journées militaires, des galas en l'honneur de souverains, jamais rien ne vint effacer ni même atténuer le souvenir de certaines fêtes religieuses du couvent. Aux solennités profanes, elle fut charmée, parfois éblouie; aux cérémonies sacrées de son enfance, elle était *heureuse*.

AMITIÉS DE COUVENT

I

LES AMITIÉS PARTICULIÈRES

Il n'y a peut-être pas de question qui cause aux éducateurs un plus grand souci, qui soit interprétée de manière plus différente, plus opposée même, que celle des amitiés dites « particulières ».

— Il faut les proscrire impitoyablement, disent les uns; elles peuvent avoir des résultats désastreux.

— Gardez-vous bien, disent les autres, d'éveiller l'attention des enfants sur un danger très souvent imaginaire et dont la connaissance est plus à craindre que le danger lui-même.

Les deux écoles ont du bon, et le système, employé au couvent leur donne également raison. On reconnaît que les liaisons trop marquées entre pensionnaires sont rarement inoffensives. D'abord, parce que, selon le vieil adage « qui se rassemble s'assemble », elles sont, en général, l'association de deux mauvaises dispositions d'esprit, deux défauts pareils, et que ces tares mises en commun ne s'additionnent pas, mais se multiplient. Ensuite, parce que ces intimités, si innocentes qu'elles paraissent et même qu'elles soient réellement à leur début peuvent bien changer de nature sans que les intéressées en aient conscience.

Mais on agit avec une extrême prudence. On ne part pas en guerre contre cette chose vague « les amitiés particulières », on combat un duo de médisance, de coquetterie, de légèreté, de jalousie, et — le cas est plus rare — de dépravation d'idées, de sentiments ou de goûts. On applique un remède différent pour chaque espèce. Enfin on opère au grand jour, ouvertement, simplement, à moins, bien entendu, de circonstances spéciales. Le fait ne se produisit qu'une seule fois pendant toute la période d'études de Marie-Rose.

Voici les intimités contre lesquelles il fallut sévir et les moyens que l'on employa pour en venir à bout.

Adrienne Pecqueur et Suzanne Audoux ne peuvent être libérées des classes ou des rangs sans se précipiter l'une vers l'autre comme deux balles

de sureau chargées d'électricité contraire. Une
main cachant à moitié la bouche, les voilà parties
en des colloques mystérieux. Les autres, un peu
intriguées, se demandent ce qu'elles peuvent bien
avoir à se confier toujours, interminablement...

Hélas! Adrienne et Suzanne sont des sœurs en
infortune. Le mauvais sort et la mauvaise volonté
s'acharnent après elles; et, dès qu'elles sont réunies, c'est pour se condouloir. Adrienne avait une
tranche de gigot qui n'était que gras, Suzanne un
morceau de pain qui n'était que mie. L'une avait
un quatre en piano, alors qu'elle méritait un neuf,
pour ne pas dire plus. L'autre est septième en histoire, après une telle et une telle qui sont notablement moins fortes qu'elle. Celle-ci, à la classe de
dessin, est placée dans un coin d'où l'on voit à
peine le modèle. Celle-là a une courtepointe re-
prisée, la seule du dortoir, et peut-être du Pensionnat, etc., etc. Les compagnes, naturellement, ont
les bons morceaux, les croûtons dorés, les premières places, les coins avantageux, le matériel
de choix. Et l'on nomme ces prétendues privi-
légiées, on fait l'inventaire de leur chance, on
épluche leur bonheur; et, tout doucement, on s'entraîne à l'amertume, au dénigrement, à l'envie.

Après bien des avertissements demeurés sans
résultat, la mère Préfète prit une mesure éner-
gique.

— Adrienne et Suzanne, dit-elle, votre mauvais esprit, exaspéré par des lamentations mutuelles et incessantes, devient intolérable. Outre que vous vous rendez malheureuses à plaisir, ce qui ne serait que demi-mal, vous créez autour de vous une atmosphère de méfiance et de désaccord. Vous êtes, sans vous en douter, de petites personnes fort dangereuses. Désormais, vos maîtresses veilleront à ce que vous ne restiez jamais seule à seule, à ce que vous ne puissiez pas échanger une parole en secret. Et ce petit foyer de persécution imaginaire s'éteindra peut-être faute de combustible.

La mère Préfète eut raison. Cette grande amitié disparut quand elle fut privée de son élément principal : les gémissements en commun.

Berthe Héloin et Jeanne Le Sénéchal recherchent, pour leurs conciliabules, les endroits un peu sombres. Elles échangent des papiers pliés et repliés, de petits objets de toute forme qu'elles glissent subrepticement, non dans les poches, toujours sujettes à l'investigation, mais dans le bouffant des tabliers, dans la coiffe des chapeaux de jardin, voire même entre la cheville et le cuir du soulier, partout enfin où l'on s'imagine qu'ils sont hors d'atteinte. Au dortoir Sainte-Agnès, ou des « Paradisiers » dont elles font partie toutes les deux, on voit quelquefois — ce qui est absolument défendu — Berthe sortir du coin de Jeanne, et *vice versa*.

Ces allures de conspiratrices ne cachent rien de dangereux pour la paix générale : Berthe et Jeanne sont tout simplement deux enragées petites coquettes. Leurs conversations mystérieuses roulent sur les robes à queue, à volants, à paniers, sur les plumes amazone, les aigrettes, les ceintures à longs pans et les talons Louis XV. Le geste qui accompagne leurs discours indique un corsage bien ajusté, une manche qui bouffe, une traîne qui n'en finit plus..., toute la gamme des bijoux, depuis la bague jusqu'au grand sautoir en passant par le bracelet, le collier, la châtelaine, etc. Les objets que l'on dissimule avec tant de soin sont de tout petits miroirs, des ustensiles à friser, à onduler, à crêper les cheveux. Les papiers sont des recettes de beauté ou des coupures de journaux de mode avec des dessins de toilettes remarquables par leur élégance et surtout leur excentricité.

La mère Saint-Boniface leur dit quelquefois :

— Est-il permis de tant se préoccuper d'un corps destiné à la pourriture !

La mère Saint-Jacques est moins tragique. Quand c'est elle qui surveille la récréation, elle sépare sans ménagement les deux amies, au beau milieu de leur conciliabule.

— Maintenant que vous voilà bien attifées,

dit-elle, au jeu... promptement. Et pas à la même partie, s'il vous plaît, l'une au ballon, l'autre à la corde.

Finalement, le dortoir étant le principal endroit de tentation, on sépara les deux fillettes. Au lieu des Paradisiers où régnait la bonne mère Sainte-Geneviève qui, de sa vie, ne soupçonna l'iniquité, l'une fut envoyée à Sainte-Anne avec la mère de l'Immaculée Conception, tellement stricte sur le règlement que nulle ne songeait à s'y soustraire; l'autre, à l'Ange Gardien où la « bandoline au géranium » remplaça le matériel à frisures.

La plus comique des liaisons du temps de Marie-Rose est celle de Blanche Aubry et Angèle Dubesnard. Dès qu'elles peuvent se réunir, on les voit entamer une conversation. Pour mieux dire, elles n'entament pas, elles poursuivent une conversation qui commence au lever, se suspend au coucher avec ... *la suite à demain.* Le plus curieux, c'est qu'elles ne babillent pas, elles causent, ou, du moins, semblent causer; et sur un ton si grave que personne ne s'aviserait de mettre en doute qu'elles ne traitent un sujet d'importance.

Que l'on prête l'oreille et l'on sera stupéfait de l'incroyable niaiserie, mieux que cela, de la nullité absolue de leurs propos. On peut les écouter parler pendant des heures sans saisir le moindre embryon d'idée. Elles prononcent des mots sonores, bâtissent, tant bien que mal, des phrases solennelles : voilà tout.

Se prennent-elles mutuellement au sérieux?... ou bien se jouent-elles la comédie l'une à l'autre?... Elles sont tellement sottes qu'elles n'en savent peut-être rien elles-mêmes. Ce qu'il y a de certain, c'est qu'elles se croient très supérieures à leurs compagnes et qu'elles les tiennent en dehors de leurs intéressants colloques.

Mais, au couvent, les murs ont des oreilles et l'on s'aperçut que leurs besoins d'éloquence allant *crescendo*, elles ajoutaient à leur propre fonds une foule de citations empruntées à des ouvrages, sinon inconvenants, du moins peu en rapport avec leur âge et leur inexpérience. Ces morceaux choisis tirés de livres et de journaux qu'elles trouvaient chez elles aux jours de sortie, elles les débitaient sans en comprendre le sens exact, mais ils n'en constituaient pas moins un bagage intellectuel qui pouvait devenir dangereux.

Le remède, là encore, fut radical. Après quelques citations de ce que la mère Préfète appelait avec une pompe ironique « les pensées de deux Rouges » et qui provoquèrent une hilarité générale, les deux *penseuses* furent séparées en étude, au réfectoire, dans les rangs. Leurs velléités de communications ne trouvant auprès des profanes que dédain, railleries ou rebuffades, leur éloquence finit par faire relâche faute d'auditoire.

Ces trois cas, qui n'indiquaient que des défauts légers de caractère, étaient relativement bénins. Le dernier fut plus grave; il entraîna le renvoi d'une élève et la surveillance étroite d'une autre.

Lucienne Sauron et Clémence Rottier avaient respectivement neuf et dix ans. Elles étaient peu intelligentes et très en retard pour leurs études.

On s'apercevait bien qu'il y avait du mystère entre elles et qu'elles excitaient la curiosité de leurs compagnes, mais on avait beau les surveiller, on ne pouvait rien découvrir. Ce fut le hasard — hasard aidé d'une bonne entente de la discipline, qui fit connaître la nature véritablement dangereuse de leur intimité.

Pendant une épidémie bénigne d'oreillons, Lucienne et Clémence furent prises en même temps; et, un peu plus tard Agnès Hérault, une Blanche pas très sage, mais pleine de bon sens et de décision.

Cette dernière en était à la période la plus pénible du mal, celle où l'on ne peut supporter ni lumière, ni bruit et où la prostration est telle que l'idée ne vient même pas de faire un mouvement, alors que les deux petites se levaient déjà et circulaient dans l'infirmerie. A un moment donné, la garde-malade étant sortie pour quelques instants, elles se mirent à causer, ne se méfiant point d'Agnès qu'elles croyaient endormie.

— Voilà, fit Lucienne, on aurait une sale jupe en loques qu'on aurait bien traînée dans la graisse et dans la suie, et sur le dos, un vieux tapis plein de poussière, et, aux pieds, des chiffons attachés avec des cordons tout effilochés.

— Non, des ficelles, renchérit Clémence.

— Des ficelles pleines de nœuds. Et on se salirait la figure avec du charbon.

— Et on se tremperait les mains dans l'encre, pour avoir les ongles dégoûtants, et que cela tienne.

— Pour faire la pommade, on se mettrait de la mélasse sur la tête et cela coulerait tout le long des cheveux jusque sur les habits.

Agnès, dont l'esprit était resté lucide et qui ne perdait rien de ces jolis propos, se retourna dans son lit en murmurant :

— Les petites horreurs !...

Les « petites horreurs » s'imaginant qu'elle rêvait, poursuivirent :

— Et puis, dans un pot à fleurs, on entasserait des feuilles fanées qui sentent très mauvais, avec

des araignées noires et des limaces : cela ferait
un beau pâté. Après on délayerait de la terre
jaune avec de l'eau croupie comme il y en a dans
les mares.

— Non, de l'huile de foie de morue, c'est encore plus sale.

— Les deux, alors. Et l'on mangerait à poignées avec ses mains toutes noires.

Soulevée de dégoût, Agnès ouvrit les yeux et
prononça nettement :

— Avez-vous fini?... Mais elles sont abomi-
nables, ces petites Jaunes. Où vont-elles chercher
de pareilles malpropretés?... Attendez un peu que
la mère Préfète vienne ici, et vous verrez comme
je la mettrai au courant de vos belles inventions.

Les deux fillettes se regardèrent avec stupeur.
Mais Lucienne se ressaisit promptement; et, sachant à quel point la délation était méprisée au
couvent, elle dit, croyant intimider sa grande
compagne :

— Vous serez une rapporteuse.

— Je serai une rapporteuse, voilà tout. Et c'est
devant vous que je rapporterai. On ne va pas
vous laisser répandre cette jolie science dans le
Pensionnat, peut-être.

Agnès fit comme elle l'avait dit, et voici quel
fut le résultat de sa communication :

On opéra une perquisition sérieuse dans les pu--

pitres, boîtes à ouvrage, casiers à chaussures des deux Jaunes; et l'on trouva quelques recettes analogues à celles dont Agnès avait été l'auditrice involontaire.

Ces recettes témoignaient d'une imagination détraquée, maladive. Les parents furent avertis, et le père de Lucienne, qui était médecin, comprit sans peine que l'enfant était un danger non seulement pour ses petites compagnes, mais encore pour ses frères et sœurs. Il l'envoya chez sa grand'-mère, en plein champs, où elle fut soumise à un régime et à un système d'éducation appropriés à son cas.

Clémence, moins atteinte, fut l'objet d'une surveillance toute particulière; et, privée de son conseil, elle oublia la toilette à la mélasse et la cuisine aux araignées.

Pendant les treize années de couvent de Marie-Rose, ce furent les seules amitiés particulières qui, par leur tenacité, nécessitèrent des mesures de répression. On rencontrait bien, de temps en temps, des ébauches d'intimité, mais cela ne tenait pas devant le rappel au règlement, une remontrance un peu sévère et une mutation dans les places.

Si, exceptionnellement, il y eut lieu d'intervenir de façon plus rigoureuse, on agit avec tant de prudence que les enfants n'en surent rien. Marie-Rose et l'immense majorité de ses compagnes sortirent du couvent sans avoir eu, non seulement la tentation du mal, mais encore la connaissance, le soupçon du mal.

Toutefois, du soin que l'on apporte à combattre certaines liaisons trop intimes, faut-il conclure que l'amitié, au sens propre du mot, la bonne, la franche amitié qui provient d'une conformité de goût, d'humeur, de sentiments, et de cette chose indéfinissable qui est la sympathie, soit considérée comme nuisible? Non, certes. Et, loin de la combattre, on estime qu'elle peut être un précieux élément d'éducation.

Deux exemples entre beaucoup suffiront à l'établir.

Berthe est la fille d'un riche agriculteur de la région. Elle est odieusement élevée : parents, domestiques, bêtes et gens, tout plie devant sa volonté qui change dix fois par heure. Ce n'est pas qu'elle soit mauvaise, mais elle est exigeante et grogron autant qu'on peut l'être.

Avec de si heureuses dispositions, la vie du couvent n'était pas son fait. Le jour de son entrée, on put se croire revenu aux temps bibliques du déluge et des lamentations de Jérémie.

— J'veux... j'veux... r'tourner aux Rouxcam... am... amps...

Sans interruption, chaque syllabe ponctuée de sanglots profonds et bruyants, cela dura une demi-journée. Le Pensionnat était en révolution, et les petites se bousculaient pour voir la « nouvelle » comme s'il se fût agi d'un sujet de ménagerie.

On ne savait quels moyens employer pour la calmer, toutes les consolations ne faisant qu'irriter sa douleur, quand on eut l'idée de recourir à Madeleine Ancelin, une gentille petite Bleue, fille d'un notaire des environs et voisine des fameux Rouxcamps.

Certains êtres heureusement doués ont l'intuition des mots qu'il faut dire, des actes qu'il faut faire pour consoler les affligés. Sans perdre de temps en vains discours, Madeleine emmena sa compagne aux Capucins, au Gros Poirier, à Nazareth; elle lui fit visiter la basse-cour, lui offrit un bouquet de son petit jardin et, finalement, la persuada que le couvent ne différait pas tellement de la maison paternelle, puisque, dans l'un comme dans l'autre, on trouvait des pelouses, des fleurs, des poussins et même un « Monsieur ».

Berthe fut calmée ce jour-là, mais, longtemps encore, les accès se reproduisirent. Sans cause appréciable, sans la moindre *aura* qui pût les faire prévoir, au milieu d'une classe ou dans le brouhaha discret du réfectoire, les cris de Berthe éclataient soudain, comme la trompette de Jéricho.

— J'veux... j'veux...

Si la mère Saint-Jacques était de garde à ces moments-là, comme elle avait horreur des pleurnicheries, elle appliquait le remède avec énergie et rapidité. Elle se précipitait vers la consolatrice en pied de Berthe.

— Vite, Madeleine, allez faire taire votre payse.

Et quand la petite Bleue ne sortait pas assez vite de son banc, elle l'enlevait elle-même sans souci de la secouer comme un sac de noix.

Berthe finit par se résigner à être exilée du domaine paternel que les railleuses n'appelaient que les *Rouxcam... am... amps*. Mais elle conserva l'habitude de se réfugier auprès de Madeleine chaque fois qu'il lui arrivait quelque traverse ou qu'elle craignait quelque aventure, et c'était souvent.

Cette grosse fille, point méchante, ni même commune, mais incapable du moindre effort, s'attacha à la fine, intelligente, spirituelle pensionnaire qu'était Madeleine, comme la plante sarmenteuse s'attache à l'arbrisseau tout ensemble svelte et robuste.

On les morigénait parfois l'une de sa mollesse, l'autre de son excès de complaisance.

— Vous n'avez pas honte, Berthe?... à quel
âge marcherez-vous toute seule?... Et vous, Madeleine, laissez-la donc un peu se débrouiller; elle
est assez grande pour cela.

Mais la charmante fille répondait en souriant :

— Si je la lâchais, ma mère, je vous assure
qu'elle s'effondrerait.

Et l'autre appuyait avec conviction.

— C'est vrai, que je m'effondrerais.

Si bien que tacitement, on respectait cette situation. Sachant que l'incurable veulerie de Berthe
faisait d'elle une proie facile à toutes les influences, on la laissait sous la tutelle bienfaisante de son amie. D'autre part, on jugeait que
cette précoce responsabilité, gentiment acceptée,
était excellente pour l'éducation morale de Madeleine.

Thérèse Haurouy est la meilleure et la plus
complaisante des pensionnaires. Si l'on a besoin
d'un service, c'est à elle tout d'abord que l'on
songe à s'adresser; et, malgré ses quinze ans, elle
se dérange pour une Jaune ou pour une Verte,
tout comme si elles étaient des personnes de
son âge.

— Thérèse, je prends votre ballon, le mien est
crevé.

— Thérèse, voulez-vous me refaire ma « queue

de rat »?... et même, je crois bien que j'ai perdu le cordon...

— Thérèse, vous me garderez des graines de volubilis.

Et Thérèse, avec un bon regard montrant combien elle est heureuse de faire plaisir, abandonne son ballon, refait la « queue de rat », partage ses graines de volubilis.

On l'aime beaucoup au Pensionnat. Les maîtresses trouvent qu'on abuse un peu d'elle; mais ses compagnes de classe lui décernent chaque année à l'élection le « prix d'obligeance ».

Aussi, quand la pauvre Bérengère Duthier, après de longues années passées au lit ou dans une petite voiture, entra au couvent, boiteuse, contournée, ne se tenant debout qu'à l'aide d'appareils très compliqués, fut-ce à Thérèse qu'on la recommanda expressément; et celle-ci accepta la charge comme une chose toute naturelle.

Au réfectoire, au dortoir, en récréation, en classe, elle l'assiste d'une manière si affectueuse, si discrète, que la petite infirme n'en ressent aucune humiliation.

Bérengère aime infiniment celle qu'elle nomme son « bon ange ». Elle l'accapare, et même se montre un peu jalouse du temps et des soins que les autres lui disputent; elle a toujours quelque chose de pressé et de grave à lui confier. Les mères ne prennent point ombrage de ces apartés ; elles savent très bien que si Bérengère a besoin d'aide physique, elle a encore plus besoin de réconfort moral.

Car elle est doublement malheureuse, la pauvre petite. Non seulement elle est estropiée, mais on ne l'aime pas chez elle. Son père, un riche banquier, pris tout entier par les affaires, n'a pas le temps de s'occuper d'elle. Sa mère est d'une santé bizarre qui nécessite les distractions mondaines de toute sorte, des séjours aux grandes plages ou aux eaux à la mode, des croisières en Méditerranée ou sur les côtes de Norvège, suivant les saisons. Elle n'est jamais au logis, et elle s'en désole, elle aurait tant aimé être femme d'intérieur !...

Bérengère écoute ces explications avec une incrédulité dédaigneuse. Elle sait bien qu'au fond ses parents sont mortifiés d'avoir pour fille unique l'avorton qu'elle est ; et elle se dit avec amertume que si elle avait eu une maman attentive et dévouée, elle ne serait peut-être pas infirme.

C'est tout cela qu'elle raconte à Thérèse, son enfance abandonnée et douloureuse, les humiliations journalières que lui vaut son impotence, la vie sans joie qui l'attend malgré sa fortune... Et c'est de cela que la bonne Thérèse essaye de la consoler en mettant dans son âme un peu de douceur, de résignation pour le présent, d'espérance pour l'avenir.

Quand l'ancienne petite Gourregeolles se remémore ces choses d'autrefois, elle se dit qu'on apprenait vraiment bien la charité au couvent, et non point par la théorie froide et stérile, mais par la pratique de tous les jours.

II

LES AMITIÉS DE MARIE-ROSE

Anne de Thézy. — La première amitié de Marie-Rose, en dehors de ses cousines Louvière, fut Anne de Thézy.

Presque toutes les petites pensionnaires éprouvent pour leur ancienne un sentiment fait de respect et d'admiration. Parce qu'elles en reçoivent une foule de bons offices, parce qu'elles les trouvent toujours prêtes à répondre à leurs questions, elles ne sont pas éloignées de croire que leurs jeunes mentors détiennent l'omniscience et la toute-puissance. Entre elles, elles célèbrent les mérites de ces êtres d'exception.

« C'est Colette Champbourg qui a le plus de galons à son ruban d'honneur.

« Marthe Aubugeau est toujours... mais *toujours*, la première de sa division.

« Catherine Blondeau est la plus jolie du Pensionnat.

« Quand Béatrix Peyraud chante à la chapelle, tout le monde est dans l'extase .

Etc., etc.

Anne n'était pas un modèle de sagesse, mais elle était avenante et bonne. Elle entoura sa fille d'une sollicitude affectueuse que celle-ci apprécia à sa valeur. Les chagrins, les inquiétudes de sa petite âme scrupuleuse et tendre, Anne les connut et les allégea dans la mesure du possible. En retour, Marie-Rose lui voua une reconnaissance que, ni les années, ni la séparation ne purent éteindre. De la masse confuse formée par ses nombreuses compagnes, la silhouette d'Anne est une de celles qui, au fond de son souvenir, se détachent avec le plus de netteté et de douceur.

Roberte Le Faulq. — Marie-Rose n'a que sept ans quand sa première petite mère quitte le couvent. On la confie alors à Roberte Le Faulq.

Roberte est généralement considérée comme une perfection. Elle tient la tête de sa classe. Il n'y a pas de semaine qu'elle n'ait un devoir au *Livre d'or*. Elle brode, sur la soie et le velours, de véritables petits chefs-d'œuvre. Elle peint les fleurs en artiste de profession. Elle joue du piano comme un ange. Depuis qu'elle est dans la division supérieure, c'est elle qui, chaque année, a obtenu la médaille de vermeil destinée à l'élève qui donne le meilleur exemple à ses compagnes.

Sans doute, Marie-Rose est très glorieuse qu'on lui ait choisi pour tutrice le modèle du Pensionnat; mais cette supériorité éclatante l'intimide un peu; l'idée ne lui viendrait pas de confier à Roberte ses ennuis, ses déboires, ses fautes; ou si elle le fait, ce n'est plus avec abandon comme pour l'indulgente Anne. Roberte lui semble tellement au-dessus des imperfections et des petites misères de la vie!...

Ce sentiment des mérites extraordinaires de Roberte demeura si profondément ancré chez Marie-Rose que, bien longtemps après sa sortie du couvent, ayant eu occasion de la rencontrer dans le monde, ce lui fut un sujet d'étonnement de la voir vivre comme le reste de l'humanité, s'occuper des mêmes choses et, vraiment, pas trop supérieure à la moyenne.

Jeanne Thillaye fut la grande admiration de Marie-Rose entre huit et onze ans. Bonne fille, très gaie, d'un excellent caractère, Jeanne était cependant un sujet de trouble pour le Pensionnat. Nulle n'en prenait plus à son aise avec le règlement quand le règlement la gênait. Elle organi-

sait des *meetings* de protestation, grimpait sur
les bancs, faisait des discours, tenait tête aux religieuses. Puis, soudain, elle manifestait un profond repentir, confessait publiquement ses péchés,
demandait pardon et promettait de se corriger. On
croyait la conversion définitive, quand une nouvelle poussée de malice la « replongeait dans le
désordre », comme disait la mère Saint-Boniface
avec une affliction indignée.

Marie-Rose s'attacha à Jeanne comme le dis-
ciple s'attache au maître. Elle-même avait de
fortes tendances à l'indiscipline, mais son champ
d'action était restreint, et elle enviait la grande
compagne à qui son âge avancé et sa ceinture
blanche permettaient de faire beaucoup de sottises. Que Jeanne prît garde à elle, l'associât,
pour si peu que ce fût, à ses expéditions, c'était
le bonheur.

Heureusement, Jeanne était une très honnête enfant, franche comme l'or et pleine d'humilité.
Dans ses périodes de vertu, elle donnait à Marie-
Rose des conseils qui valaient mieux que ses
exemples.

— Ne faites pas comme moi, petite Gourregeolles, je suis trop mauvaise. Le plaisir de faire
des bêtises est bien compensé par le remords
qu'on éprouve ensuite.

Hélas ! Marie-Rose suivit les exemples et

n'écouta pas les conseils. Dans la suite, on put dire d'elle : « Elle est encore pire que Jeanne Thillaye ! »

Marthe Friardel est du même âge que Marie-Rose. Elles ont neuf ans quand elles font connaissance. Après avoir admiré les autres, Marie-Rose eut la satisfaction d'être admirée à son tour.

La complaisance de Marthe, son dévouement, son effacement volontaire sont sans bornes. Quand on gronde Marie-Rose, Marthe fond en larmes. Quand Marie-Rose est au pain sec, Marthe n'a pas d'appétit. Marthe, qui est patiente et appliquée, coud très bien ; Marie-Rose, au contraire, bousille à faire trembler ; elle perd ses aiguilles, casse son fil, défait et redéfait ses coutures tant de fois que le tissu ressemble au canevas de Pénélope. Alors, pendant qu'elle est absente pour sa leçon de piano, la bonne petite Friardel prend l'ouvrage de sa compagne et répare les anicroches. Elle range le pupitre de Marie-Rose toujours en désarroi, cherche, retrouve et, au besoin, remplace les objets que l'insouciante sème perpétuellement sur son chemin. Elle fait les « semaines » de Marie-Rose, chaque fois que cela est possible ; s'assure qu'elle ne sort point sans son fichu quand il fait froid, sans son chapeau quand il y a du soleil.

Marthe, en tout cela, agit discrètement, silencieusement, rien que pour le plaisir d'éviter à sa compagne une punition ou un ennui.

Marie-Rose l'appelle son « brosseur »; elle la tyrannise un peu, la bouscule parfois et la traite avec le sans-gêne que l'on témoigne à ceux de l'affection desquels on est très sûr. Elle prend même un plaisir quelque peu mauvais à la plonger dans des paroxysmes de joie ou de chagrin. Quand elle lui dit : « Tu m'assommes avec ta complaisance perpétuelle; laisse-moi tranquille »; voilà Marthe au désespoir. Mais qu'elle proclame, au contraire : « Il n'y a qu'une Marthe Friardel au monde, et j'ai la chance qu'elle soit mon amie », la petite fille ne se connaît plus de bonheur.

La famille de Marthe est en relations avec celle de Marie-Rose, de sorte que la petite Parisienne va quelquefois passer un congé dans le beau domaine de Saint-Nicolas-aux-Ifs exploité par les Friardel. Marthe a fait partager à toute la famille son admiration pour Marie-Rose. Aussi les jours de visite sont-ils des jours de liesse.

Elle est maîtresse absolue à la maison, au jardin, au verger. Les chevaux restent à l'écurie : peut-être désirera-t-elle faire une promenade en voiture. L'âne ne quitte pas le pré : elle aime à conduire la petite charrette. Le canot dort sur l'étang, paré pour le démarrage. Veut-elle faner aux prairies, aller voir les bestiaux au pâturage, les moutons dans les chaumes, les volatiles à la basse-cour?... que Marie-Rose décide et commande : les choses, les bêtes, les gens sont à son entière disposition.

La petite fille se laisse aduler avec ce dédain que l'on éprouve pour les sentiments trop humblement exprimés ; et, vite lasse de son rôle d'idole, elle cherche du plaisir, non dans l'usage, mais dans l'abus de cette autorité qui lui est départie.

Sa tyrannie a beau être discrète dans ses manifestations, la mère Assomption, pour qui la psychologie infantile n'a rien de caché s'en aperçoit et tance vertement Marie-Rose.

— Ces braves gens, lui dit-elle, vous rendent, sans le vouloir, un très mauvais service. Mais ce n'est pas une raison pour vous montrer avec eux plus exigeante qu'avec les autres. Votre conduite est tout ce qu'il y a de plus vilain.

— Je le sais, ma mère, répond la coupable avec une contrition parfaite ; mais je ne peux pas m'empêcher d'être ainsi avec tous les Friardel. Pourtant, je les aime bien.

Et quand Marie-Rose va vers sa compagne pour lui exprimer son regret, et lui promettre de changer, celle-ci répond avec empressement :

— Oh! non! Marie-Rose, nous t'aimons tant comme tu es; il ne faut pas changer.

Et Marie-Rose ne change point.

Laurence Cormolin est une pauvre petite quasi abandonnée. Sa mère est morte, son père réside à l'étranger. Elle n'a qu'une vieille tante qui s'occupe très peu d'elle.

Laurence a huit ans. Elle est laide et déplaisante. Ses cheveux surtout sont l'objet de continuelles plaisanteries : gros, raides, taillés court, ils poussent dans tous les sens, et malgré les objurgations du peigne et de la brosse, ils se dressent effrontément en pinceaux. Les soins les plus énergiques et les plus persévérants n'ont pu en venir à bout. Les rubans, les caoutchoucs, le peigne rond, voire même la « bandoline » ont successivement échoué.

A cause de sa chevelure, on a surnommé Cormolin « le hérisson ». Les Vertes, encore moins charitables, l'appellent « tête-de-loup ». Laurence tolère « hérisson », mais elle ne supporte pas « tête-de-loup ». A la seule audition du malencontreux sobriquet, elle se cabre, trépigne, frappe du pied et du poing les insolentes. Toutes alors crient en chœur : « Tête-de-loup, hou... hou... » jusqu'à ce qu'elle suffoque de colère.

Jamais Laurence n'est à l'état calme. Elle passe

par des états successifs de joie, de désolation, de
fureur qui lui arrachent des cris discordants. Elle
est mauvaise et malchanceuse; sa figure est perpétuellement barbouillée, ses mains sont sales, il
manque des boutons à son tablier, ses chaussures
ont l'air de savates. On est certain de la rencontrer aux endroits où il y a de la malpropreté, des
atouts et de la casse.

Les Jaunes dont elle est et à qui elle fait
affront, lui disent quelquefois :

— Vous savez, Hérisson, il faut joliment de
la vertu, pour vous supporter.

Le fait est que la pauvre fille n'est pas un
sujet brillant pour le Pensionnat; mais on la garde
et même on la choie, parce qu'elle n'a pas
d'autre refuge. Les religieuses ont fort à faire
pour la défendre contre les attaques de celles
de ses compagnes qui manquent de charité —
attaques, du reste, auxquelles elle répond avec
usure, car nul ne pince et ne griffe avec plus de
maëstria.

Laurence est la fille d'une Violette très stu-
dieuse et très raisonnable mais qui ne s'occupe
pas beaucoup d'elle.

— Il n'y a rien à tirer de cette insupportable
petite bonne femme, déclare le jeune mentor pour
s'excuser de son indifférence.

Alors, d'elle-même, Cormolin s'est mise sous

la protection de Marie-Rose. Quand on la tara-
buste, elle menace d'un air important :

. — Je vais me plaindre à Mlle Gourregeolles,
vous allez voir un peu.

Et Marie-Rose, quand elle entend les cris de
Laurence, s'informe avec une sollicitude égayée :

— Qu'est-ce qu'on fait encore à mon Hérisson ?

Elle est certainement touchée de la protection
que l'on réclame d'elle, et, au fond du cœur,
elle est pleine de pitié pour la petite abandonnée ;
mais comme elle a une horreur instinctive de tout
ce qui n'est pas absolument net, cette pitié est
combattue en elle par la répugnance que lui inspire le désordre et la malpropreté incurables de
sa cliente.

Jamais pourtant, il ne lui arrive de la repousser ;
et la lutte qu'elle doit soutenir contre elle-même
à ce sujet est la première école pratique de charité
que fait sa jeune âme — la première et la plus
efficace.

Hélène de Puyrenaud et Charlotte Périer furent
les grandes amies de Marie-Rose, les amies que
l'on conserve dans la disgrâce comme dans la
prospérité, à travers la vie, jusqu'à la mort. A
elles trois, elles forment un groupe si uni que
celles qui les ont connues alors ne peuvent les séparer dans leur mémoire.

Leur affection ne connut jamais ni bouderie ni caprice. Complètement différentes de manières et d'aptitudes, la conformité de leurs sentiments les rapproche et les unit.

Elles ont une égale horreur des actions laides, mesquines, vulgaires; seulement Charlotte prend la peine de s'en indigner, Marie-Rose les remarque et les oublie vite, Hélène ne les aperçoit même pas.

Aucune d'elles n'est égoïste; mais si Charlotte ne refuse jamais ses bons offices à qui les réclame, elle a un abord très froid qui arrête les confidences, Hélène ne fait pas d'avances, mais rend service avec une générosité pleine de courtoisie. Marie-Rose devine le souci des autres et prévient leur requête; son dévouement est agissant, même pour ceux qu'elle n'aime point.

Parce qu'elles se tiennent à l'écart de toute familiarité, on dit couramment que Mlle Gourregeolles est fière, Mlle de Puyrenaud hautaine, Mlle Périer arrogante.

Toutes les trois sont bonnes élèves : Marie-Rose travaille parce qu'elle aime l'étude, Charlotte parce que le succès ne lui est pas indifférent, Hélène parce qu'elle possède le sentiment inné du devoir.

Les religieuses admettent, et, jusqu'à un certain point, sanctionnent cette grande intimité. Si, d'elles-mêmes, les trois fillettes se réunissent à la même partie de corde, de ballon, de dames ou d'osselets, c'est de par l'autorité qu'elles sont voisines en classe, au dortoir, au réfectoire, dans les rangs. On sent bien que l'influence qu'elles exercent l'une sur l'autre, probablement à leur insu, ne peut avoir sur leur caractère qu'une action bienfaisante.

Le ton si pondéré, si raisonnable d'Hélène vient calmer les indignations parfois excessives de Marie-Rose et ramener Charlotte à une simplicité d'âme qui lui fait défaut. La disposition de Marie-Rose à *connaître* les petits, les faibles, les malheureux, est d'un bon entraînement pour ses compagnes, lesquelles ignorent volontiers tout ce qui est en dehors de leur clan. Le caractère un peu plat de Charlotte éveille et développe le sens pratique chez les deux autres qui ont de la tendance à regarder les étoiles plutôt que le ras de la terre.

Les années passèrent. La vie sépara les trois amies souvent et parfois longtemps. Elles eurent des destinées très différentes. N'importe! leur affection mutuelle demeura toujours aussi ferme, aussi dévouée, aussi entière.

Ce fut, à proprement parler, une liaison d'honnête gens.

Anna Leloutre. — Entre les pensionnaires et les

orphelines, il n'existe aucune relation. Celles-ci
ont leur bâtiment, assez éloigné du Pensionnat,
avec leur réfectoire et leur cour de récréation.
Elles suivent les classes de l'Externat; et, à la
chapelle, leur place est dans la tribune de l'orgue.
Toutefois, la cloison qui sépare les deux catégories n'est pas tellement étanche qu'il ne s'y trouve
quelque fissure. Et l'on ferme les yeux sur une
légère infraction au règlement, quand, de cette
infraction peut résulter quelque bien.

Il existe à l'orphelinat trois pauvres petites
sœurs atteintes de scrofule. La cadette, Anna est
la plus malade; elle ne peut presque pas marcher,
parce que sa hanche est trouée d'abcès en pleine
suppuration. Alors, dès qu'il fait beau, on l'installe, sur une chaise longue de rotin, dans la
Bonne Allée, toujours pleine de soleil. Là, elle
s'occupe à de menus ouvrages, lit, fait un bout de
causette avec celle-ci ou celle-là que le hasard,
une occupation, un mouvement de charité attirent
dans son voisinage. Quand Marie-Rose a mal à la
tête, ce qui arrive assez souvent, la mère Préfète
l'envoie prendre l'air pour une heure ou deux, et
c'est ainsi qu'elle a fait connaissance avec Anna.

Elle arrive les mains pleines de trésors : morceaux de papier glacé et doré que l'adroite petite
malade convertit en découpures charmantes, bouts
de pastels, boîtes de couleurs entamées avec les-

quels elle dessine ou peint des croix, des ancres fleuries, des cornes d'abondance d'où s'échappent les fruits de Chanaan.

Anna est encore chargée de la toilette des poupées. Au couvent, la poupée n'est pas vue d'un œil favorable. On tolère des sujets n'excédant pas vingt-cinq centimètres et dont le domicile légal est le casier aux chaussures, rien de plus. Toutes les réclamations, voire même les pétitions à ce sujet sont demeurées sans résultat. La mère Saint-Jacques donne pour toute raison :

— Il vaut mieux courir, sauter à la corde et jouer au ballon que d'attiffer des Margots. C'est meilleur à la santé.

Pour ce monde minuscule, Anna confectionne des merveilles de soie et de dentelle, et on la récompense en lui envoyant, par l'entremise de Marie-Rose, des livres et des images qui lui font grand plaisir.

La petite pensionnaire rejoint donc Anna qui, lasse, un peu triste, a laissé tomber sur ses genoux la broderie à laquelle elle travaillait. Après un commentaire sur les grands événements du jour, Marie-Rose, qui n'est pas pour les longs repos, court deçà delà, cueillant les fleurs des murailles et des talus ombreux, ou encore celles qui poussent sans permission dans les potagers les mieux tenus. Tout cela va servir de modèle à la jeune infirme pour ses travaux délicats.

Marie-Rose éprouve quelquefois le besoin de se confier à sa très sage amie.

— Vous savez, Anna, je ne suis pas toujours bonne fille.

— Oh! que si, mademoiselle.

— Non, non, allez. Je désobéis, je raisonne, et je suis parfois d'humeur si désagréable que je ne peux supporter rien ni personne. Dans ces moments-là, si tout ne va pas exactement comme je voudrais, je trouve que tout va aussi mal que possible. Je me rends bien compte que j'ai tort et j'en suis très malheureuse; malgré cela je ne me corrige pas.

— Vous n'êtes pas si mauvaise que cela, puisque vous vous repentez.

Rien de touchant comme le spectacle de cette petite infirme dont toutes les minutes contiennent une souffrance, donnant à l'enfant heureuse des leçons de douce philosophie, lui apprenant, sans grands discours, au fur et à mesure des événements, à tirer le meilleur parti possible des situations ennuyeuses, lui affirmant que le bien est toujours à côté du mal et qu'il suffit de le chercher avec persévérance.

A cause de sa douceur, de sa patience, de sa résignation, on dit parfois qu'Anna est un ange.

Mais Marie-Rose est pour les définitions exactes ; elle aime beaucoup les anges qu'elle voit très beaux, très purs, exempts de toute tare, et elle riposte :

— Non, pas un ange, une sainte.

Puis elle ajoute, afin de corriger ce que sa rectification pourrait avoir de désobligeant :

— Ce n'est pas pareil, mais c'est aussi beau.

Anna mourut à quinze ans, le jour de l'Assomption. A la rentrée suivante, Marie-Rose éprouva un réel chagrin de ne plus voir sa chaise longue aux Capucins. Et, après tant, tant d'années, elle conserve à sa modeste petite compagne un souvenir plein de reconnaissance pour les bonnes leçons qu'elle reçut d'elle.

Sophie Truchot. — Tout autre est Sophie Truchot, l'une des orphelines employées au service du Pensionnat.

Truchot a tous les vices..., tous, non, car on ne la laisserait pas en contact avec d'autres enfants : orphelines ou pensionnaires... Mais elle est coquette, effrontée, gourmande, voleuse et menteuse.

Sa gourmandise, ou plutôt sa goinfrerie, passe tout ce qu'on peut imaginer. Quand elle est de semaine au réfectoire, il ne faut pas que la bonne sœur Sainte-Anne la laisse seule une minute ;

autrement, elle opère des razzias complètes dans l'armoire au dessert : pruneaux, raisins secs, noix, amandes, tout y passe. Il lui arriva même, une fois, de manger tout un fromage et de soutenir effrontément que c'était le chat, qu'elle l'avait vu. Elle fit pis encore. Trouvant sur la table de la petite infirmerie quelques bouteilles entamées, que, par une négligence incompréhensible et tout à fait exceptionnelle, on avait laissées atteintes, elle les vida toutes, avalant ainsi successivement du vin de quinquina, de l'huile de foie de morue, du sirop antiscorbutique et de la solution Pautauberge. Le plus curieux est que son estomac ne se révolta point contre l'ingestion de toutes ces drogues.

— Quelle espèce! s'exclama la mère Saint-Jacques avec une indignation d'ailleurs très superficielle. Encore faut-il s'estimer heureux qu'elle n'ait pas pris la pommade camphrée pour s'en faire des tartines!

Malgré tous ces forfaits, Truchot n'est point honnie, pas plus des maîtresses que des enfants, parce qu'elle met une certaine crânerie, une certaine honnêteté à ne point se montrer meilleure qu'elle n'est.

Marie-Rose et elle sont aussi bonnes amies que le permettent le règlement et la discipline. Il existe entre elles deux, si dissemblables pourtant, de nature et d'éducation, une entente parfaite, un échange permanent de bons offices.

Quand Truchot est de semaine au pensionnat, les chaussures de Marie-Rose sont plus brillantes que celles des autres, son lit mieux dressé, son verre plus net.

Truchot est pleine d'admiration pour Mlle Gourregeolles dont le savoir, d'ailleurs très ordinaire, la confond. Afin de l'entendre parler anglais, faire une démonstration de calcul au tableau noir, suivre sur la carte murale un voyage imaginaire qu'elle indique à ses compagnes à l'aide d'une baguette, Truchot se tient dans les parages de sa classe, ayant en main pour se donner une excuse, tout un attirail à fourbir, comme si le bouton des portes qui enferment Marie-Rose avaient besoin d'un entretien spécial.

De son côté, la petite pensionnaire — et ce n'est pas tout à fait à son honneur — s'amuse énormément de la mauvaise conduite de Sophie, des histoires qu'elle raconte, des thèses qu'elle expose — car Truchot est une personne à principes et à thèses, et Dieu sait la qualité des uns et des autres!...

De chacune de ses sorties, Marie-Rose rapporte à Truchot des colliers de faux ambre ou de faux corail, des bouts de ruban, des morceaux de tulle, dont l'autre se pare dès qu'elle se croit à l'abri de la surveillance. C'est absolument défendu, mais Marie-Rose accepte bravement les conséquences de ses infractions à l'ordre. Son casier à chaussures est envahi par toute une contrebande de chiffonnaille et de verroteries variées qu'il faut dérober aux investigations de l'autorité.

Truchot aime qui aime Mlle Gourregeolles et hait qui lui veut du mal. Elle respecte Hélène et Charlotte, s'entend au mieux avec Marthe Friardel qu'elle aide à réparer les étourderies de leur idole commune. Par contre, elle abomine Cormolin, parce qu'elle sent l'aversion cachée qu'inspire la vilaine petite fille à la pensionnaire soignée qu'est Marie-Rose.

Mais elle exècre par-dessus tout la mère Saint-Boniface et Alice Gagneur qu'elle accuse, sans autre examen, de toutes les punitions, de tous les ennuis qui échoient à Marie-Rose. Il n'y a pas de tours pendables qu'elle ne joue à ces prétendus bourreaux

Pour ce qui est de la religieuse, la malice de Truchot est forcément contenue dans des bornes assez étroites : moitié respect et moitié crainte, ses actes restent très en dessous de ses désirs. Mais pour Gagneur, la persécution est sans limites. Au dortoir, elle fait des doubles nœuds à son sac à peignes et à brosses; elle met ses draps à l'envers afin qu'on sente bien le surjet fait au gros fil. Au

réfectoire, les assiettes fêlées, les salières ébré-
chées, les bouteilles qui se tiennent de travers
sont pieusement réservées à Mlle Gagneur.

Truchot se donne bien garde de conter ces
hauts faits à Marie-Rose et surtout de lui dire
qu'ils s'accomplissent en son honneur. Marie-Rose
n'est pas un modèle de patience, mais elle est
franchement ennemie de ces petites menées sournoises qu'elle déclare méprisables; et Truchot le
sait mieux que personne.

Une fois pourtant, elle fit une chose tellement
horrible et dégoûtante qu'il s'ensuivit un scandale
public et que Marie-Rose manqua bien de se fâcher avec elle pour tout de bon.

Alice Gagneur jouit d'une foule de privilèges,
celui, entre autres, d'avoir des confitures au repas
de midi. Or, pour obtenir le moindre changement
au régime alimentaire, il faut un certificat de médecin. Comment fut libellé ce certificat attestant
que Mlle Gagneur avait besoin d'un supplément
au menu, et que ce supplément consistât en gelées,
marmelades, confitures?... On ne le sut jamais.
Mais Mme Gagneur est, comme sa fille, une personne qui sait se retourner; où d'autres échouent,
elles réussissent, grâce à leur esprit d'intrigue et
à leur ténacité.

Il n'y aurait encore pas eu trop de mal — les
compagnes d'Alice étant, pour la plupart, dédai-

gneuses de telles misères et ne connaissant point l'envie — si Gagneur n'avait aggravé son cas par des réflexions saugrenues telles que : « Ces cerises sont délicieuses !... Oh ! des groseilles framboisées... mes délices !... » qu'elle faisait de manière à être entendue par ses voisines.

Truchot, indignée de voir Mlle Gagneur déguster des confitures pendant que Marie-Rose grignotait sa dernière croûte de pain, résolut de venger celle que, en raison de sa propre gourmandise, elle considérait comme une victime. A cet effet, elle inséra, au plus profond d'un pot de mirabelles, un vieux petit chiffon très sale et très gras qui avait servi à frotter une broche de cuisine tachée de rouille.

La découverte de cette horreur amena autour de la table un accès de dégoût mélangé de joie. La plupart, tout en honnissant la coupable, crièrent *haro* sur la victime.

— C'est bien fait pour Gagneur ; elle est si désagréable qu'on a du plaisir à lui voir de l'ennui.

Truchot étant de semaine au réfectoire, il n'y eut pas besoin d'une longue enquête pour établir les responsabilités. Outre la pénitence à l'orphelinat dont on ne parla point, mais qui dut être sévère, et l'interdiction de tout service au Pensionnat pendant un mois, Truchot fut condamnée

à faire des excuses à Mlle Gagneur; et naturellement, ce furent de bizarres excuses. Alice par-
donna avec solennité et grandiloquence.

— Pensez-vous quelquefois au bon Dieu, Sophie Truchot?

— C'est bien forcé, mademoiselle, on en parle
tout le temps ici.

— Quand donc le priez-vous?

— Quand cela se trouve, mademoiselle, et
quand on m'y oblige. Je ne le prie pas aussi souvent que vous, bien sûr, parce que le bon Dieu est
comme tout le monde, il n'aime pas qu'on l'ennuie...

— Sophie Truchot!... interrompit sévèrement
la Préfète des orphelines, qui assistait à l'entretien.

— ... mais je le prie tout de même, poursuivit
Truchot sans se démonter.

— Et que demandez-vous dans vos prières?

— Que vous deveniez bientôt très savante.

— Oh! c'est bien, cela, Sophie Truchot, je
n'attendais pas tant de vous.

— ... afin que vous quittiez le couvent le plus
tôt possible.

L'air d'Alice se fit plus pincé que jamais.

— Ma pauvre Sophie Truchot, vous avez l'âme
bien noire. Pour vous pardonner vos insolences, il
faut vraiment que je sois un ange descendu du
ciel.

— Oui..., et bien, pendant que vous y étiez, au

ciel, vous auriez bien fait d'y rester, car ce n'est pas sûr que vous y retourniez.

Cette répartie mit fin au colloque, et Truchot fut expédiée à l'Orphelinat chargée des blâmes les plus sévères.

En dépit des apparences, l'action que Marie-Rose et Sophie eurent l'une sur l'autre, donna d'excellents résultats. Au contact, pourtant éloigné de la jeune pensionnaire, Truchot perdit de sa vulgarité; ses mauvais penchants s'atténuèrent. Où l'autorité des maîtresses, les réprimandes, les punitions avaient échoué, le souci de l'opinion de Mlle Gourregeolles réussit en partie. D'autre part, cette cure morale tacitement confiée à Marie-Rose lui fut extrêmement favorable à elle-même. Les défauts de Sophie étaient trop apparents, trop grossiers pour avoir prise sur la fillette aux instincts délicats qu'elle était, et la crainte scrupuleuse de donner le mauvais exemple à Truchot, empêcha la petite Gourregeolles de faire beaucoup de sottises.

Dans la suite, elle fut bien récompensée de son jeune apostolat.

Elle était mariée depuis quelque temps, quand, un jour, elle vit entrer chez elle une jeune personne ayant l'apparence d'une femme de chambre de bonne maison.

— Madame ne me reconnaît pas? demanda la visiteuse avec un étonnement chagrin.

— Non, vraiment... Ah! Sophie!... mais qu'elle est changée!... comme elle paraît sage!...

— Je le suis devenue aussi, allez, madame. Quand j'ai su que vous étiez sur le point de vous marier, je me suis mise en tête d'entrer à votre service, aussitôt que j'en serais digne, et j'ai demandé à notre Mère de me placer en condition pour faire mon apprentissage. On ne croyait pas que je persévérerais, mais j'avais si grande envie de réussir!... On a encore fait des difficultés pour me laisser partir à Paris. La mère Saint-Jacques disait — cela ne va pas fâcher madame?...

— Non, Sophie; je me doute un peu de l'opinion de la mère Saint-Jacques.

— Elle disait donc : « Marie-Rose n'est déjà pas si raisonnable... Voyez-vous Truchot arrivant dans ce petit ménage... » On doit vous écrire à mon sujet pour vous faire toutes sortes de recommandations; mais j'ai voulu voir d'abord par moi-même comment je serais accueillie. J'ai un bon certificat de ma maîtresse. Elle était fâchée que je la quitte; et moi aussi, à dire vrai. Alors je lui promis de revenir si vous ne vouliez pas de moi.

Comme Marie-Rose paraissait un peu effarée

et que toute son attitude reflétait le souvenir des méfaits de Sophie, celle-ci repartit avec empressement :

— Oh! soyez tranquille, madame, je suis bien corrigée. On peut me confier la clé de toutes les armoires : celle des friandises comme celle des chiffons.

— Et j'espère aussi, fit Marie-Rose en riant, celle de la pharmacie.

La glace était rompue. Les anciennes locataires du vieux couvent se mirent à rire, puis à causer de bonne amitié.

— C'est que, voyez-vous, ma pauvre Sophie, je ne suis pas seule maintenant, et un mari est plus difficile à servir qu'une petite pensionnaire.

— Que madame se rassure; j'ai si grande bonne volonté, que je suis presque sûre de réussir.

Et, de fait, Marie-Rose eut en Sophie la femme de chambre la plus adroite, la plus dévouée, la plus fidèle qui se puisse imaginer. Ce fut, à proprement parler, une amie — amie de condition inférieure et qui sut toujours se tenir à sa place, mais sur qui elle put compter, qui connut ses ennuis, ses inquiétudes, ses peines, qui les comprit, les partagea, et, jusqu'à un certain point, les atténua.

Tel est le bilan des amitiés de Marie-Rose. Ces

amitiés furent très différentes dans leur nature, leur intensité, leurs manifestations, mais elles furent toutes sincères et durables.

III

ÉLÈVES ET MAITRESSES

Il est superflu de dire que les religieuses ont des préférées parmi leurs élèves. Quoi d'étonnant à ce que des femmes privées de famille s'attachent à certaines enfants plus intelligentes, meilleures, mieux douées, d'une manière ou de l'autre, que leurs compagnes. Mais le règlement est là, rigoureux et observé, qui s'oppose à toute manifestation de cette sympathie plus grande.

Et la préférence reste une préférence d'estime, n'entraînant aucun privilège pour les favorisées.

Il est de notoriété publique que la mère Marie-Joseph et Roberte Le Faulq sont grandes amies. La mère Marie-Joseph, qui est professeur aux Violettes, est une érudite; il est tout naturel qu'elle éprouve du plaisir à causer avec Roberte que toutes reconnaissent pour une nature supérieure.

Avec l'assentiment de la mère Préfète, mère Marie-Joseph fournit à son élève des livres de la

18

Communauté pour suppléer la bibliothèque du Pensionnat qui est un peu courte. La jeune fille, à son tour, rapporte de ses sorties, des ouvrages nouveaux qui documentent la maîtresse, lui permettent de faire une classe plus vivante, plus nourrie.

Si la mère Marie-Joseph donne à Roberte des notes excellentes, c'est que celle-ci les mérite. Elle est première au cours de lettres, comme elle est première au cours de sciences, à l'anglais, à la musique, partout enfin; et nulle ne songe à s'étonner ni à croire au passe-droit.

La mère Saint-Paul, que les enfants appellent « la Justice », témoigne à Hélène de Puyrenaud, la plus affectueuse considération. Pendant la collation, où l'on n'est pas strictement tenu de jouer, on les voit quelquefois aller et venir, en causant gravement, au milieu des ballons et des cordes à sauter. La maîtresse se plaît à suivre chez son élève l'éclosion précoce d'un bon sens plein de droiture, d'élévation, de fermeté. Il arrive même que, pour une mesure concernant le Pensionnat, elle lui demande son avis :

— Qu'en pensez-vous, Hélène?

Ce n'est pas que la mère Saint-Paul ait besoin des conseils d'une pensionnaire de quinze ans, si raisonnable qu'elle soit; mais elle est bien aise de connaître son opinion sur tel et tel point qui la touche de près.

Toutefois, quand Hélène se rend coupable de quelques petits accrocs à l'ordre — l'ordre est très en honneur au couvent, et c'est le côté faible d'Hélène — la mère Saint-Paul lui marque des mauvais points et l'envoie à la confiscation ni plus ni moins que les autres. Et la prédilection bien connue de la mère Saint-Paul pour Hélène ne fait alors qu'affirmer ce beau nom de « la Justice » que les enfants lui ont décerné.

Une amitié à la fois comique et touchante est celle de la mère Saint-Ignace pour Laurence Cormolin.

La mère Saint-Ignace fait un dortoir et une récréation ; de plus, elle est maîtresse de la petite infirmerie. Les bobos de toute sorte : engelures, bosses au front, genoux écorchés, doigts pincés, nez qui saignent, quenottes qu'on enlève avec un bout de fil, tout cela est de son ressort.

C'est elle aussi qui administre les médicaments quotidiens. Or, la pauvre Laurence est une enfant à croissance retardée et difficile. Il y a toujours quelque chose à refaire à sa gorge, ses yeux, son nez ou ses oreilles. Il lui faut des dépuratifs et des fortifiants. Aussi est-elle une cliente assidue de la petite infirmerie.

Est-ce de la voir sans cesse, alors que les autres ne sont que des oiseaux de passage? est-ce pitié pour des maux qu'elle est, plus que n'importe qui, à même d'apprécier? ou bien y a-t-il réminiscence de quelque jeune malade connue autrefois et tendrement chérie? Toujours est-il que la mère Saint-Ignace, ordinairement bourrue, témoigne à Laurence une affection pleine de douceur et d'indulgence qui ne ressemble en rien à sa manière habituelle.

— Que peut-on exiger, je vous le demande, de cette pauvre petite qui a déjà tant de peine à vivre? dit-elle, comme excuse à sa pitié.

Elle prend Laurence sur ses genoux, l'encourage par de bonnes paroles, des pastilles et des quartiers d'orange, à ingurgiter les drogues auxquelles l'enfant est condamnée à perpétuité.

Aussi quand, trois fois par jour, la bonne sœur Sainte-Claire fait sa tournée dans les classes et prononce cet appel qui est de son cru et dont on ne songe même plus à rire :

— Huile de foie de morue et compagnie!...

Il faut voir Cormolin se précipiter vers le couloir, gravir l'escalier, se faire faire place pour entrer la première à l'infirmerie qu'elle semble considérer comme son fief. On peut l'apostropher sans qu'elle s'attarde à répondre.

— Ne bousculez donc pas, Hérisson, dit une

Bleue, vous voyez bien que tout le monde se range pour Votre Majesté Sérénissime.

— Tête-de-loup, crie une Jaune, avez-vous fini de me tirer mon sarrau? je vous allonge une tape, moi.

— Ecoutez, Cormolin, fait une Blanche, je vous interdis de m'approcher, à moins que vous ne vous soyez préalablement mouchée, et encore!

La mère Saint-Ignace, attirée par le conflit, ouvre la porte, prend la fillette à son cou, la dodeline, l'appelle « ma poule dorée ».

Et les petites moqueuses de repartir :

— Ah! elle est belle, la « poule dorée », un balai à ramoner les tuyaux de poêle, oui!

Alors, la mère Saint-Ignace, qui n'est pourtant point prolixe, se montre éloquente pour défendre sa bien-aimée.

— Prenez garde que le bon Dieu ne vous punisse en vous rendant pires, vous, ou les enfants qu'il vous donnera un jour. Si ma petite Laurence n'a point les perfections du corps, elle a les trésors de l'âme, ce qui est bien préférable.

Les enfants ne répliquent point, parce que, si elles sont étourdies, elles ne sont point méchantes, et qu'elles seraient désolées de faire de la peine à la mère Saint-Ignace ou à sa pupille. Mais elles se disent que l'amitié est aveugle et

que les trésors de l'âme du Hérisson sont loin
d'être manifestes.

Le cas le plus bizarre et le plus inexplicable
est celui de Fernande Béraud et de la mère du
Sacré-Cœur-de-Jésus.

Fernande a complètement accaparé la religieuse.
Elle ne souffre point que ses compagnes touchent
un livre, un porte-plume ni quoi que ce soit appartenant à son idole. En classe, elle a trouvé moyen
d'être tout près de la chaire. Dans les rangs, elle
manœuvre de façon à se trouver aux côtés de la
mère du Sacré-Cœur. Elle prend des airs confi-
dentiels pour lui dire les choses les plus banales.
Entre elles deux, flotte toujours du mystère. A la
moindre observation de la mère du Sacré-Cœur,
Fernande prend des airs désespérés, alors que les
réprimandes des autres la laissent complètement
indifférente. Pendant le mois de juin, le petit
autel de la classe est paré de fleurs rouges, sans
cesse renouvelées par Fernande qui laisse entendre
que cet hommage n'est pas seulement pour le
divin Cœur, mais encore, et peut-être surtout,
pour celle qui porte si dignement son nom. Et
elle est fière d'arborer la ceinture rouge, comme
les chevaliers du Moyen Age étaient fiers d'arborer les couleurs de leur dame.

Ce qu'il y a de plus curieux dans cette

passion, c'est que rien ne semble la motiver.

La mère du Sacré-Cœur est juste mais sèche, quinteuse et d'un esprit morose. Son cours est fait avec une conscience indiscutable, mais sans entrain et sans vie. De tout le temps que Marie-Rose passa au couvent, ses deux années de Rouges comptent parmi les plus maussades.

D'autre part, Fernande possède une de ces natures sans relief qui n'inspirent ni sympathie, ni haine, ni intérêt d'aucune sorte, et qui semblent réfractaires à tout emballement. Mais c'est une vaniteuse qui, au fond, s'exaspère de l'indifférence de son entourage. Cette petite comédie passionnelle est tout ce que son orgueil — de qualité médiocre comme ses autres capacités — a trouvé de mieux pour attirer et retenir l'attention générale.

Après quelques observations particulières dont Fernande affecta un chagrin exagéré, mais dont elle ne tint pas compte, la mère Préfète l'entreprit un jour aux Billets, lui déclara avec fermeté que ses grimaces n'intéressaient personne, ni ses compagnes qui les trouvaient ridicules et niaises, ni la maîtresse, qui avait trop de charité pour lui marquer l'ennui qu'elle en éprouvait. Et le bon froissement d'amour-propre qui s'ensuivit termina l'affaire.

La prédilection de la mère Saint-Boniface

pour Alice Gagneur fut légendaire au couvent.

Gagneur est le type de la « bonne enfant »,
respectueuse du règlement, obéissante à ses maîtresses, assidue au travail, recueillie aux exercices
de piété; mais c'est une bonne enfant « fieffée »,
au dire de Marie-Rose dont elle est l'ennemie en
pied : sèche, égoïste, sournoise, orgueilleuse, méprisante, jalouse, tout cela dosé avec prudence, dans la
mesure exacte où l'on n'encourt point de reproches.

Personne ne l'aime, ni ses maîtresses, ni ses
compagnes. Comme, à proprement parler, sa conduite n'a rien de répréhensible, on ne peut pas
lui marquer de mauvaises notes, mais on ne lui
témoigne ni estime ni confiance.

Les enfants se réjouissent de tous les désagré-
ments qui peuvent lui arriver. Si l'on entend parler
d'une tuile qui lui tombe sur la tête, il n'est pas
besoin de chef d'orchestre pour régler l'exclamation générale : « C'est bien fait pour Gagneur! »

Son impopularité n'a d'égale que celle dont
jouit la mère Saint-Boniface. Ces deux équiva-
lences se complètent, forment un tout très fâcheux. Ensemble, elles déplorent la perversité et
l'aveuglement du genre humain; ensemble, elles
cherchent les moyens coercitifs les plus propres à
la régénération universelle; car leur idéal habituel
est la « loi de crainte », celle où le feu ardent, les
bêtes féroces, la peste, la lèpre et autres plaies

terrifiantes sont toujours prêtes à châtier le crime. Ensemble encore, dans leurs jours de miséricorde, elles récitent des prières interminables pour désarmer la colère céleste et faire contrepoids aux iniquités du monde.

Mais si, pour toutes les autres, leur mine est revêche et leur parler déplaisant, dans leurs rapports mutuels, elles sont tout sucre.

Alice joue auprès de la mère Saint-Boniface le rôle de factotum. C'est elle qui, à l' « armoire », délivre, sous le contrôle de la maîtresse, les fournitures classiques à ses compagnes. C'est elle qui distribue les papiers de dévotion dont la mère Saint-Boniface fait un usage indiscret. Et elle est récompensée de ses bons offices par des croûtons dorés à la collation, une place de choix au dortoir, les cahiers les plus frais, les plumes les meilleures, par tout ce qui peut être un privilège sans constituer une injustice.

Il faut dire, à leur décharge commune, qu'elles sont absolument de bonne foi. La mère Saint-Boniface est persuadée que c'est la sagesse précoce de Gagneur qui la voue à la persécution; et Gagneur, que la haute vertu de la mère Saint-Boniface ne saurait être appréciée que d'un très petit nombre, peut-être même d'elle seule.

Leur avis est loin d'être partagé par la multitude. On s'irrite bien parfois des effets de leur bonne entente, mais on n'en est pas jalouses. Personne ne voudrait être l'amie de Gagneur, ni la préférée de mère Saint-Boniface.

Cela dura jusqu'au jour — jour béni pour la majorité — où la Surveillante générale, appelée à d'autres fonctions, fut remplacée par la mère Saint-Jacques, laquelle apprécia les mérites de Gagneur d'une toute autre façon.

IV

MARIE-ROSE ET QUELQUES RELIGIEUSES

Marie-Rose, cela va sans dire, fut en meilleurs termes avec certaines de ses maîtresses qu'avec certaines autres. Quelques-unes — le plus grand nombre — lui témoignèrent une sympathie pleine d'indulgence; quelques autres une prévention qui, pour être discrètement exprimée, n'en était pas moins très appréciable; d'autres encore, une sévérité rigoureuse destinée à l'amélioration de son caractère — mauvais moyen qui, s'il n'avait eu comme contrepoids l'extrême bonté qui était la note dominante au couvent, aurait pu avoir pour elle des résultats déplorables. Il faut ajouter que, grâce à la discipline congréganiste, si forte quand elle est bien observée, ni ces sympathies ni ces préventions ne donnèrent lieu à la moindre injustice, sauf une fois.

On dit au Pensionnat que Marie-Rose est une des chéries de la mère Assomption, et la fillette a bien conscience que c'est un peu vrai. Mais quoi d'étonnant à ce que la Préfète témoigne une sollicitude plus grande à l'enfant sans mère qu'elle a connue toute jeune et dont elle supporte l'entière responsabilité?

Si la mère Préfète passe aisément l'éponge sur les méfaits de Marie-Rose, c'est parce qu'elle sait bien que ces méfaits font plus de bruit que de mal. Elle sait que si l'étourdie fronde aisément l'autorité, du moins elle ne la dénigre pas, que si elle a mauvaise tête, elle n'a point mauvais esprit, et qu'elle aime sincèrement ses compagnes, ses maîtresses et son couvent.

Marie-Rose a, pour la mère Assomption, une confiance, un respect, une vénération sans bornes. Jamais l'idée ne lui viendrait d'user de la petite prédilection qu'elle-même devine, pour se permettre la moindre familiarité ou réclamer le plus léger passe-droit. Sa considération pour la chère maîtresse se trouverait diminuée si elle la croyait capable d'une faiblesse, et cette diminution lui causerait le plus vif chagrin.

Marie-Rose fut, pendant ses deux années de

Blanches, l'élève préférée de la mère Saint-Bernard, à cause de leur goût commun pour l'histoire; mais la préférence fut strictement limitée au travail. Si Marie-Rose ne fut point punie, c'est qu'elle écoutait, docile et appliquée, les excellentes leçons qui l'intéressaient, et que le travail accompli avec goût la maintenait dans la sagesse.

La fillette, de son côté, témoigna à la mère Saint-Bernard une affection faite d'admiration pour sa science et d'estime pour son esprit de droiture; mais cette affection demeura toujours dans les bornes du respect et de la soumission.

Marie-Rose fut très camarade avec la mère Saint-Jacques. Il n'y eut jamais entre elles une minute de désaccord, et le souvenir de la bonne religieuse éveille dans son âme une gaieté attendrie.

En général, les pensionnaires aiment beaucoup la mère Saint-Jacques; et la mère Saint-Jacques aime beaucoup les pensionnaires, hormis celles qui sont menteuses, rapporteuses ou grognon; mais elle a un faible pour Marie-Rose, et voici pourquoi :

Bien qu'elle ne le manifeste pas ouvertement, la mère Saint-Jacques n'est pas ennemie des bêtises, quand les bêtises ne sont ni cruelles ni inconvenantes. Or, Marie-Rose détient le record de l'espèce; non seulement elle en a un fonds per-

sonnel qui semble inépuisable, mais elle excelle à
dépister et à raconter toutes celles qui traînent au
Pensionnat. La mère Saint-Jacques écoute ces
beaux récits avec un : « Mais... mais... oh!
mais!... » qui voudrait être sévère; seulement,
l'expression de son regard et un petit plissement
tout particulier de ses joues donnent à sa bonne
figure un air très amusé. On voit bien qu'elle rit
en dedans.

La mère Saint-Jacques punit rarement et jamais
elle ne transmet de rapports à l'autorité. Elle fait
elle-même sa police, d'une manière un peu rude,
mais qui ne fâche personne. Sa préférence pour
Marie-Rose ne l'empêche pas de la secouer ferme
quand elle juge que cela est nécessaire.

Marie-Rose fut certainement la passion de la
mère Sainte-Thérèse; de cela, nul ne douta au couvent, même, et surtout, les principales intéressées.

La mère Sainte-Thérèse est la maîtresse des
Vertes. Elle était déjà vieille, quand la petite
Gourregeolles entra au couvent. Peut-être n'avait-
elle jamais connu d'enfant si jeune, ou bien c'était
au temps où elle était encore incapable d'apprécier
l'intérêt charmant qu'offre l'éducation d'un tout
petit être. Le fait est qu'elle accueillit Marie-Rose
avec une tendresse de grand'mère — tendresse
émue, inquiète, mais qui pourtant ne dégénéra ni

en mièvrerie de langage, ni en gâterie d'aucune sorte. Cette prédilection se traduisit seulement par un plus grand souci de la conduite de l'enfant, plus de chagrin pour ses sottises, plus de joie pour ses succès, une sollicitude plus grande en tout.

Certes! Marie-Rose aime bien la mère Sainte-Thérèse; elle est pour elle pleine d'attentions; elle lui transporte sa chaufferette, ferme le rideau dès que le soleil l'incommode et, au moindre soupçon de fatigue, ne fait pas plus de tapage qu'une petite souris. Mais, ainsi qu'on en use avec les gens de l'affection desquels on est très sûr, elle se montre tout à fait sans façon avec la bonne religieuse. De plus, comme elle est extraordinairement brouillon et maladroite, ses prévenances tournent souvent en catastrophes.

L'été, pour protéger la mère Sainte-Thérèse contre le soleil qui parfois s'obstine à percer le mince rideau de basin blanc, elle installe des tableaux de lecture qui, neuf fois sur dix, dégringolent sur la tête de la maîtresse, quand ce n'est pas Marie-Rose elle-même qui dégringole du tabouret où elle est perchée. L'hiver, si elle juge que la chaufferette a besoin d'être « mouvée », elle tire de leur petite maison de bois le pot à braise et la pelle plate; et, malgré les protestations de la pauvre bonne femme, remue, secoue, tapote, jusqu'à l'extinction complète des feux.

Elle était une grande pensionnaire qu'elle éprouvait encore le besoin de venir faire ce ménage chez les Vertes, où, d'ailleurs, elle se sentit toujours chez elle, et où elle fut toujours bien accueillie.

Elle entre en coup de vent.

— Bonjour, la mère que j'aime de tout mon cœur !... bonjour, les Perrettes,

Il est de tradition au couvent de donner aux plus petites le surnom de « Perrettes ». Les Vertes l'acceptent sans protester, mais les Jaunes se rebiffent.

— Pas plus Perrette que vous, Bleue.

La brave religieuse s'informe avec une sollicitude un peu inquiète si tout va bien pour sa chère fille..., si elle est sage..., si elle vit en paix avec son entourage..., si elle espère une bonne place en composition... Hélas ! les nouvelles, trop souvent, ne sont pas fameuses, même pour le travail. Car si Marie-Rose aime l'étude, elle l'aime à sa façon qui n'est pas toujours celle de sa maîtresse. Elle entre alors en conflit avec l'autorité et cela chagrine la mère Sainte-Thérèse.

D'autres fois, Marie-Rose est envoyée officieusement chez les Vertes. En étude, elle est tranquille tant qu'elle a des devoirs à faire et des leçons à apprendre ; mais sa besogne finie, elle de-

vient très dissipée et l'on se débarrasse d'elle volontiers.

— Allez donc voir si la mère Sainte-Thérèse
n'a pas besoin de vos services.

Ces permutations ne sont pas inscrites au règlement; mais, dans bien des circonstances, Marie-
Rose est traitée en dehors du commun. On l'a vue
si petite!

La mère Sainte-Thérèse ne refuse jamais les
services de sa fille, quand ce ne serait que pour la
soustraire aux occasions de malice et aux punitions qui s'ensuivent.

Pendant que la vieille religieuse fait du rangement, ou se repose un peu en disant son chapelet,
Marie-Rose s'improvise maîtresse d'école. Avec
une patience attentive dont on la croirait difficile-
ment capable, elle montre les lettres aux petites
« Croix de par Dieu », ou bien, une longue baguette à la main, explique les tableaux d'histoire
sainte. Et la maîtresse s'émerveille de la voir
tenir appliquées les plus turbulentes comme les
plus bornées de ses élèves.

C'est que Marie-Rose aime incroyablement les
petits enfants, qu'elle devine les choses qu'il convient de leur dire et la manière dont il faut le
leur dire pour les émouvoir et les intéresser.

— Elle a beaucoup de moyens, dit quelquefois
la mère Sainte-Thérèse à sa sœur Saint-Boniface

pour l'amener à de meilleurs sentiments envers
Marie-Rose.

— Oui, répond l'implacable Surveillante; c'est
dommage seulement qu'elle s'en serve si mal.

Les jours de grande composition, il faut que
Marie-Rose vienne aux Vertes réciter un *Veni
Creator* pour implorer les lumières du Saint-
Esprit. A l'anniversaire de sa naissance, — parce
que ses deux fêtes Rose et Marie tombent en
pleines vacances, — la fillette ayant sous les yeux
une vieille gravure représentant sainte Rose de
Lima, doit écouter avec recueillement une homélie
sur sa patronne. Mais la cérémonie capitale est
celle de la rénovation des vœux du baptême. A cet
effet, la mère Sainte-Thérèse réquisitionne, chaque
année, à la sacristie, un bout de cierge qu'elle
allume et devant lequel Marie-Rose doit renoncer
à Satan, à ses pompes et à ses œuvres.

Tout cela se passe portes closes, avec un air
vaguement mystérieux qui égaye beaucoup la
petite pensionnaire; mais elle n'en laisse rien voir.
Quoi qu'elle ne soit point pour les formules ni
pour les cérémonies, et qu'elle se trouve plus en-
gagée par sa conscience que par des mots, elle se
prête de la meilleure grâce du monde, aux lubies
de la chère bonne femme à qui, pour rien au
monde, elle ne voudrait faire de peine.

Quand Marie-Rose est en révolte contre les pou-

voirs autorisés, c'est la mère Sainte-Thérèse qui,
tout doucement, l'amène à résipiscence. Quand
Marie-Rose est découragée plus que de raison —
sans raison même parfois — c'est encore la mère
Sainte-Thérèse qui la réconforte, lui rend ce qui
lui fait trop souvent défaut : la confiance en
elle-même. Dans les moments, rares heureusement,
mais abominablement pénibles, où Marie-Rose se
sent de l'amertume au cœur, c'est la mère Sainte-
Thérèse, toujours, qui lui inspire la mansuétude
envers ceux qui lui font ou lui veulent du mal,
et la résignation aux événements inéluctables. Devant la mère Sainte-Thérèse seulement, Marie-
Rose pleure sans contrainte; et c'est merveille
d'entendre cette femme, de culture très ordinaire,
trouver une telle éloquence pour consoler son enfant.

Ce fut seulement plus tard — beaucoup plus
tard — que Marie-Rose comprit de quelle affection
rare et précieuse la mère Sainte-Thérèse l'avait
aimée, une de ces affections qui se donnent sans
mesure, qui ne s'imposent point et n'exigent aucun retour, une affection que rien ne décourage,
pas même l'indifférence ni l'ingratitude, et que
les pires disgrâces, ni même l'abjection n'arrivent
pas à rebuter.

Une amitié très comique fut celle de la mère

Saint-François de Sales. On n'a pas idée d'une aussi drôle de petite bonne femme. Elle est courte, toute ronde, et cependant menue. Sa tête ressemble à une pomme un peu ridée et rougie par le soleil. Les enfants l'appellent la mère « Pomme d'api » ou simplement la mère « Pomme », ou plus simplement encore, mais avec un peu d'irrévérence « Pomme » tout court. Ses petits yeux vifs remuent sans cesse et sa bouche toute plissée marmotte continuellement.

La mère Saint-François de Sales n'a plus les idées bien nettes. Toute seule dans le monde, elle aurait du mal à se gouverner et ne rendrait aucun service. Mais en Communauté, on tire parti de toutes les capacités, voire même des déchets. La mère Saint-François de Sales a trouvé son emploi ; elle tricote à perpétuité. Dieu sait la quantité de paires de bas qui sortent chaque année de ses mains diligentes! Sa vie intellectuelle tout entière, tient dans le tricotage; et les instruments de travail revêtent à ses yeux une vague personnalité. Elle leur parle, les admoneste, leur enjoint de faire de bonne besogne. Elle gourmande tour à tour les aiguilles parce qu'elles ne glissent pas à son gré, la laine parce qu'elle se tord, le peloton parce qu'il vagabonde sur le sol.

Elle n'a, bien entendu, aucun rapport avec les pensionnaires. En allant et venant, on la rencontre avec son éternel tricot et son éternel marmottage ; c'est tout.

Mais Marie-Rose la fréquente quelquefois aux Capucins près de la chaise longue d'Anna Leloutre ; c'est là qu'elles ont lié commerce d'amitié. La petite pensionnaire est scrupuleusement tenue au courant du travail de la mère Pomme. Elle sait quand on termine un bas, quand on en est aux rappetis ou au « cœur de talon ».

Les confidences de la tricoteuse prennent quelquefois une allure plus amicale, plus personnelle.

—Mademoiselle Gourregeolles, je vous en ferai une paire de rouges..., tout rouges comme la soutane des clercs..., pour entrer dans le monde, s'entend.

Aux yeux de la bonne mère, comme aux yeux de beaucoup de ses compagnes, « entrer dans le monde » signifie sortir du couvent.

Les amies de Marie-Rose même ont part à la bonne volonté de la mère Pomme.

— Pour Mlle de Puyrenaud, une paire de bleus, un beau bleu ciel. Pour Laurence Cormolin, des gris, parce que, vous savez... — je ne voudrais pas vous chagriner, c'est votre fille — mais Laurence Cormolin n'est pas... heu... très soigneuse.

Marie-Rose fait signe que son opinion là-dessus est faite depuis longtemps.

— Donc : Mlle de Puyrenaud, bas bleus...,

côtes jumelles : deux mailles à l'endroit, deux à l'envers..., fait la mère Saint-François de Sales comme pour se résumer. Croyez-vous qu'elle sera contente?...

— Je crois bien. Et pour mes rouges aussi, des côtes jumelles?

— Non, fait la mère Pomme avec l'assurance que donne une longue réflexion, des côtes boiteuses : trois mailles à l'endroit, une à l'envers.

Marie-Rose ne sut jamais le rang qu'occupaient dans l'estime de la tricoteuse, les côtes jumelles et les côtes boiteuses, et si la considération inspirée par Hélène l'emportait sur l'amitié qu'elle-même inspirait.

— Et pour le Hérisson..., quelles côtes?

— Pour le Hérisson..., pas de côtes du tout : mailles à l'endroit..., mailles à l'endroit, cela va plus vite.

Longuement, patiemment, Marie-Rose écoute la bonne femme discourir sur ce sujet qui l'aurait horripilée venant d'une autre. Mais elle sait que le tricotage est toute la joie de la mère Pomme et elle s'en voudrait de marquer le moindre déplaisir.

Vint le moment où la mère Saint-François de Sales perdit la tête complètement. Elle oubliait l'heure, ne prenait plus garde à la cloche, ne rentrait point pour les repas ni les offices, et l'on ne savait dans quel jardin la chercher. Ou bien encore elle restait au soleil ardent, sous la pluie battante ou dans les rafales. On mit auprès d'elle une petite novice qui fit alors un excellent apprentissage de patience et de bonté.

Et la mère Pomme tricotait toujours. Elle tricota jusqu'à la mort.

Lors de ce événement, Marie-Rose n'était plus au couvent. Ce fut la mère Saint-Jacques, devenue Préfète du Pensionnat qui le lui apprit.

— Elle savait que vous étiez mariée, dit-elle, et que vous attendiez un petit enfant. Elle a voulu lui tricoter ses premiers bas : les voici. Ce n'est plus le beau travail d'autrefois. Elle s'y est pourtant bien appliquée; mais sa vue avait baissé et ses mains étaient devenues tremblantes. A tout instant, elle demandait à sa petite sœur si elle n'avait pas laissé échapper de mailles.

Marie-Rose prit le léger paquet avec un sourire et quelques larmes.

— Bébé ne les portera pas, dit-elle. Ils feront partie du petit musée que Sophie et moi sommes seules à connaître — musée très modeste où dorment les souvenirs du cher couvent où j'ai été si heureuse et tant aimée!

— Il ne faut pas parler au passé, Marie-Rose, on vous y aime toujours.

Une seule maîtresse, la petite sœur Saint-Jude, témoigna à Marie-Rose une préférence empreinte d'injustice. Or, si l'injustice exaspérait Marie-Rose, elle aimait encore mieux qu'on fût injuste à son détriment qu'à son avantage. Voici comment la partialité de la petite sœur eut occasion de s'exercer.

La classe de couture fut toujours un supplice pour Marie-Rose; non que cela l'ennuie de rester tranquille, elle éprouve, au contraire, de temps en temps, un besoin impérieux de repos et de silence; son esprit alors part en des rêveries sans fin où elle se complaît. Mais, comme la classe de travail manuel est faite pour coudre et non rêver, elle est souvent rappelée à l'ordre et forcée de reprendre l'aiguille.

Il faut convenir, d'ailleurs, que c'est de très mauvaise grâce.

La mère Sainte-Rosalie est l'indulgence même, mais il faut bien coter le travail, et celui de Marie-Rose ne vaut pas cher. Sa mauvaise note lui attire généralement une punition, mais peu lui en chaut.

— Je me résignerais bien, déclare-t-elle, à apprendre cent lignes de Télémaque pour être dispensée d'un surjet.

La maîtresse de couture tomba malade et fut momentanément remplacée par la petite sœur Saint-Jude, une qui déplaisait aux pensionnaires, parce qu'elle avait l'air « en dessous ».

Marie-Rose put alors demeurer tout le temps de

la classe, les doigts inactifs, la pensée vagabonde sans encourir le moindre reproche. Bien mieux, elle eut des notes qui, aux Billets, lui attirèrent des compliments. Cela se remarqua d'autant mieux que la petite sœur Saint-Jude était connue pour la rigueur de ses appréciations.

Marie-Rose s'étonna d'abord, puis protesta contre une partialité qui l'humiliait; et finalement déclara qu'elle préférait un *deux* mérité à un *huit* auquel elle n'avait point droit.

A ces réclamations, la jeune maîtresse hochait la tête d'un air entendu. « Oui, oui, je sais; tout cela fait bien pour la galerie, mais personne n'aime les mauvaises notes ni les punitions. »

La fillette n'en démordait pas; elle soutenait ses principes avec une âpreté chaque jour grandissante. La situation se tendait de plus en plus et un conflit était imminent quand, par bonheur, la mère Sainte-Rosalie reprit sa classe et Marie-Rose ses mauvaises notes.

V

LES ENNEMIES

Deux paires d'antagonistes furent légendaires au couvent : la mère Saint-Joseph et Aliette Le

Menn, la mère Saint-Boniface et Marie-Rose.

La mère Saint-Joseph est organiste; de plus, elle fait une récréation et le réfectoire. Elle est encore maîtresse du dortoir Sainte-Anne ou des Horaces.

Ce n'est pas qu'elle soit méchante ni même trop sévère; mais elle est tatillonne et bourrue. Elle punit sans cesse, quitte à biffer la punition quand on lui fait gentiment observer qu'elle est trop sévère, ou simplement quand on reconnaît ses torts. Mais elle aime l'ordre jusqu'à la manie, et c'est là une cause permanente de conflits. Il faut la voir, après chaque récréation passer la revue de Sous l'Allée.

« Hélène de Puyrenaud, vos caoutchoucs sont posés de travers; il y en a un qui dépasse le casier. »

« A qui ce cerceau plein de boue qui salit la muraille? »

« Et ce chapeau de soleil qui est suspendu par une coque de ruban? »

« Tout le monde ne s'est pas décrotté les pieds; faut-il donc que je passe désormais la revue des semelles? »

Marie-Rose, qui a souvent maille à partir avec la mère Saint-Joseph, ne la prend pas trop au sérieux. « C'est le meilleur moyen d'en venir à bout », affirme-t-elle gravement. Un certain nombre de ses compagnes pensent de même. Et, si les rapports avec la mère Saint-Joseph com-

portent beaucoup de paroles, de fréquents cha-
maillis et pas mal de disputes, ils sont exempts
d'amertume.

Il n'y a qu'avec Aliette que les relations sont
tendues. Elles se sont prises mutuellement à rebours, et c'est pour la vie. La pauvre Aliette est
du dortoir Sainte-Anne; et comme elle est loin
d'être ordonnée, les réprimandes pleuvent sur elle.

Alors, elle tient tête à sa maîtresse, raisonne,
prétend qu'on lui en veut, — il faut convenir que
les apparences légitiment cette affirmation, — et
que c'est bien inutile qu'elle cherche à faire
mieux, puisqu'on ne lui en tiendra aucun compte.

A la grande joie des pensionnaires, ces discussions se poursuivent jusque dans la solennité
des Billets; chacune des deux adversaires s'obs-
tinant à avoir le dernier mot.

Comme Aliette avait fort heureusement l'esprit
juste et droit, elle ne garda point rancune à la
mère Saint-Joseph.

— Comprenez-vous, disait-elle, à Marie-Rose,
bien des années plus tard, elle avait entrepris de
m'inculquer l'ordre par n'importe quel moyen,
elle n'était arrivée qu'à m'en inspirer l'horreur.
Elle s'est trompée, mais ce n'était pas sa faute.

Il en fut de même pour la mère Saint-Boniface
et Marie-Rose.

La Surveillante générale est pleine de qualités trop évidentes pour que nul songe à les mettre en doute. Chacun rend justice à son respect intransigeant du devoir, à l'équité de ses avis, à la fermeté de sa conscience. Mais elle est d'une vertu sévère, morose, implacable. Elle ignore le bon rire franc de la plupart de ses compagnes et le sourire indulgent de presque toutes.

Elle ne se contente pas de punir toute infraction à la règle, si menue, si inoffensive que soit cette infraction, elle recherche avec zèle tous les cas de répression et les utilise sans miséricorde. Son système éducatif veut que toute faute reçoive son châtiment. On peut dire qu'à cet égard Marie-Rose jouit d'un traitement de *défaveur*.

Toutefois, la loyauté force à convenir qu'elle agit par maladresse et non par méchanceté. Cette jeune nature très ouverte, avec des alternatives d'exubérante gaieté et de méditation profonde, lui semblait pleine de menaces pour l'avenir et elle résolut de la mater. Pour atteindre son but, elle employa les moyens qui lui parurent les plus efficaces : le ton habituellement grondeur, l'application la plus rigoureuse du règlement, les mortifications matérielles et morales, le regard toujours scrutateur et méfiant. « Par hasard, la conduite de l'enfant est correcte, mais sa pensée?... n'y a-t-il rien à reprendre dans sa pensée?... »

Ce système qui, du reste, ne la mata point, eut pour résultat de tenir Marie-Rose en état permanent de mutinerie, voire même d'indocilité, vis-à-vis de la Surveillante générale. Par bonheur, elle avait un bon fonds, elle se fâchait tout rouge, mais elle n'était ni boudeuse, ni rancunière. Son irritation s'évaporait en discours — discours brefs, mais énergiques — qui se terminaient généralement par l'aveu de ses fautes et la promesse de se corriger.

Au résumé, elle garda de ses luttes avec la mère Surveillante un souvenir égayé sans la moindre rancœur. Plus tard, même, quand la vie lui eut donné l'expérience, elle s'aperçut que, la mère Préfète et M. l'abbé mis à part, c'est la mère Saint-Boniface qui l'avait le mieux jugée, le mieux devinée. Le remède avait été mal appliqué, mais le diagnostic avait été exact.

La vérité est que la Surveillante était mauvaise disciplinaire. Comment lui avait-on confié ce poste très délicat dans un établissement où toutes les valeurs étaient si parfaitement utilisées? c'est à n'y pas croire.

Mais la Supérieure la tenait en haute estime. Elle l'avait connue dans le monde — toutes deux étaient de la même société — et elle ne continuait à voir que les bons, les très beaux côtés de son caractère. Elle ne croyait pas, au surplus, qu'une direction un peu rude, mais toujours égale, pût nuire en quoi que ce fût, à la formation morale des enfants, et, dans une très large mesure, elle avait raison.

Mais le jour où ses neuf ans de souveraineté révolus, la mère Saint-Louis rentra dans le rang et fut remplacée par la mère Assomption, il y eut du changement. La mère Saint-Paul fut nommée Préfète, et la mère Saint-Jacques, Surveillante générale; la mère Saint-Boniface réintégra la Communauté avec la qualité de conseillère que lui valait son temps de profession. Et, ainsi que le dirent les enfants, elle emporta tellement de regrets, qu'elle n'en laissa aucun.

Tout autre, plus pénible et plus amère fut l'impression laissée en Marie-Rose par deux religieuses, avec lesquelles heureusement, elle eut fort peu affaire.

La mère Saint-Jean-Baptiste fait la grande récréation du jeudi, les deux récréations du dimanche et la fameuse classe de comptabilité commerciale. Ce n'est pas qu'elle persécute la petite Gourregeolles, non; elle affecte de l'ignorer. Jamais elle ne lui adresse la parole en dehors des nécessités du service. Si elle doit lui répondre, c'est de la façon la plus sèche, la plus concise, la plus détachée.

Marie-Rose, qui n'a pas l'âme fielleuse, tenta bien jadis quelques petites prévenances pour amadouer l'acariâtre, mais ses prévenances furent accueillies de telle façon qu'elle ne les renouvela pas, beaucoup moins par dépit que par discrétion.

Cette inimitié silencieuse ne mollit jamais; et malgré les examens de conscience les plus minutieux, l'enfant fut incapable d'en découvrir la cause.

La mère Sainte-Catherine, elle, ne paraît jamais au Pensionnat, — c'est une des dignitaires de la Communauté, — mais on la rencontre quelquefois dans les allées et venues. Or, à la salutation réglementaire que lui adresse Marie-Rose, elle répond par un coup de tête très dédaigneux que l'enfant traduit de cette façon : « Vous croyez sans doute être quelque chose, mademoiselle Gourregeolles, et bien, vous n'êtes rien... deux fois rien... »

Marie-Rose aurait aisément pris son parti de cette attitude; mais la mère Sainte-Catherine causa la seule injustice dont elle fut victime au couvent, et elle ne l'oublia jamais.

Donc, la mère Sainte-Catherine avait eu un petit accident qui l'obligeait momentanément à marcher avec une canne, et l'empêchait de tenir sa place dans les défilés de la Communauté.

D'autre part, Marie-Rose avait l'observation aiguë
et très amusée. Des choses, en apparence insigni-
fiantes et que la masse n'avait point remarquées,
la plongeaient dans des accès de fou rire dont elle
ne pouvait se défendre.

Un dimanche, à la sortie des vêpres, Marie-
Rose s'entendit interpeller par la Surveillante gé-
nérale qui semblait écouter une plainte de la mère
Sainte-Catherine.

— Mademoiselle Gourregeolles !... vous allez
immédiatement demander pardon de votre incon-
venance..., sans préjudice, bien entendu, d'une
bonne punition pour mauvaise tenue au Chœur.

— J'ai été inconvenante, moi ?... fit Marie-Rose,
au comble de l'étonnement, avec qui donc ?...

— Mademoiselle, répondit la plaignante, ne
joignez point l'hypocrisie à votre méchanceté première ; quand je suis passée devant les rangs des
pensionnaires en m'appuyant sur ma canne, vous
m'avez adressé une grimace de moquerie.

— Moi ?... répéta l'enfant, surprise et cha-
grinée.

Elle était capable de bien des sottises et de
bien des malices ; elle raillait volontiers les événements et les situations, mais jamais les personnes, à plus forte raison une personne infirme.
Toute espèce de souffrance la faisait, au contraire, tressaillir douloureusement.

— Oui, mademoiselle Gourregeolles, *vous...*
affirma la mère Sainte-Catherine; n'essayez pas
de mentir, je vous ai vue.

Cette fois, Marie-Rose se rebiffa. Après l'avoir
accusée de mauvais cœur, voilà qu'on la soup-
çonnait de fausseté. Elle répondit avec vio-
lence :

— Si je m'étais moquée de vous, parce que
vous avez mal au pied, mère Sainte-Catherine, je
serais très coupable, en effet, et je n'aurais pas
besoin qu'on me force à vous demander pardon;
mais je n'ai pas fait de grimace; et si j'ai ri, c'est
d'une chose qui me semblait drôle et à laquelle
vous étiez tout à fait étrangère.

Avec un peu de diplomatie, il eût été facile de
concilier les deux adversaires et d'éviter un conflit regrettable. Mais la mère Surveillante était
tout le contraire d'une diplomate; et, loin d'apaiser les querelles, elle excellait à les envenimer.
Elle prononça avec autorité :

— Entre votre parole et celle de mère Sainte-
Catherine, vous comprenez que je n'hésite pas.

— La mère Sainte-Catherine se trompe, voilà
tout.

— Alors, vous refusez de demander pardon?

— Oui, je refuse, déclara nettement Marie-
Rose.

— C'est bien, mademoiselle, vous pouvez rejoindre vos compagnes; mais votre punition commence dès maintenant; vous êtes en interdit.

Si la mère Préfète avait été au Pensionnat, rien de ce qui suivit ne se serait passé; elle aurait su dire que, du moment où sa fille déclarait n'avoir pas fait une chose, c'est qu'elle ne l'avait pas faite, — elle savait bien que l'enfant venait quelquefois près d'elle s'accuser de petits méfaits qui, par hasard, n'avaient pas été découverts, — et, sans désavouer complètement la mère Sainte-Catherine, elle aurait trouvé moyen de soustraire Marie-Rose à une punition qu'elle n'avait pas méritée.

Mais, par malheur, elle était malade à ce moment, et elle demeura encore absente dix jours. Pendant ces dix jours, Marie-Rose s'obstina, malgré l'intervention directe de la mère Supérieure. Jamais pareille résistance ne s'était vue, surtout en face de l'autorité suprême. La fillette était au silence pendant les récréations, elle défilait hors des rangs et elle assistait aux offices dans l'avant-chœur, toute seule sur une chaise.

Heureusement, des consolations lui venaient un peu de tous côtés. Si la mère Saint-Boniface la harcelait d'objurgations qui ne faisaient que l'endurcir, la mère Saint-Jacques prenait pour lui parler une voix plus douce, une voix attendrie presque; et la bonne mère Sainte-Thérèse lui donnait chaque jour une image nouvelle. La mère

20

Saint-Bernard continuait à son élève l'intérêt plein d'affection et d'estime qu'elle lui témoignait habituellement. Au résumé, les maîtresses semblaient ignorer l'incident.

Quant aux compagnes de Marie-Rose, quelques-unes, sans doute, se réjouissaient de la voir en si fâcheuse posture ; et Alice Gagneur lui disait avec un ton qui donnait envie de la gifler : « Je prie Dieu qu'il vous éclaire. » Mais Hélène et Charlotte l'approuvaient dans sa résistance ; Marthe Friardel pleurait à chaudes larmes à toutes les récréations, aux défilés, aux offices, chaque fois, en un mot, que la disgrâce de son amie était manifeste ; et Cormolin affirmait, de sa voix de crécelle : « Mlle Gourregeolles n'a rien fait ; je le sais bien, moi ; et c'est injuste de la mettre en pénitence. »

En somme la majorité était pour Marie-Rose. Même celles qui ne l'aimaient pas étaient forcées de rendre hommage à sa loyauté habituelle.

Au fond, tout de même, la petite révoltée gardait un peu d'inquiétude. Qu'est-ce que la mère Assomption pensait d'elle ?... Comment l'accueillerait-elle à son retour au Pensionnat ? Ce n'était pas la punition qui lui faisait peur, mais le jugement de son cher mentor.

Une après-midi, la mère Préfète vint au Pensionnat, très faible encore et très changée. C'était

l'heure de la collation. A l'accueil enhousiaste
de ses enfants, elle répondit par un sourire de
satisfaction, mais fit signe qu'elle ne pouvait point
parler. Elle avait craché le sang et il lui fallait
encore beaucoup de ménagements. Puis, d'un
geste, elle appela Marie-Rose, qui la suivit dans
son cabinet.

— Ma chère fille, dit-elle, si bas qu'on avait
peine à l'entendre, je suis revenue plus tôt que je
n'aurais dû.

Les nerfs de l'enfant exaspérés par la lutte
qu'elle soutenait depuis si longtemps se déten-
dirent subitement et elle éclata en sanglots.

— Ne parlez pas, mère Assomption, supplia-
t-elle, je comprends bien ce que vous voulez dire.
J'ai eu tant de chagrin en pensant à vous; mais
je ne pouvais pas demander pardon à la mère
Sainte-Catherine, puisque je ne me suis pas moquée d'elle... Si j'avais ri de son pied blessé,
j'aurais été une très vilaine fille, mais je ne l'ai
pas fait... Vous ne croyez pas, dites, mère
Assomption, que j'aie pu le faire, ni que je me
sois refusée à reconnaître mes torts... J'ai assez
souvent besoin de faire des excuses pour que l'on
ajoute foi à ma parole... et vous savez bien que
je ne mens jamais... La mère Sainte-Catherine le
croit, mais elle se trompe : voilà tout.

Marie-Rose parla encore longtemps ; toute

l'amertume de son cœur débordait en protestations d'innocence pour elle-même, d'affectueuse soumission pour sa chère maîtresse, sans l'ombre d'une accusation pour celle qui, de très bonne foi, sans doute, mais avec une sévérité implacable, l'avait condamnée.

— Marie-Rose, dit enfin la mère Préfète, Notre-Seigneur avait-il commis tous les forfaits dont on l'accusa?... et songea-t-il un seul instant à se révolter?... Vous qui l'aimez tant, ne pourriez-vous l'imiter une fois par hasard?... et vous sacrifier pour l'édification du Pensionnat?...

La fillette se raidit devant la soumission que, tacitement, on exigeait d'elle. Elle aimait beaucoup la mère Préfète et elle était infiniment touchée de la voir revenir au Pensionnat rien que pour elle, mais toute injustice l'exaspérait.

La religieuse prit sur les rayons de sa bibliothèque, un livre qu'elle feuilleta, puis offrit ouvert à Marie-Rose.

— Lisez, ma fille..., tout haut.

L'enfant lut d'une voix tremblante, ce texte qu'elle connaissait de longue date :

« Evangile, selon saint Mathieu : chapitre V, verset 38.

« Vous avez entendu qu'il a été dit : « Œil « pour œil, dent pour dent. »

« Et moi, je vous dis de ne point résister aux

mauvais traitements ; mais si quelqu'un t'a frappé sur la joue droite, présente-lui encore l'autre ;

« Et à celui qui vient disputer en jugement avec toi et t'enlever ta tunique, abandonne-lui encore ton manteau.

« Et quiconque te forcera à faire mille pas, fais-en encore deux autres mille avec lui.

« Vous avez entendu qu'il a été dit : « Tu aimeras « ton prochain et tu haïras ton ennemi. »

« Et moi, je vous dis : « Aimez vos ennemis ; « faites du bien à ceux qui vous haïssent, priez pour « ceux qui vous persécutent et vous calomnient. »

« Car si vous aimez ceux qui vous aiment, quelle récompense aurez-vous ? Les Publicains ne le font-ils pas ainsi ? »

Marie-Rose se tut, calmée. Elle comprit que si la mère Préfète avait voulu l'amener à une soumission volontaire, elle avait tout de même reconnu d'une manière détournée, mais pleine de loyauté et de délicatesse, sa non-culpabilité. Pour un moment cette pensée lui fit oublier tous ses griefs.

— Je ferai ce que vous voudrez, ma mère, dit-elle avec une docilité sans restriction.

— Alors, venez avec moi ; il faut battre le fer pendant qu'il est chaud.

Toutes deux s'acheminèrent vers la Communauté ; et, en route, l'enfant babillait, le cœur allégé.

— Nous avions beaucoup de chagrin, vous savez, mère Assomption, pendant que vous étiez absente. Tout le monde était très pieux, à la prière pour les malades; et moi, je disais *Salus infirmorum* chaque soir avant de m'endormir.

Dans la cour de la Communauté, on trouva la mère Supérieure et la mère Sainte-Catherine qui se promenaient, chacune de son côté, en récitant les Heures.

Un peu chiffonnée que l'on n'ait même pas mis sa soumission en doute, Marie-Rose s'avança vers la mère Sainte-Catherine et dit tout court :

— Pardon, ma mère.

La religieuse ne répondit point d'abord, semblant trouver que c'était un peu sec. Mais la mère Préfète dut faire signe qu'il ne fallait pas exiger davantage, car la prétendue offensée répondit d'un ton solennel :

— Je vous pardonne, mademoiselle.

Ce fut tout. Marie-Rose ne présenta point son front pour le baiser de paix; et, après un geste d'approbation de la mère Préfète, elle tourna les talons et regagna le Pensionnat.

L'interdit prononcé contre elle fut levé au milieu d'un tumulte joyeux. On criait :

— Vive Marie-Rose !

— Vive Gourregeolles !

Toutes les parties de ballon et de corde à sauter

lui offrirent une place d'honneur. Marthe Friardel sanglota; Cormolin ne perdit pas une si belle occasion de pousser des cris aigus; et une Verte insista jusqu'à l'indiscrétion pour qu'elle acceptât un restant de tartine rongée tout autour.

Marie-Rose ne goûta que fort peu l'ovation dont elle était l'objet. Son âme, douloureusement ulcérée, étant à d'autres pensées.

Pour la première fois, elle évaluait ce que ce mot *injustice* pouvait contenir de tort et de souffrance. Cette idée, qu'elle avait eu le temps de ressasser pendant ses longues heures de silence et qui, d'ailleurs, trouvait en elle un terrain favorable, devait être, par la suite, cause de ses pires heures d'amertume et de révolte.

Si la mère Sainte-Catherine avait pu se rendre compte du mal qu'elle venait de faire à cette enfant de treize ans, difficile de caractère, mais pleine de droiture et de bonne volonté, elle n'aurait pas été fière de sa victoire.

VI

PASSIONNETTES DE COUVENT

De ce que Marie-Rose et ses compagnes sont très innocentes, très pures, s'ensuit-il qu'elles ignorent tout de la vie et du sentiment qui, pour une grande part, domine le genre humain, c'est-à-dire l'amour?

Que non! Elles ne sont pas si *oies blanches* que cela. Elles savent très bien que les hommes et les femmes sont faits pour s'aimer mutuellement. Et si, au couvent, on ne fait rien pour faire naître et pour développer cette connaissance, on ne fait rien non plus pour la détruire. On parle même volontiers aux enfants de leur futur rôle d'épouses et de mères de famille.

Bien entendu, si l'on a vent de quelque passionnette, on intervient avec promptitude et fermeté. Il faut mettre les fillettes en garde contre l'inexpérience de leur cœur; il faut veiller aussi à ce que leur sentimentalité ne se développe pas trop tôt ni d'une manière exagérée, et surtout à ce qu'elle ne prenne pas une mauvaise direction. Mais on agit en cela posément, sans s'étonner ni s'indigner.

Va-t-on honnir ou rudoyer une enfant parce que de nouveaux sentiments s'éveillent en son âme? parce que tout son être aspire à quelque chose d'inconnu qui la trouble et l'inquiète? Ce serait d'une pédagogie déplorable. Il convient bien plutôt de l'éclairer, de la rassurer et, au besoin, de la consoler — car, ces passionnettes que l'on juge sans importance, sont pour les jeunes filles la première école de chagrin.

Il faut ajouter que le régime du couvent, austère, un peu rude, n'est point propice aux émotions sentimentales; il a vite fait de les mettre au pas. Toutes les minutes se trouvent strictement occupées par une tâche ou un devoir, on n'a guère de temps pour la rêverie. De par l'observation du règlement, les confidences ne peuvent être que rares et courtes. Il y a donc beaucoup de chances pour que le foyer s'éteigne faute d'aliment.

Néanmoins, il y eut toujours des passionnettes au couvent. Le traditionnel cousin, les frères des amies et les amis des frères en furent généralement les héros. On en connut quelques-unes, on en soupçonna davantage. Il y en eut de comiques, d'absurdes, de touchantes; aucune ne donna lieu au plus léger scandale. Une comparution devant l'autorité, et au besoin un conciliabule avec la famille suffisaient presque toujours à rétablir l'ordre. Si le sentiment persistait, il devenait tout au moins silencieux; le temps et quelques exhortations judicieuses venaient achever la cure.

Quelques-unes de ces passionnettes aboutirent au mariage et les fiancés en herbe devinrent de très bons époux.

Le roman d'Hélène. — Il est tacitement convenu qu'Hélène de Puyrenaud épousera Bernard de Juisaye. Ils se connaissent depuis leur plus petite enfance. Leurs familles sont alliées et ont des intérêts communs. Bien entendu Hélène et Bernard ne sont pas engagés formellement, mais dans les plans d'avenir où ils se trouvent mêlés, on devine le désir plein d'espoir des deux familles.

Petit à petit, sans qu'ils en aient trop conscience, leur amitié d'enfance évolue, devient plus tendre, plus forte et, en même temps plus réservée. Avec discrétion, mais sans trouble aucun, Hélène parle à ses amies du sentiment nouveau qui s'établit en elle et dont peut-être elle ignore la nature exacte.

De quoi serait-elle troublée? Bernard ne doit-il pas être le compagnon de sa vie?... le père de ses enfants?... Et le catéchisme lui-même, ne dit-il pas que la femme doit aimer son mari?...

Avec un sourire heureux, Hélène fait remarquer que c'est là un commandement auquel il lui sera bien facile et bien agréable d'obéir.

Le roman de Charlotte. — Charlotte Périer et ses sœurs « sortent » chez un notaire de la ville qui a un fils étudiant en droit.

Entre le jeune homme et la petite pensionnaire s'ébauche un de ces romans faits de tendresse innocente et de rêves imprécis, très lointains. « Plus tard... » disent-ils quelquefois avec un regard d'entente. Et il leur semble que si « plus tard » cessait d'être ennuagé, il perdrait de son charme.

Voici comment se dénoua le roman de Charlotte :

Un certain premier jeudi du mois, jour de congé, Marie-Rose était consignée. Le soir, après souper, elle jouait, ou plutôt faisait jouer au ballon une demi-douzaine de Vertes et de Jaunes très honorées qu'une « grande » voulût bien s'occuper d'elles, et elle était si contente de la joie des petites qu'elle en avait presque oublié sa mauvaise journée.

L'une après l'autre, les pensionnaires rentraient ; elles montaient directement au vestiaire pour quitter leur toilette de ville, puis revenaient dans la cour en attendant la prière.

A un moment donné, Marie-Rose aperçut un chapeau garni de muguets dont la propriétaire disparaissait Sous l'Allée.

— Charlotte ! appela-t-elle.

Et elle se disposait à laisser le ballon des petites pour rejoindre son amie, quand elle se ravisa.

Ce n'était pas Charlotte, qui allait ainsi en traînant les pieds ; elle avait habituellement le pas vif et même un peu sec, alors que la démarche de celle qui s'acheminait vers l'escalier annonçait une personne très molle, Lucie Bradier, par exemple.

Pourtant Lucie n'avait pas de si jolis chapeaux; elle portait toujours des panaches ou de gros bouquets très voyants.

N'attachant qu'une importance minime à cet incident, Marie-Rose retourna au jeu.

Mais, quand on se rendit à la prière, Charlotte était déjà à sa place, à genoux, les coudes sur le banc placé devant elle et la figure dans les mains.

Au discret : « Bonsoir, Charlotte, est-ce que tu as mal à la tête? » que lui glissa Marie-Rose, elle répondit un : « Bonsoir » tout court, sans montrer son visage. Et pendant la prière, Marie-Rose s'aperçut que des larmes filtraient entre ses doigts.

Jusqu'au coucher, les deux fillettes ne purent guère causer; et, d'ailleurs, Charlotte semblait éviter l'explication que recherchait manifestement sa compagne.

Mais, après le départ de la maîtresse, quand tout le monde fut au lit, dans l'assoupissement léger qui précède le sommeil, Marie-Rose bondit dans le coin de Charlotte situé juste en face du sien. Elle s'agenouilla sur la chaise où, contrairement à ses habitudes d'ordre, la petite désolée avait jeté ses effets pêle-mêle. Tout doucement, elle posa sa tête près de celle de son amie, sur le dur traversin déjà mouillé de larmes, et murmura :

— Qu'est-ce que tu as, ma chère chérie? je vois bien que tu es très chagrine.

Sans se faire prier, vivement, comme on accomplit une corvée pénible, Charlotte répondit :

— *Il* entre au séminaire.

Marie-Rose n'hésita pas une seconde sur la personnalité que représentait ce *il;* et elle s'écria :

— Maxime entre au séminaire!... tu es sûre!...

— C'est sa mère qui me l'a dit; on n'a parlé que de cela toute la journée.

— Mais lui?...

— Il n'était pas là.

— Eh bien, il est lâche, prononça péremptoirement Marie-Rose.

— Il est très brave, au contraire, de tout abandonner quand Dieu l'appelle.

Marie-Rose n'était pas éloignée de trouver excessive la magnanimité de son amie. Elle y démêlait bien un peu d'orgueil, l'orgueil d'une petite personne qui, pour n'avoir pas à rougir de sa défaite, en accentuait les motifs surnaturels; mais elle comprit surtout que Charlotte ne voulait pas être plainte, et elle reprit comme un écho :

— Bien sûr que le bon Dieu est plus fort que tout.

Elles restèrent un moment sans parler, Marie-Rose respectant la douleur de sa compagne qui, repliée sur elle-même, semblait complètement étrangère au monde environnant. Ce fut elle, cependant qui parla la première le langage de la raison.

— Il faut retourner dans ton coin; c'est mal d'être ici en cachette.

Marie-Rose le savait bien, que c'était mal. Parce qu'on avait confiance en elles et qu'elles étaient moins surveillées que beaucoup de leurs compagnes, elles étaient plus coupables de manquer au règlement. Mais Charlotte était si malheureuse!

Le lendemain, pendant la toilette, Charlotte dit à Marie-Rose :

— Explique tout à Hélène, et, par pitié, ne me parlez plus de rien ni l'une ni l'autre.

Ainsi fut fait, et les deux fillettes épargnèrent à leur amie, des consolations qui n'auraient fait qu'irriter sa douleur.

Charlotte ne se remit point du coup dont avait été frappé son jeune cœur. Tout en elle changea : son caractère, ses idées, son langage. La démarche lassée qui, tout d'abord, avait frappé Marie-Rose, lui devint habituelle. Elle se dégoûta de ce qui l'avait le plus charmée. Tout en restant très soigneuse de sa personne, elle perdit le soin extrême de la toilette et des ajustements qui l'avaient caractérisée jusqu'alors.

Puis après des crises successives d'amertume et de découragement, la douceur, peu à peu, entra dans son âme, sous forme de résignation — résignation passive, d'abord, puis agissante avec un besoin sans cesse croissant de dévouement et d'apostolat. Sa piété, très sincère mais un peu sèche, devint fervente et pleine de mansuétude.

Le changement fut si marqué que nulle ne put l'ignorer. On disait : « Mlle Périer marche vers la perfection. » Tout simplement la pauvre Charlotte avait écouté les conseils qui lui étaient donnés, et elle avait trouvé l'apaisement.

En quittant le couvent, elle n'avait point l'air marri de la plupart de ses compagnes présentes et passées. Ce fut avec un sourire d'espérance qu'elle dit non pas *adieu*, mais *au revoir*. Et les Mères qui pourtant se gardaient de découvrir ni surtout d'encourager les vocations religieuses chez leurs filles, ne s'y trompèrent point.

— Charlotte nous reviendra, dirent-elles.

Elle revint, en effet. Et l'orgueilleuse Mlle Périer fut la maîtresse la plus douce et la plus patiente de l'école gratuite qui, pourtant, ne renfermait point des sujets de choix.

Le roman de Marie-Rose. — La petite Gourregeolles eut son roman, elle aussi; et ce roman, pour simple qu'il fût, la fit néanmoins bien pleurer.

Le héros s'appelle Pierre Le Horn. C'est un

ami de ses frères et elle le rencontre chez ses grands-parents, les jours de congé.

Il est blond avec les sourcils et les cils plus foncés que la chevelure. Ses yeux bleus sont habituellement graves; pour Marie-Rose, ils sont plus sévères ou plus doux que pour le reste du genre humain. Pierre est poli et courtois avec tous, même avec les plus humbles, mais il ne tolère la familiarité de qui que ce soit. A vrai dire, il ne vient à l'idée de personne de se montrer familier avec lui.

Marie-Rose a un peu peur de ce grand camarade si sérieux. La mère Assomption et Pierre sont les deux êtres qui lui imposent le plus, ceux à l'estime de qui elle tient par-dessus tout.

Quand Pierre prend son regard de reproche, parce que Marie-Rose a commis quelque incartade, la pauvre petite a le cœur subitement en détresse. Quand, au contraire, touché de ses efforts pour être sage et réfléchie, il prend son bon regard, son regard d'indulgence, elle est au comble du bonheur.

Pierre est très instruit; il s'informe avec sollicitude des progrès de Marie-Rose, critique son travail, approuve ou blâme suivant les circonstances, donne des conseils et s'assure que ces conseils sont suivis.

Les jours de grande fête, si Marie-Rose chante au salut, Pierre est dans la «chapelle du monde», attentif et intéressé. Quand c'est Marie-Rose qui quête, Pierre est là encore pour lui offrir une belle pièce blanche... et un peu aussi pour échanger un sourire avec elle.

M. Le Horn est un armateur considérable de la région. Il a fait cadeau à son fils d'une jolie embarcation que l'on a baptisée *Marie-Rose*. Et comme Pierre dessine à merveille, surtout les marines, il a représenté *Marie-Rose* sous les aspects multiples que peut prendre un bateau : *Marie-Rose* filant vent arrière ou grand largue ; *Marie-Rose* fuyant devant la tourmente ou naviguant au plus près. La jeune pensionnaire a, dans tous ses livres, des portraits de sa filleule, et elle passe de longues minutes à les contempler ; non à cause des légendes qu'elle sait par cœur, mais à cause de l'écriture de Pierre, si ferme, si élégante, si nette, si loyale — la plus belle certainement qui se puisse voir ; du moins la fillette en est persuadée.

Quand Marie-Rose arrive chez ses grands-parents, les jours de congé, elle trouve Pierre qui l'attend tout à l'entrée du vestibule, avec un sourire affectueux et son *bon* regard. Il la débarrasse des menus paquets dont elle est chargée, range son ombrelle, l'aide à enlever son chapeau, tout en s'informant de sa santé. « Elle va bien, cette petite Gourregeolles ?... pas mal à la tête ?... non,

c'est bien vrai?... Voyons un peu cette mine?... »
Et il l'amène près de la porte vitrée du jardin, au
grand jour, pour s'assurer *de visu* de sa bonne
santé.

Ils ont un grand moment à passer ensemble
avant le déjeuner. Bon papa est occupé dans son
cabinet d'avocat; bonne maman est à sa toilette.
Henri, l'un des frères de Marie-Rose, court les
quais, à moins qu'il ne soit en canot sur les bas-
sins ou dans l'avant-port. Paul, l'aîné, celui avec
lequel la fillette s'entend le mieux, est bien là,
mais il sait que Pierre aime causer en tête à tête
avec sa sœur et il se prête volontiers aux circonstances.

— Ecoute, Le Horn, dit-il après un *bonjour*
rapidement échangé, quand tu en auras assez, tu
nous la repasseras.

L'après-midi des jours où l'on ne sort pas,
Marie-Rose, qui déteste faire des visites ou rester
au salon à en recevoir, s'installe avec les garçons
dans le jardin très soigné, toujours frais, toujours
fleuri : eux se berçant dans les fauteuils à bascule,
elle, bien droite sur un tabouret, parce qu'elle sait
que Pierre est très strict pour la tenue des jeunes
filles. Tous trois l'excitent à babiller, à raconter
les mille petits incidents de sa vie un peu ar-
chaïque de pensionnaire qui les amuse et les intéresse, ses conflits perpétuels avec la mère Saint-

Boniface et Alice Gagneur, les reparties de la mère Saint-Jacques, les méfaits de Truchot.

Seul, Henri lui tient tête; il plaisante et fait des jeux de mots avec le nom des religieuses. Ces propos, sans méchanceté pourtant, scandalisent Marie-Rose qui a le culte de son couvent.

Alors, Pierre intervient d'autorité.

— Mais va donc naviguer un peu, toi : on t'a assez vu. Dieu merci! on te possède à cœur d'année, tandis qu'on a la petite seulement une fois par mois... Vous disiez donc, Marie-Rose, que la mère du Sacré-Cœur...

La fillette reprend son récit, infiniment touchée que son grand ami se complaise à l'écouter.

Si Pierre dit que Marthe Friardel est « une bonne, une très bonne petite fille », Marthe monte de cent coudées dans l'esprit de Marie-Rose. Et s'il déclare que Gagneur est « une chipie », Marie-Rose se trouve plus vengée que si les pires mésaventures fondaient sur son irréconciliable ennemie.

Quand Marie-Rose parle, avec la chaleur émue qui lui est coutumière, d'Hélène, de Charlotte, de la mère Assomption, Pierre dit en souriant :

— Vous aimez beaucoup ceux que vous aimez.

La fillette répond avec élan :

— Oh! oui! beaucoup!... de toute mon âme.

— C'est très bien, cela.

Et le regard de Pierre est alors si doucement pénétrant, que Marie-Rose en rougit un peu.

Les jours où l'on se promène aux champs, bon papa cause avec un vieux colonel de ses amis qui les accompagne presque toujours; et Paul, qui aime les choses de l'armée, reste auprès d'eux à les écouter. Alors Pierre pose la main de sa petite camarade sur son bras, et tous deux « crochés », comme on dit à la campagne, vont devisant. C'est Pierre qui parle le plus souvent. Il donne des conseils, fait de légères remontrances, mais en prenant la voie détournée.

— Si j'avais une sœur, voici ce que j'aimerais lui entendre dire ou lui voir faire.

Et il est bien sûr que Marie-Rose s'efforcera de ressembler à cette sœur imaginaire qu'on lui donne en exemple.

Les adieux entraînent toujours un peu d'émotion. Pierre garde dans les siennes les mains de Marie-Rose; il la tient sous son *bon* regard et c'est d'une voix très douce qu'il répète :

— Au revoir, ma petite fille..., ma chère petite fille.

Dans ses rêveries, où Pierre occupe une très grande place, Marie-Rose ne se dit pas comme Charlotte « plus tard... » oh! non! elle est trop heureuse du présent. Jamais *plus tard* ne pourra être aussi beau.

Pierre n'a point dit à Marie-Rose qu'il l'aime, pas plus que Bernard ne l'a dit à Hélène, ni Maxime à Charlotte. Les jeunes gens très honnêtes et très chastes hésitent à prononcer pour leur propre compte, le mot *amour* dans lequel ils pressentent un inconnu sacré et qui leur fait un peu peur. Mais on s'entend très bien sans parler.

Comme pour Charlotte, comme pour la plupart des fillettes, le premier roman de Marie-Rose aboutit à une brisure.

M. l'abbé fut appelé auprès de sa mère mourante et resta un mois absent. Durant ce temps, il fut remplacé par l'un des Pères qui prêchaient habituellement la retraite, le Père Selleron dont Marie-Rose appréhendait la rigueur. Celles des pensionnaires qui fréquentaient annuellement son confessionnal, disaient de lui qu'il était sévère... oh! mais sévère...

— Je suis sûre, confia la petite à la mère Saint-Jacques, son auditrice habituelle, qu'il vous épluche la conscience comme avec un petit couteau pointu.

— Tant mieux, répondit la bonne religieuse, une fois en passant, cela ne vous fera pas de mal.

Il fallut donc aller à confesse au Père Selleron; et les prévisions de Marie-Rose se réalisèrent... au delà.

En sortant du Chœur, elle avait la figure rouge
et les yeux extrêmement brillants, ce qui annonçait
chez elle une émotion profonde et contenue. Au
rebours de son habitude, elle ne desserra pas les
lèvres jusqu'à la récréation. En se rendant aux
Capucins, elle dit à Hélène qui était sa compagne
de rang :

— Oh! ce Père Selleron!... comme j'avais raison d'en avoir peur.

— Pourquoi donc? interrogea tranquillement
Hélène, qui n'était point coutumière de sentiments
excessifs.

— Figure-toi qu'il m'a fait tout lui raconter
de Pierre...; et il a été très dur. Il m'a dit qu'il
ne fallait plus penser à lui autrement que je pense
à tout le monde et que je devais détruire ou lui
renvoyer tout ce qu'il m'avait offert... Mais quel
mal y a-t-il là dedans?... je te le demande, quel
mal?... On ne peut donc pas aimer certaines personnes plus que les autres... ou d'une manière différente?...

— Le Père Selleron t'a-t-il dit que c'était si
mal?...

— Il m'a dit que c'était un danger très, très
sérieux. M. l'abbé n'a pas de ces idées-là.

— Lui en as-tu quelquefois parlé?

— Non, mais il ne m'a jamais interrogée là-
dessus... Et s'il l'avait fait, je suis certaine qu'il

aurait été moins cruel. Le Père Selleron n'y regarde pas, lui, à faire de la peine aux gens.

— Voyons, Marie-Rose !

— Enfin, j'ai promis ; il faut bien que je tienne
ma parole. J'ai dans ma poche les pauvres petits
dessins de la *Marie-Rose...;* c'est ce que je consi-
dérais comme le plus précieux...

— Tu vas les déchirer ?...

— Non, protesta l'affligée avec une légère indignation. Pour qu'ils soient piétinés par n'importe
qui et se changent en boue !... Les brûler..., pas
davantage... : la cendre s'envole partout et le résultat est le même... On ne respecte pas la cendre.
Que fait-on de celle que l'on utilise ?... de l'en-
grais ou la lessive...

— Il y a des cendres sacrées que l'on conserve
dans des urnes funéraires.

— J'ai promis de ne rien garder.

— Et puis, nous n'avons pas d'allumettes, ri-
posta sagement Hélène.

— Voici donc ce que j'ai pensé. Nous allons faire
un trou dans notre petit jardin et nous y couche-
rons les chers dessins entre les pétales de fleurs...
Mais pas maintenant à cause des curieuses. De plus,
il ne faut pas que Charlotte sache. Pauvre fille !
elle a bien assez de supporter son propre chagrin.
On lui dira plus tard... Donc nous nous arrange-
rons pour rester ici toutes deux après la récréation...

— Ce ne sera pas commode; il faudra désobéir.

— On désobéira, voilà tout.

— Oui, voilà tout, répondit simplement Hélène qui ne songea même pas au blâme ni à la punition qu'elle risquait, du moment où il fallait rendre service à son amie.

Mais il n'y eut pas besoin de subterfuge. Marie-Rose avait tellement la figure d'une personne qui n'est pas dans son assiette, que la mère Saint-Paul s'en aperçut.

— Vous avez mal à la tête, mon enfant?

— Oh! oui, répondit la fillette, sans mentir.

— Eh bien, restez ici encore une demi-heure; vous reviendrez quand tout le monde sera en place; le brouhaha d'une rentrée est toujours fatigant. Hélène restera à vous tenir compagnie.

Les deux pensionnaires eurent le même geste d'ennui. Il leur en coûtait plus de tromper la confiance de leur maîtresse que de s'exposer, par une désobéissance, à la plus dure punition. Mais les événements commandaient.

Dès qu'elles furent seules, Hélène prit une bêche et creusa un trou, suivant les indications de son amie. Dans leur petit jardin fleurissaient des lis, Marie-Rose cueillit les plus frais, les plus purs, elle les effeuilla, puis les disposa en un lit épais. Mais les calices, un peu fermes, ne se prêtaient pas à sa combinaison, et il y avait des en-

droits où la terre se voyait encore. La fillette
regarda autour d'elle et, dans le jardinet de ses
cousines, elle aperçut une grosse touffe de pivoines blanches; elle en prit quelques-unes, étala
leurs pétales souples, légers, puis elle posa dessus
les dessins qu'elle baisa d'abord passionnément.
Ensuite, elle remit un lit de pivoines, une couche
de lis protecteurs; et, désolée, rejeta la terre
comme sur un mort.

Hélène la laissa un moment silencieuse, le front
barré d'un pli de colère et de chagrin, les yeux
secs et fixés sur le petit monticule qui renfermait
ses souvenirs. Puis, elle la prit par la taille et
l'attira doucement.

— Viens, ma chérie, il y a plus d'une demi-
heure que la rentrée est faite, tu sais.

Marie-Rose se laissa entraîner sans rien dire.

Pierre Le Horn faisait alors son voyage autour
du monde, en qualité d'aspirant. Quand il écri-
vait à ses amis Gourregeolles, il ne manquait jamais de dire une foule de choses pour sa petite
camarade, sans compter les autres choses conte-
nues implicitement dans sa missive, et que Marie-
Rose comprenait fort bien. Et elle répondait de
la même manière.

La première fois que Paul lui demanda après la
triste exécution :

— Qu'as-tu à dire pour Pierre?

Calme en apparence mais le cœur plein de détresse, elle répondit :

— Rien.

— Comment, rien?...

— Non, rien.

Paul regarda un moment sa sœur pour s'assurer qu'elle ne plaisantait pas; puis il remarqua avec une philosophie où se devinait un peu de dédain :

— Que les filles sont donc capricieuses!... et inconstantes dans l'amitié!...

Pierre ne revint pas en France. Ce superbe garçon de vingt ans, plein de vie et de santé périt dans un sinistre maritime qui, à l'époque, fit beaucoup de bruit.

Et Marie-Rose ne se consola jamais qu'il fût mort la croyant capricieuse et infidèle.

LA SORTIE DU COUVENT

PRIX D'EXCELLENCE : *Marie-Rose Gourregeolles, de Paris.*

1ᵉʳ PRIX DE FRANÇAIS : *Marie-Rose Gourregeolles, deux fois nommée.*

1ᵉʳ PRIX D'HISTOIRE : *Marie-Rose Gourregeolles...*

A chaque appel de son nom, Marie-Rose monte sur l'estrade, reçoit son prix, puis regagne sa place sans paraître se douter que, pour un moment, elle est une triomphatrice.

Elle est toute désemparée. Le chagrin de quitter son cher couvent, un vague effroi de la vie nouvelle qu'il va lui falloir mener, la hantent sans merci.

La veille, cet avis a passé dans les groupes :

« Les enfants qui doivent quitter définitivement

le Pensionnat sont priées de rassembler leurs paquets de toute nature au vestiaire où se font les malles. »

Alors la petite Gourregeolles s'est senti le cœur et le cerveau si lourds que la faculté de raisonner s'est particulièrement éteinte en elle.

Machinalement, elle vide son pupitre, réunit tous les menus objets qui lui appartiennent, et, sans mot dire, les porte sur la longue table du vestiaire, en face du n° 31, qui est le sien depuis son entrée au couvent.

Le soir, au coucher, elle récite avec une ferveur profonde l'acte de contrition quotidien; c'est de toute son âme qu'elle demande pardon des fautes qu'elle a pu commettre envers ses maîtresses et envers ses compagnes. Puis, la figure cachée sur son bras replié, elle sanglote éperdument.

Aujourd'hui, jour des prix, la matinée occupée par les derniers préparatifs de la fête et par les apprêts de la toilette, s'est écoulée joyeuse pour la plupart, morne pour Marie-Rose.

A différentes reprises, ses compagnes l'ont tarabustée : « Comment peut-elle avoir cette figure de bonnet de nuit avec la perspective des succès qui vont pleuvoir sur elle?... »

Les unes la félicitent d'avance; d'autres lui expriment gentiment le regret qu'elles ont de la quitter : Marie-Rose est très touchée, mais sa figure ne se déride pas.

Ce qu'il lui faudrait pour la remettre d'aplomb, c'est une bonne causerie cœur à cœur avec l'une de ses maîtresses, parmi celles qui la connaissent et la comprennent : mère Saint-Bernard, mère Saint-Jacques, mère Sainte-Thérèse et surtout mère Assomption. Mais toutes sont absorbées par des occupations supplémentaires, aucune ne se trouve disponible.

Et la petite Gourregeolles traîne son chagrin, le cerveau brouillé, les jambes molles, le geste hésitant.

Mlle Gourregeolles, de Paris, a tous les premiers prix, et on applaudit chaleureusement. Au concours fait entre les établissements du même Ordre et placés sous la même direction, elle obtient la première place ; c'est un succès pour le couvent, et on l'acclame.

Marie-Rose n'en a cure. Ces étapes glorieuses sont un acheminement vers le dernier sacrifice ; tout à l'heure, la porte du couvent se fermera sur elle pour ne plus se rouvrir... : c'est à cela qu'elle songe..., à cela seulement.

Maintenant, on est dans la cour de la Communauté, la plus centrale, pour les adieux réciproques. Silencieuse, moralement isolée, insensible au brouhaha du départ, Marie-Rose se demande s'il ne serait pas plus sage de rester là, toujours, dans cet asile de bénédiction, à l'abri du monde qui, d'instinct, lui répugne et l'épouvante.

— Eh bien! ma chère fille, voici venu le moment de mettre en œuvre les principes que vous avez reçus ici : « Accepter la vie bravement, telle qu'elle se présente, sans en médire et sans la maudire..., accomplir les devoirs les plus sévères, les plus douloureux, non seulement sans défaillance, mais encore avec une figure souriante qui éloigne toute idée de sacrifice... »

C'est la mère Assomption qui, devinant sans doute le pénible état d'âme de son élève préférée, vient la réconforter.

Sans lui dire combien elle est chagrine de son départ et touchée de ses regrets, elle lui indique le chemin qu'il faut suivre, tout droit et de pied ferme.

A l'audition de cette voix aimée, vénérée, Marie-Rose se ressaisit. Sa lâcheté de tout à l'heure lui fait honte; et si, malgré tout, le cœur lui « mollit » un peu en repassant le seuil que, voici treize ans, elle a franchi de son pas menu de toute petite, nul ne s'en aperçoit.

Elle est bien résolue à faire honneur à ses maîtresses et à son couvent.

FIN

TABLE DES MATIÈRES

PARIS. — TYP. PLON-NOURRIT ET Cie, 8, RUE GARANCIÈRE. — 12162.

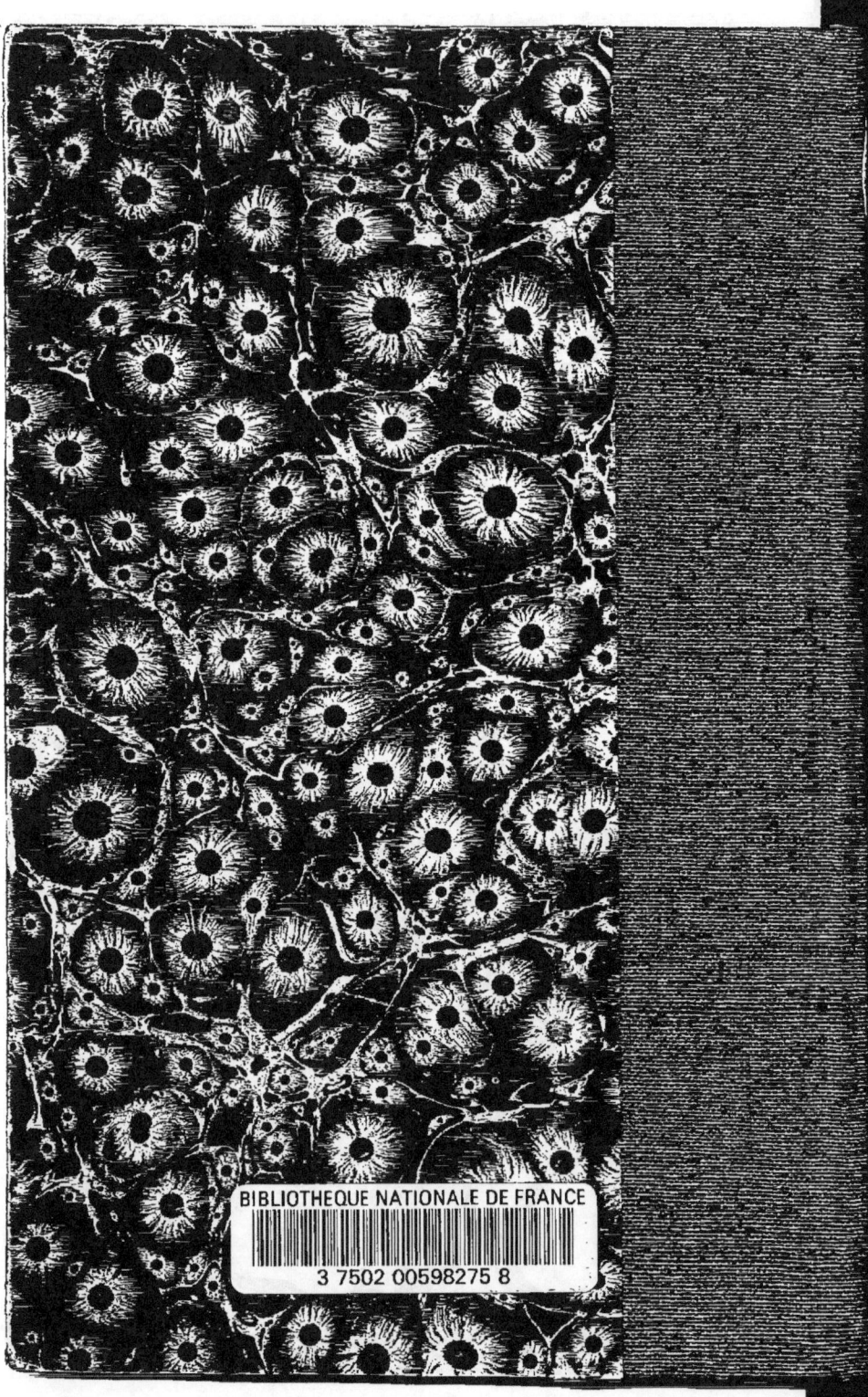

BIBLIOTHEQUE NATIONALE DE FRANCE

3 7502 00598275 8

www.ingramcontent.com/pod-product-compliance
Lightning Source LLC
Chambersburg PA
CBHW060937030726
47503CB00003B/636